KATHRIN HANKE
HEIDE-NOVELA

FILMRISS Während die Dreharbeiten der Lüneburger TV-Soap »Gelbe Tulpen« kurz vor der Sommerpause stehen, der Freund von Oberkommissarin Katharina von Hagemann in der JVA Uelzen seine Haftstrafe absitzt, sie unterdessen Hauptkommissar Benjamin Rehder privat gefährlich nahe kommt und beruflich bisher vergeblich nach einer vermissten jungen Frau fahndet, schleicht sich die Angst in Lüneburgs Party-Szene ein: Immer wieder berichten Personen von »merkwürdigen Körpergefühlen«, wie sie durch die Einnahme von K.-o.-Tropfen hervorgerufen werden. Auch Katharinas Kollegin, Vivien Rimkus, die in ihrer Freizeit am Set von »Gelbe Tulpen« als Statistin arbeitet, ist nach einem ausgelassenen Abend mit der Crew betroffen. Die Ermittlungen nehmen Fahrt auf, als ein junger Mann stirbt. Wer treibt hier sein Unwesen in der idyllischen Hansestadt? Und mit welchem Ziel? Die vermeintlichen Opfer werden weder beraubt, noch misshandelt, jedoch haben sie alle eine Verbindung zu »Gelbe Tulpen«.

© Kirsten Köhler

Kathrin Hanke schrieb als freie Autorin über ein Jahrzehnt lang erfolgreich Krimis. Bekannt wurde sie vor allem durch ihre Heidekrimis rund um das Team des Ermittlerduos Katharina von Hagemann und Benjamin Rehder, sowie ihre True Crime-Bücher, die sie in die Tiefen von Archiven steigen ließen und in enger Zusammenarbeit mit der Polizei und Museen entstanden sind. Kathrin Hanke war Mitglied im Syndikat, der Autorengruppe deutschsprachiger Kriminalliteratur, sowie aktiv bei den Mörderischen Schwestern, dem gemeinnützigen Verein zur Förderung der von Frauen geschriebenen, deutschsprachigen Kriminalliteratur.

KATHRIN HANKE

HEIDE-NOVELA

Kriminalroman

Immer informiert

Spannung pur – mit unserem Newsletter informieren wir Sie regelmäßig über Wissenswertes aus unserer Bücherwelt.

Gefällt mir!

Facebook: @Gmeiner.Verlag
Instagram: @gmeinerverlag

Besuchen Sie uns im Internet:
www.gmeiner-verlag.de

© 2025 – Gmeiner-Verlag GmbH
Im Ehnried 5, 88605 Meßkirch
Telefon 0 75 75 / 20 95 - 0
info@gmeiner-verlag.de
Alle Rechte vorbehalten
1. Auflage 2025

Lektorat: Claudia Senghaas, Kirchardt
Satz: Mirjam Hecht
Umschlaggestaltung: U.O.R.G. Lutz Eberle, Stuttgart
unter Verwendung eines Fotos von: © Thorsten Chmielewski / stock.adobe.com
Druck: GGP Media GmbH, Pößneck
Printed in Germany
ISBN 978-3-8392-0785-7

Für Amelie

»Liebe zur Schönheit ist Geschmack.
Das Schaffen von Schönheit ist Kunst.«

Ralph Waldo Emerson, US-amerikanischer Geistlicher,
Schriftsteller und Philosoph

PROLOG
SONNABEND, 31.8.2024

5.32 Uhr

Ihr Kopf dröhnte wie immer, wenn sie nach einer Behandlung aufwachte. Sie hatte gehofft, sie würde sich daran gewöhnen, doch inzwischen hatte sie das Gefühl, es wurde nach jedem Mal schlimmer. Das Einzige, was half, war sich nicht zu bewegen. Und nicht in das Licht zu blicken, das durch die Ritzen der Kammer fiel und schmale Streifen auf dem Boden zeichnete. Dennoch war sie dankbar für das Licht. Mit seiner Hilfe konnte sie Tag und Nacht unterscheiden. Für jeden Tag hatte sie einen Strich mit ihrem Fingernagel tief in ihre Haut geritzt. So tief, dass die Haut auseinanderklaffte und beim Verheilen eine Narbe blieb, die sie fühlen konnte. Zunächst verkrustete der Spalt, den sie sich mit dem Fingernagel in die Haut schnitt, und dann wurde er langsam zu einer bleibenden Erinnerung. Sie hatte hierfür ihren Oberschenkel gewählt. Ganz am Anfang hatte sie versucht, die Wand und danach den Boden zu nehmen, doch beide waren aus hartem Holz und es war ihr mit dem Schnitt nicht gelungen. So hatte sie sich selbst zu ihrem Kalender gemacht. Wie ein Gefängnisinsasse. Aber sie war schließlich in einem Gefängnis. Da war ihr Vorgehen nur logisch. Fand sie. Inzwischen war sie 105 Tage hier und ihr Oberschenkel mit Narben und frisch zugefügten Wunden übersät. Bald würde sie den zweiten Oberschenkel verstümmeln müssen. Und danach? Ihre Arme? Oder den Bauch? Daran wollte sie noch nicht denken. Dann wäre sie hoffentlich nicht mehr. Nicht mehr hier oder nicht mehr am Leben.

Das Licht half ihr nicht nur mit dem Zeitgefühl. Es brachte in die ansonsten unbeleuchtete nachtschwarze Kammer Konturen. Zwar waren es nur Grautöne, aber immerhin. Hauptsache, sie sah nicht direkt ins Licht. Dann fühlte sie sich noch blinder als in der nächtlichen Dunkelheit. Ihr Blick fiel auf eine Assel, die auf dem Boden gerade mitten in einen Lichtstreifen krabbelte und dann dort verharrte. Ob das Tier sich wärmte? Oder war es das Licht, das sie festhielt und nicht mehr herausließ? Gern hätte sie die Assel angestupst, damit diese weiterkrabbelte und durch einen Ritz der Bodendielen wieder dorthin verschwand, wo sie hergekommen war. Das Tier machte ihr Angst. Natürlich wusste sie, dass es ein Pflanzenfresser war, und auch, dass es das Totholz, auf dem es herumkroch, in Ermangelung von etwas Besserem fressen würde. Dennoch grauste es ihr jedes Mal, wenn sie eines dieser Gürteltiere in Setzkastengröße bemerkte, und es gab hier viele von ihnen, die immer wieder aus den Ritzen herauskamen, oft sogar in ganzen Kohorten. Sie war sich nie sicher, ob nicht doch eines der Tiere plötzlich zum Allesfresser mutieren und sich an ihrem Fleisch gütlich tun würde, um dann seine Kumpane zu rufen, wie lecker sie war. Vor allem hätten die Tiere es leicht bei ihr. Sie müssten sich nicht erst durch Stoff fressen, da sie splitterfasernackt war. Bis auf die Windel, die sie seit dem zweiten Tag, den sie hier war, trug. Sie wurde ihr regelmäßig zur Nacht gewechselt. So abstrus es auch war, dass sie überhaupt so etwas wie Dankbarkeit empfand, dann tat sie es für diese Inkontinenzslips. Es war nicht ganz so würdelos, wie in einen Eimer oder sogar einfach unter sich zu machen. Wobei ihr ansonsten jegliche Würde genommen worden war. Sie wurde gewickelt und gesäubert, wenn sie es nicht mitbekam. Während sie schlief und von den Fressattacken der Asseln albträumte. In diesen grausigen Träumen belagerten sie Tausende dieser Krabbelmonster, schlugen ihre merkwürdigen Mundwerkzeuge in ihre Körperteile und labten sich an ihr, ohne dass sie etwas dagegen ausrichten konnte. Schon bei dem Gedanken daran bekam sie auch jetzt wieder eine Gänsehaut. Sie selbst hatte bereits aus Hunger ihre Haare gegessen, aber das war etwas anderes. Gewesen. Inzwischen tat sie das nicht mehr. Nicht, weil ihr Magen auf Erbsengröße zusammengeschrumpft schien und ihre Innereien aus Mangel an Kraft kaum mehr Signale sendeten. Sie konnte es schlicht nicht. Sie hatte keine Haare mehr auf dem Kopf, außer ungleichmäßig lange Stoppeln. Es war am 32. Tag ihres Hierseins gewesen, als sie aufwachte und ihre Kopfhaut auf das Übelste juckte. Sofort war ihre Hand nach oben geschnellt, um sich heftig zu kratzen, und in diesem Moment fühlte sie, dass ihr der Schädel während des Schlafens rasiert worden war. Normalerweise war sie für die ersten Minuten nach dem Öffnen der Augen benommen und die sowieso stets vorhandenen Kopfschmerzen und das Dröhnen überlagerten alle weiteren Empfindungen, bis sich ihr Körper an seinen Wachzustand gewöhnt hatte. Erst dann fühlte sie auch andere Schmerzen, wie den am Fußgelenk, um das ein eiserner Ring geschmiedet war, der an einer ebenso eisernen Kette hing, die wiederum in einen Betonklotz eingelassen war. Der Beton war in einer Ecke auf den Boden und gegen die Kammerwand gegossen worden, sodass er einen kleinen Hügel auf den Holzdielen bildete. Dies war erst geschehen, nachdem sie hierher gebracht worden war, und sie hatte es ebenso wenig mitbekommen wie das Anschweißen der Fußfessel und ihre spätere Schädelrasur. Auch die folgenden Rasuren waren während ihres Schlafs vollzogen worden. So, wie das meiste andere. Bei diesem Gedanken musste sie sich schütteln, und sofort verstärkte sich der dröhnende Schmerz in ihrem Kopf. Der Gedanke blieb, als hätte er Spaß daran, sie in Panik zu versetzen. Er malte ihr sehr plastisch aus, was mit ihr im Schlaf angestellt wurde, und das war um ein Vielfaches schauerlicher als ihr Asselmonstertraum. Es mitbekommen wollte sie jedoch auch nicht. Das wäre noch schlimmer.

Zu Beginn ihres Aufenthalts hier wunderte sie sich, wie sie in der gespenstischen Kammer überhaupt schlafen konnte und dann noch so tief. Nach ein paar Tagen schluckte sie jedoch die Erklärung im wahrsten Sinne:

Ihr wurde etwas in ihren Abendbrei, für den sie keinen Löffel bekam und deswegen ihre Finger benutzen musste, gemischt. Sie ging davon aus, dass es ein Schlafmittel war. Der Brei war die einzige Mahlzeit, die sie am Tag bekam, und er wurde ihr stets durch einen kleinen, eingelassenen Spalt am unteren Ende der massiven Tür durchgeschoben. An jenem Abend hatte sich die Tablette anscheinend nicht vollständig im Brei aufgelöst, der wie zäher Leim schmeckte, und sie spürte sie beim Schlucken in ihrer Speiseröhre. Es war ein furchtbares Gefühl. Zunächst dachte sie, sie hätte eine große Assel verschluckt, die ungesehen von ihr im schummrigen Licht der Kammer in den Napf geklettert war. Das ließ sie sofort würgen. Dann schmeckte sie die bittere Pille in ihrem Gaumen und spuckte sie aus. In dieser Nacht konnte sie nicht einschlafen. Irgendwann machte sich jemand an ihrer Kammertür zu schaffen. Ihr Körper versteifte sich bei der Wahrnehmung des Geräuschs sofort. Ängstlich wartete sie darauf, dass die Tür geöffnet wurde. Wer würde eintreten? Und warum? Ein kleiner Funken Hoffnung keimte in ihr auf. Vielleicht holte sie endlich jemand aus der Kammer heraus und sie in die Freiheit. Mit heftig klopfendem Herzen hatte sie auf die Tür gestarrt, die sich wie in Zeitlupe öffnete. Dann sah sie plötzlich nur noch gleißende Kreise – ihr wurde mit einer Taschenlampe, wie sie noch immer annahm, direkt in die Augen gestrahlt. Sie wendete ihren Kopf ab und senkte ihn gleichzeitig zu Boden. Instinktiv blinzelte sie einige Male, um die gleißenden Kreise zu vertreiben. Es gelang nicht, und so presste sie ihre Lider bald fest aufeinander, da sie das Gefühl hatte, ihre Netzhaut würde anderenfalls durch das schneidende Licht verätzen und sie erblinden. An das, was dann geschehen war, wollte sie sich keinesfalls erinnern, tat es aber doch immer wieder. Es war entsetzlicher als alles, was sie in ihren 20 Lebensjahren je erlebt, gelesen oder gesehen hatte. Ebenso der Schmerz, den sie mit einem Mal an ihrer linken Brustwarze gespürt hatte. Zuvor war sie trotz der Fußkette mit Kabelbindern an Händen und Füßen zusammengeschnürt worden. Beim Zusammenschnüren öffnete sie aus Reflex ihre Augen und schrie. Und dann sah sie ihn. Der Mensch, der sie fesselte, glich einem Schatten, aus dem kalte, kleine Augen hervorblitzten. Und eine Reihe gelber Zähne, zwischen denen ein »Halt's Maul« hervorschnellte. Der Schatten war in einen dunklen Umhang gehüllt und seine lippenlosen Zähne umrandete ein Bart, in dem Speichel hing. Seine schwarze Gewandung verschmolz mit dem grauen Licht in der Kammer, die nur von der inzwischen auf dem Boden liegenden Taschenlampe matt erhellt wurde. Trotz seines Ausrufs konnte sie nicht aufhören zu schreien. Jetzt nicht mehr wegen der schneidenden Kabelbinder, sondern vor blankem Entsetzen.

»Dann stopf' ich es dir eben«, zischte der Schatten in ihr Ohr und rammte ihr einen stinkenden Stoff tief in den Rachen, sodass sie kaum mehr schlucken, geschweige denn schreien konnte. Doch diese Pein war nichts im Vergleich zu der darauf folgenden an ihrer Brust. Dann verließ sie das Bewusstsein. Erst am nächsten Morgen weckte sie der brennende Schmerz, der von ihrer Brust ausging. Vorsichtig betastete sie sie, dann erst senkte sie ihren Blick. Sie trug einen bereits durchnässten Verband um die Wunde und wünschte sich, dass sie an Wundbrand sterben würde. Und der Gedanke, dass sie noch eine weitere und unversehrte Brust hatte, machte sie wahnsinnig. Zu ihrem Bedauern starb sie nicht und wachte jeden Morgen mit einem frischen Verband auf, bis ein großes Pflaster diesen ablöste. Einige Zeit später war auch das nicht mehr nötig und sie konnte sehen, was ihr angetan worden war: Ihre Brustwarze fehlte.

Bereits seit der Nacht, als sie ihr entfernt worden war, hatte sie jeden Abend artig ihren Brei gegessen. Nun leckte sie die Schüssel sogar wie ein Hund aus.

»Schönheit liegt im Auge des Betrachters.«

Thukydides, antiker griechischer Geschichtsschreiber

KAPITEL 1
SAMSTAG, 31.8.2024

21.53 Uhr

Der Applaus war mäßig, doch Katharina hatte nicht
die Kraft und auch nicht die Lust, ihm durch laut-
starkes Händeklatschen etwas entgegenzusetzen. Sie
fühlte es einfach nicht, und obwohl sie den Hauptdarsteller kannte, verspürte sie keine Veranlassung, sich
zu überwinden. Sie wunderte sich darüber, aber vermutlich war der Hauptdarsteller der springende Punkt.
Sie kannte den Mann, der da auf der Bühne stand und
sich gerade verbeugte, gut. Ziemlich gut sogar, aber
in einer komplett anderen Rolle. Und genau die hatte
er auf der Bühne immer wieder durchblitzen lassen.
Möglicherweise bildete sie es sich auch nur ein oder
hatte ihm während seiner Vorstellung keine Chance
gegeben und nach Anzeichen geradezu gesucht, die
seine Person, wie sie sie nur allzu häufig erlebte, aus-
machten. Sie war sich da nicht sicher, hatte jedoch
nicht die Muße, sich weiter damit zu beschäftigen.
Es war, wie es war, und im Grunde gab ihr der maue
Beifall recht.

Normalerweise taten Darsteller ihr leid, die nur mageren Applaus für ihre Darbietung erhielten, ganz gleich, ob diese wenig gelungen war. Obwohl sie selbst noch nie für irgendetwas auf der Bühne gestanden hatte, wusste sie, wie viel Zeit und Herzblut von den einzelnen Beteiligten in jede Vorstellung gesteckt wurden, und allein das war gewöhnlich für sie Grund genug, lauthals zu applaudieren. Vor allem, wenn es sich um eine Premiere wie heute handelte. Allerdings hatte der heutige Tag sie arg gebeutelt und sie saß in erster Linie aus reinem Pflichtgefühl hier. Dieses Pflichtgefühl war dem Hauptdarsteller geschuldet, der kein Geringerer als ihr oberster Vorgesetzter war: Kriminalrat Stephan Mausner. Abgesehen davon, dass Mausi, wie der Kriminalrat hinter seinem Rücken von allen in der Lüneburger Polizeidirektion genannt wurde, sie und ihre Kollegen vom Fachkommissariat 1 für den heutigen Abend mehr oder minder zur Anwesenheit verpflichtet hatte, hatte sie auch ein Quäntchen Neugier getrieben, ihn auf der Bühne zu sehen. Hinzu kam, dass Stephan Mausner in wenigen Tagen in Pension gehen würde und er bereits mit dieser Vorstellung und der anschließenden Premierenfeier seinen Abschied geben wollte. Eigentlich hatte er das Ruhestand-Regelalter für Polizisten längst erreicht, aber seine Pensionierung immer wieder herausgezögert. Zuletzt mit dem Argument des Personalmangels, doch nun konnte selbst Mausner nichts mehr ausrichten und musste sich in sein vom Staat festgesetztes Schicksal fügen. Ob seine Gegenwehr etwas mit dem Verleugnen des Älterwerdens oder seiner um etliche Jahre jüngeren zweiten Ehefrau Ann-Christin oder beidem zu tun hatte, konnte Katharina nicht sagen. Sie hatte sich jedoch in den letzten Jahren immer wieder darüber gewundert, dass der Kriminalrat an seinem Posten so festgehalten hatte. Immerhin war er dafür bekannt, dass er sich lieber auf dem Golfplatz herumtrieb, als auf seinem Schreibtischstuhl zu sitzen. Wobei das inzwischen nicht mehr ganz stimmte. Seit etwa einem Jahr, seit er auf Drängen seiner Frau bei einer Laiengruppe mitmachte, hatte er das Schauspielern für sich entdeckt und kam nach eigenem Bekunden kaum mehr auf den Golfplatz. Inzwischen verkündete er sogar bei jeder sich bietenden Gelegenheit, dass er das Theater als neue Herausforderung für sich entdeckt hätte und froh sei, sich bald als Pensionär ganz dieser neuen Leidenschaft hingeben zu können. In der Polizeidirektion wurde sogar bereits gemunkelt, dass Mausi sich in einer Casting-Agentur hatte aufnehmen lassen. Katharina konnte sich das gut von ihm vorstellen. Letztlich geht es mich aber nichts an, dachte die Oberkommissarin jetzt bei sich, hoffte jedoch, dass Mausners Posten in der Direktion gut besetzt werden würde. Es gab einige Kandidaten, doch wusste sie nicht, welcher es werden würde. Sie wusste nur, dass keiner von ihnen so locker sein würde wie der aktuelle Kriminalrat. Denn unabhängig davon, dass sie nicht gerade ein Fan von Stephan Mausners Persönlichkeit war, ließ er ihrem Team oft gewisse Freiheiten in ihren Ermittlungen und redete nur herein, wenn sie kurz davor waren, behördliche Grenzen erheblich zu überschreiten.

Der Applaus war inzwischen vollkommen abgeklungen. Selbst Ann-Christin Mausner, die neben Katharina saß, hatte ihre Hände in den Schoß gelegt und wartete anscheinend darauf, dass ihre Banknachbarn aufstanden, sodass sie es selbst auch tun konnte. An Katharinas anderer Seite saß Ben, ihr direkter Vorgesetzter im FK 1, der Onkel ihrer kleinen Tochter, ihr guter Freund und seit einiger Zeit sogar Wohnungsnachbar und Seelentröster. Letzteres, weil sein Zwillingsbruder und der Vater ihres Kindes eine unglaubliche Dummheit begangen hatte: Bene hatte sich hinreißen lassen und mit zwei anderen Typen zusammen Luxuswagen geklaut. Und nicht nur das – immerhin war er mit ihr, einer Polizistin, zusammen –, er hatte sich auch noch dabei erwischen lassen und war zu insgesamt zwei Jahren Haft verurteilt worden. Ein wenig davon hatte er bereits in der Untersuchungshaft abgesessen, und den Rest verbüßte er jetzt in der Justizanstalt Uelzen, hoffte jedoch, durch gute Führung vorher auf Bewährung herauszukommen.

Autodiebstahl erfüllte den Straftatbestand des besonders schweren Diebstahls. Im Gegensatz zum einfachen Diebstahl war die Bestrafung mit einer Geldstrafe ausgeschlossen, sodass Freiheitsstrafen zwischen drei Monaten und zehn Jahren verhängt wurden. Da hatte Bene mit seiner zweijährigen Haftstrafe noch relatives Glück.

Obwohl seine Festnahme bereits über ein Jahr her war, war Katharina noch immer hin- und hergerissen, ob sie ihm verzeihen konnte. Im Grunde ging es ihr dabei gar nicht um die Tat an sich. Sie hatte immer gewusst, dass in Bene, ganz im Gegensatz zu seinem

Zwilling, eine erhebliche Portion krimineller Energie steckte. Es ging ihr um den Vertrauensbruch. Bene hatte ihr über die Jahre das Gefühl gegeben und oft genug versichert, dass er aus dem Alter heraus war, mit dem Feuer zu spielen, und sie auf seine Zuverlässigkeit zählen konnte. Und nachdem ihre Tochter Matilda geboren war, betonte er selbst immer wieder, dass ihm seine kleine Familie über alles ging. Darüber hinaus litten sie keine finanzielle Not. Natürlich mussten sie nach Matildas Geburt den Gürtel etwas enger schnallen, da sie nicht mehr über ihr doppeltes Einkommen verfügten – Bene hatte sich entschieden, zu Hause zu bleiben und sich um ihre Kleine zu kümmern, während Katharina weiterhin »Räuber und Gendarm« spielen konnte, wie er es in seiner jungenhaften Art gern ausdrückte. So hatten sie nur ihren Verdienst zur Verfügung, der nicht schlecht war und sie gut über die Runden brachte. Immerhin war sie Oberkommissarin. Er hatte es also nicht nötig gehabt, Geld zu beschaffen und dafür sogar ein Verbrechen zu begehen.

Als junger Mann war Bene schon einmal in Autodiebstähle im großen Stil verwickelt gewesen. Damals, sie hatte ihn zu dieser Zeit noch nicht gekannt, war er durch die Hilfe seines Bruders glimpflich davongekommen und konnte nicht verurteilt werden. Auch Kriminalrat Mausner hatte ihn durch seine enge Verbundenheit zu Ben in irgendeiner Weise schützen können, und dies war ein weiterer Beweggrund, weswegen sie hier auf den unbequemen Theaterstühlen saß. Katharina wusste nicht genau, inwieweit Stephan Mausner geholfen hatte, und sie wollte es auch nicht wissen. Darüber hinaus hielten sich in dieser Hinsicht bis heute alle Beteiligten recht bedeckt, wofür es sicherlich einen Grund gab, und Katharina war eine Person, die so etwas akzeptierte und nicht weiter nachbohrte. Zudem ahnte sie, dass es Bene in ein noch schlechteres Licht bei ihr rücken würde, als es eh schon der Fall war. Sie haderte sowieso mit ihrem Umgang mit ihm. Einerseits war er der Vater von Matilda, und gerade in der letzten Zeit waren sie überaus glücklich miteinander gewesen. Wenige Tage vor seiner Festnahme beschlossen sie sogar zu heiraten. Bene wollte dies nach wie vor, doch war sie es gewesen, die ihr Ja-Wort aufgrund seines Verhaltens zurückgezogen hatte. Auch damit haderte sie. War ihr Rückzug von Bene richtig? War er fair? Schließlich war er der Mensch, in den sie sich vor Jahren verliebt hatte und den sie tief in ihrem Inneren noch liebte. Und sie wusste von Anfang an, dass er ein Grenzgänger war, jemand, der sich vorsätzlich gewissen Wagnissen stellte und dem die gesellschaftliche Sicherheitszone als alltäglicher Lebensbereich schnell langweilig wurde. Auch sie selbst war in gewisser Hinsicht eine Grenzgängerin, das zeigte ihre Berufswahl, und aus dieser Gemeinsamkeit heraus passten sie eigentlich gut zueinander. Allerdings stand sie auf der Seite der Guten und Bene durch sein Vergehen auf der anderen. Und alles nur für diesen Kick und ein bisschen Taschengeld. Wobei, das stimmte nicht ganz. Es war nicht nur ein bisschen, was er für seine Coups in Aussicht gestellt bekommen hatte. Das hatte er ihr gerade heute gestanden, als sie ihn in der JVA besucht hatte.

»Stehst du auf?«, riss Bens ruhige Stimme Katharina aus ihren Gedanken. Sie hatte nicht bemerkt, dass Ann-Christin Mausner sich zwischenzeitlich auf ihrer anderen Seite erhoben hatte und bereits durch die Sitzreihe auf den Gang zusteuerte. Katharina nickte und unterdrückte ein Gähnen, während sie sich aufrappelte und es der Frau des Hauptdarstellers, der bereits ebenfalls die Bühne mitsamt seinen Kollegen verlassen hatte, nachtat. Hinter sich spürte sie Ben, der ihr dicht folgte. Es tat gut, jemanden hinter sich zu wissen, der einem den Rücken freihielt, wenn man es gerade dringend benötigte.

22.04 Uhr

Er saß an seinem Frisiertisch und schminkte sich. Schon eine lange Weile verbrachte er seine Zeit hier, da er nicht zufrieden mit dem war, was er im Spiegel sah. Immer wieder wischte er sich die Schminke vom Gesicht und begann erneut mit ihrem Auflegen. Dezent musste sein Make-up sein. Im Grunde kaum erkennbar und dennoch sollte es Unschönes kaschieren und Markantes betonen. Darüber hinaus sollte es sich von seinem Tages-Make-up unterscheiden. Das hätte er in 15 Minuten aufgelegt, doch heute Abend wollte er zusätzliche Highlights setzen, ohne dass seine Betrachter wussten, was es war, das ihm eine besondere Ausstrahlung verlieh. Verdammt! Jetzt hatte er seine Brauen schon wieder zu stark nachgezogen! Natürlich hatte er sie sowieso gefärbt – passend zu seinen Haaren, die er regelmäßig tönte – dennoch wiesen seine Brauen durch das langjährige Zupfen inzwischen kleine Löcher auf, die seine Haut durchblitzen ließen, weshalb er sie mit einem Brauenstift auffüllte. Wütend warf er den Stift auf den Frisiertisch. So langsam lief ihm die Zeit davon. Er wollte natürlich nicht der Erste sein, aber auch nicht der Letzte. Er mochte es, Party-Neuankömmlinge zu beobachten. Dabei guckte er sich schon den einen oder anderen aus.

Ein weiteres Mal wischte er sich mit einem Kosmetiktuch, das er anschließend wie schon die davor einfach auf den Fußboden fallen ließ, die Schminke vom Gesicht. Dann seufzte er genervt von sich selbst auf und begann resigniert, nun doch sein Tages-Make-up aufzulegen. Sein Äußeres war ihm wichtig. Noch hatte seine wirkliche Schönheit, seinen Kern, keiner so recht erkannt. Die Leute waren noch nicht so weit. Deshalb musste er nachhelfen.

Als er fertig und sogar einigermaßen zufrieden mit sich war, holte er seine Tasche, in der sich die notwendigen Utensilien für Abende wie diesen befanden. Nur eines fehlte noch. Er öffnete eine kleine Box, in der er die vorpräparierten Spritzen lagerte. Auf einer von ihnen hatte er mit rotem *Edding* ein Kreuz gezeichnet. Er griente in sich hinein, während er diese und ein paar weitere griff, vorsichtig in die Tasche legte und kurz darauf seine Wohnung verließ.

Verstohlen blickte Ben auf seine Armbanduhr. Er hatte sie noch nicht lange. Eigentlich war es eine Pulsuhr, die er sich zugelegt hatte, nachdem er sich entschlossen hatte, besser auf sich zu achten, wozu auch regelmäßiges Sporttreiben gehörte. Inzwischen konnte er sich seinen Personal-Trainer, wie er das Gerät an seinem Handgelenk für sich nannte, kaum mehr aus seinem Leben wegdenken. Es zeichnete nicht nur sein inzwischen tägliches Work-out und gewisse Reaktionen seines Körpers darauf auf, sondern motivierte ihn ebenso, mehr Bewegung in seinen Alltag zu bringen. Gleichzeitig half es ihm dabei, sein Schlafverhalten zu verfolgen und seine Herzfrequenz im Auge zu behalten – und allein das gab ihm ein gutes Allgemeingefühl. Schon vor zwei Jahren hatte er angefangen, besser auf seinen Körper zu achten. Allerdings war es ihm dabei wie Rauchern gegangen, die ständig aufhören wollten, es ein paar Tage oder manchmal sogar Wochen schafften und dann doch wieder zur Zigarette griffen. Zunächst versuchte er es mit Intervallfasten. Im Grunde hatte das auch ganz gut geklappt, doch kaum waren ein paar Kilo runter, belohnte er sich mit einem leckeren Döner, einem Eisschlemmerbecher oder Kuchen vom Bäcker. Natürlich zwischendurch. Ohne auf seine Intervallmahlzeit zu warten. Nach einer Weile hatte er nicht nur die verlorenen Kilo wieder drauf, sondern sogar ein paar mehr und die Lust an dieser Diät, dem anhaltenden Trend der Ernährungsmedizin, wieder verloren. Er war in dieser Hinsicht einfach zu undiszipliniert. Das war nichts für ihn. Zumindest nicht die 16:8 Methode, auf die so viele schworen – 16 Stunden nichts essen und in den acht Stunden danach nur zwei Mahlzeiten zu sich nehmen? Dafür war er nicht geschaffen, selbst wenn er einen Teil der 16 Stunden schlief. Die anderen Intervallfastenmethoden probierte er gar nicht erst aus, sondern wandte sich direkt dem intensiven Sportmachen zu. Bevor Katharina mit Matilda schwanger geworden war, waren sie beide einigermaßen regelmäßig zusammen gejoggt. Als Katharina dann wieder joggen konnte und auch die Zeit dafür fand, nahmen sie das gemeinsame Laufen nicht wieder auf. Das lag vor allem an Ben. Zunächst, weil er privat zwischen sich und Katharina einen gewissen Abstand bringen wollte, da er durch die Geburt von Matilda endgültig einsehen musste, dass er mehr für die Freundin seines Bruders empfand, als er es als ihr Chef, Schwager in spe und frischgebackener Patenonkel ihrer Tochter tun sollte. Dann hatte er sich, auch aufgrund seiner Gefühle für Katharina, wie er sich inzwischen eingestand, wieder auf seine Ex-Frau Simone eingelassen und vollkommen auf die Beziehung mit ihr konzentriert. Er verkaufte sogar auf Simones Wunsch hin sein Reihenhaus in Ochtmissen, um mit ihr frisch und frei von allen Altlasten komplett neu durchzustarten. Es war ein Fehlstart gewesen, denn nur einen Tag, nachdem er sein Haus verkauft hatte, trennten er und Simone sich wieder und er saß auf der Straße. Seitdem joggte er nicht nur wieder regelmäßig mit Katharina, sondern wohnte auch bei ihr. Zwar nicht in ihrer Wohnung, sondern der gegenüberliegenden, dennoch kam es ihm so vor. Gerade vor ein paar Tagen hatte er gedacht, dass er eigentlich nur zum Schlafen in seine eigene Wohnung hinüberging. Das Schönste und zugleich Problematischste war die Tatsache, dass er durch diese Situation seit Langem mal wieder so richtig glücklich war und er dieses Leben um keinen Preis würde eintauschen wollen.

Als hätte Katharina seine Gedanken gehört, raunte sie ihm zu: »Sollen wir? Ich bin müde. Aber falls du noch bleiben möchtest, kann ich auch allein …«

»Nein, nein«, unterbrach er sie schnell. Auch er sprach leise. Wie schon bei der Theateraufführung saßen sie nebeneinander. Sie waren im *Mama Luu*, in das Stephan Mausner geladen hatte. Der Kriminalrat hatte das ganze thailändische Restaurant gemietet, sodass er mit seinen Gästen unter sich war. Darüber hinaus hatte er mit der Besitzerin und Namensgeberin Mama Luu ausgemacht, über die Öffnungszeit heraus feiern zu dürfen. Normalerweise schloss das Restaurant in der Helmholtzstraße um 22 Uhr, Stephan hatte jedoch zwei weitere Stunden bis 24 Uhr herausgeschlagen. So beschlich Ben nun ein schlechtes Gewissen, denn er befürchtete, dass andere Gäste sich ebenfalls verabschieden würden, wenn Katharina und er bereits eine Stunde früher den Anfang machten. Darum ruderte er gegenüber Katharina zurück: »Vielleicht wäre es unfair Stephan gegenüber, jetzt schon aufzubrechen. Würde es dir sonst etwas ausmachen, allein nach Hause zu fahren? Ich gehe dann später zu Fuß und lass mir den Kopf durchpusten.«

»Das ist doch blöd. Du gehst von hier bestimmt eine halbe Stunde«, gab Katharina zu bedenken.

»Ja, aber extra ein Taxi rufen will ich auch nicht. Und es kann mich keiner rumfahren. Bis auf dich haben alle etwas getrunken oder sind mit dem Rad. Und auf Tobis Gepäckträger will ich sicher nicht. Ich laufe, das ist gar kein Problem.«

»Ach was, ich kann noch aushalten. Auf die eine Stunde kommt es nicht mehr an. Wir gehen zusammen und morgen früh kann ich etwas länger schlafen. Das ist das Gute, wenn meine Mutter auf Matilda aufpasst und bei uns übernachtet. Dann lässt sie es sich nicht nehmen, sich morgens mit Tildchen zu beschäftigen«, sagte Katharina.

»Wie du möchtest«, gab Ben zurück und freute sich innerlich – er mochte es, mit Katharina nach Hause zu kommen. Und obwohl er wie immer allein in seine eigene Wohnung gehen würde, fühlte er sich dann nicht einsam.

»Wenn ich es nicht besser wüsste, dann würde ich denken, ihr beiden seid ein altes Ehepaar, so, wie ihr immer zusammen rumgluckt«, rief Tobi in diesem Moment über den Tisch und prostete Katharina und Ben zu. Ben fühlte sich ertappt, denn Tobi hatte unwissentlich das ausgesprochen, was Ben ebenso fühlte. Dass es jedoch so offensichtlich war, hatte er nicht gedacht. Und es war auch nicht gut. Immerhin arbeiteten sie alle zusammen. Tobias Schneider war in ihrem Team für den Innendienst zuständig. Er war ein überaus lieber Kerl, aber als sein Vorgesetzter wollte er definitiv keinen Klatsch und Tratsch über sich haben. Wer wollte das schon? Ben nahm sich vor, ab jetzt in Gegenwart anderer ein bisschen zurückhaltender gegenüber Katharina zu sein, und prostete Tobi nun ebenfalls zu. Katharina tat es ihm mit ihrem Mineralwasser gleich, woraufhin auch alle anderen in der geselligen Runde ihr Glas erhoben, tranken und sich wieder ihren jeweiligen Gesprächspartnern zuwandten. Nur Ben sagte nichts mehr zu Katharina und suchte ganz bewusst das Gespräch mit Doktor Frauke Bostel, der Rechtsmedizinerin, die auf seiner anderen Seite saß. Sie plauderten ein wenig über das Theaterstück, und Frauke erklärte ihm schmunzelnd, dass sie es sich nie und nimmer hätte entgehen lassen, Stephan Mausner auf der Bühne zu sehen.

»Ich wäre auch hingegangen, wenn Mausner mich nicht in Abständen von wenigen Tagen mindestens fünfmal angerufen und eingeladen hätte. Ich glaube, so oft hat er mich in seiner ganzen Dienstzeit nicht kontaktiert«, lachte Frauke auf, doch ihr Kommentar klang nicht so belustigt, wie es sonst ihre Art war. Da sie nebeneinander saßen, sahen sie sich bei ihrer Unterhaltung nicht direkt an. Deswegen folgte Ben jetzt dem Blick der Rechtsmedizinerin, die in Lüneburg am Klinikum die Pathologie leitete und in diesem Bereich die rechtsmedizinische Außenstelle der für den Kreis Lüneburg zuständigen Rechtsmedizin Hamburg. Doktor Frauke Bostel stierte fast schon zu seiner Kollegin Vivien Rimkus, die im Zwiegespräch mit Phil vertieft war. Sie hieß mit vollem

Namen Doktor Philippa Hensel-Gruber und war frei-
berufliche Entomologin, die sie alle bei ihrem letzten
großen Fall im vergangenen Jahr kennen und schätzen
gelernt hatten, als diese sein Team mit ihren Insekten-
forscher-Kenntnissen unterstützte und sogar den entscheidenden Hinweis zur Aufklärung lieferte. Ben beobachtete jetzt, wie sich Vivien und Philippa verschworen
zunickten, nach ihren Taschen griffen, ihre Stühle abrück-
ten und dann nahezu gleichzeitig aufstanden.

»Gehen die jetzt etwa gemeinsam auf Toilette«, entfuhr es daraufhin Frauke Bostel, was wenig amüsiert,
sondern im Gegenteil genervt klang. Frauke hatte sich
getäuscht. Nachdem die beiden Frauen aufgestanden
waren, streiften sie ihre dem guten Wetter nach ausge-
wählten, leichten Jacken über, gingen zu Stephan Mausner und verabschiedeten sich von diesem. Danach riefen
sie fröhlich in die Runde: »Habt noch viel Spaß zusammen, wir müssen los« und steuerten dem Ausgang entgegen. Auf ihrem Weg dorthin blieben sie bei Katharina,
Ben und Frauke stehen.

»Wie gesagt, wir müssen los. Es findet noch eine
andere Party statt, auf der ich mich blicken lassen
möchte. Wenn ihr Lust habt, kommt doch nach. Wir
sind im Irish Pub am Stint«, sagte Vivien gut aufgelegt.

»Lass mal, ich will nicht stören«, erwiderte Frauke
prompt, stand ihrerseits auf und verließ wortlos den
Tisch, um in Richtung Toilette zu marschieren. Vivien
und Philippa sahen sich perplex an, dann zuckte die
Entomologin angelegentlich mit den Schultern, und auf
Viviens Gesicht breitete sich ein Grinsen aus.

»Wer nicht will, hat selber Schuld«, kommentierte sie Fraukes Abgang so laut, dass auch die Rechtsmedizinerin es sicher hören konnte. Dann wandte sie sich an Ben und Katharina: »Was ist mit euch? Tobi habe ich vorhin gefragt. Er möchte direkt nach Hause zu Frau und Kind, wie er meinte.«

»Ich geh auch nach Hause«, antwortete Katharina und setzte hinzu: »Ich bin platt. Der Tag war anstrengend.«

»Und ich schließe mich Katharina an«, sagte Ben, der nicht nur von Viviens Spruch, sondern vor allem von Fraukes Verhalten überrascht war. So kannte er die Medizinerin nicht. Sie hatte zwar eine spitze Zunge, jedoch setzte sie diese stets mit einer Prise Humor ein. Passte es ihr nicht, dass die beiden jungen Frauen sich so gut verstanden?

War Frauke auf die Freundschaft zwischen Philippa und Vivien eifersüchtig? Im Grunde konnte er sich das nicht vorstellen, da die Rechtsmedizinerin noch nie solch eine Regung gezeigt hatte. Andererseits: Was wusste er schon? Vor allem von Frauen und ihren innersten Gefühlen? Definitiv würde er es schade finden, wenn es deswegen Zwistigkeiten im erweiterten Team gab. Bei Gelegenheit müsste er einmal mit Katharina sprechen, wie sie die Situation empfand. Mist, da war er wieder. Dieser Gedanke, alles mit Katharina besprechen zu wollen. Klar könnte er es darauf schieben, dass sie seine engste und nach ihm in der Rangfolge höchste Mitarbeiterin war. Doch dann würde er sich selbst belügen. Ständig dachte er »Ach, das muss ich Katharina erzählen« oder »Was würde wohl Katharina dazu sagen?« und auch Entscheidungen, die nur ihn betrafen, besprach er stets mit ihr. Und das hatte so rein gar nichts damit zu tun, dass Ben mit Katharina zusammenarbeitete. Er fühlte sich einfach mit ihr verbunden und teilte auf diese Art sein Leben mit ihr. Früher war das Alex gewesen, sein bester Freund aus Kindertagen. Gerade neulich, als sie sich nach einer längeren Pause, die dem Alltag geschuldet gewesen war, getroffen hatten, hatte Alex gemeint: »Irgendwie vermisse ich unsere frühere Vertrautheit. Vielleicht täusche ich mich, aber ich habe das Gefühl, du hast dich von mir distanziert, Ben. Korrigiere mich, wenn ich falschliege, und falls es doch so ist, sag mir bitte, ob ich irgendetwas getan habe. Ich möchte wirklich nicht, dass etwas zwischen uns steht. Ja, ich weiß, ich habe weniger Zeit für unsere Freundschaft, da ich jetzt mit Julie zusammen bin und wir unseren kleinen Sonnenschein Michel haben, der uns zu einer richtigen Familie macht. Liegt es daran?«

»Nein, wie kommst du darauf?«, hatte Ben bestimmt entgegnet und es auch so gemeint, da ihm erst in diesem Augenblick bewusst geworden war, dass Alex recht hatte. Tatsächlich hatte er seinem besten Freund schon länger nicht mehr alles erzählt oder Gedanken preisgegeben, da Katharina an seine Stelle getreten war. Dies wiederum hatte Ben für sich behalten. Seine verwirrenden Gefühle für Katharina hatte er sowieso bisher nicht einmal mit Alex geteilt, was daran lag, dass er sie nie hatte haben wollen. Katharina war die Partnerin seines Bruders – und das hatte er von jeher akzeptiert. Für Ben

wäre es ein No-Go gewesen, in die Beziehung hinein-
zugrätschen. Dummerweise sah das inzwischen anders
aus, und das war noch verwirrender für Ben. Wobei, das
Dummerweise strich Ben aus seinem Kopf, als er an die
Situation dachte. Er genoss die Nähe zu Katharina viel
zu sehr. Sie war von heute auf morgen entstanden. Seit er
Katharinas Mitbewohner war, wie sie ihn gern titulierte.
Und das war auf den Tag genau der gewesen, an dem
sein Zwilling Bene vor gut einem Jahr in Haft genommen worden war. Auch bei diesem Thema schlug Bens
Gefühlswelt Purzelbäume. Einerseits fand er es fürchterlich, dass sein Bruder im Gefängnis saß. Andererseits war er wütend auf Bene, dass es überhaupt dazu
gekommen war. Immerhin hatte Bene sich schon einmal
die Finger heftig verbrannt und Ben hatte seinen Job
aufs Spiel gesetzt, um ihn ohne Strafe rauszuhauen. Wie
hatte sein Bruder nur so dämlich sein können, ein weiteres Mal kriminell zu werden, obwohl er es finanziell
nicht wirklich nötig gehabt hatte. Ben nahm an, dass es
Bene um den Kick gegangen war. Das war jedoch keine
Entschuldigung. Darüber hinaus hatte Bene mit Katharina und Matilda zwischenzeitlich eine Familie gegrün-
det. Wie hatte er das den beiden antun können, zumal
er immer damit rechnen musste, erwischt zu werden?
Und letztlich war es das dann auch. Matilda war noch
so klein, dass ihr natürlich niemand etwas vom Gefängnisaufenthalt ihres Vaters gesagt hatte. Sie hätte es nicht
verstanden, und nun nannte sie seit einiger Zeit ihn, Ben,
Papa. Keiner wusste so genau, ob es daran lag, dass Ben
als eineiiger Bruder seinem Zwilling glich wie kein ande-

rer, an der Namensgleichheit, die ihren Eltern zuzuschreiben war und die es einfach lustig gefunden hatten, ihn Benjamin und seinen Bruder Benedict zu nennen und gleich nach ihrer Geburt mit den für Verwechslungen vorprogrammierten Spitznamen anfingen. Oder Matilda nannte ihn Papa, weil er wie ein Vater für sie da war und präsent. Er unternahm viel mit der Kleinen, auch häufig allein. Und wenn es nur das sonntägliche Brötchenholen war, das inzwischen zu ihrem Wochenendritual gehörte. Tilda fuhr dann auf ihrem Laufrad und er joggte die kurze Strecke zum Bäcker neben ihr her. Bei dem Gedanken an Matilda, die ein kleiner Wirbelwind war, musste er unwillkürlich lächeln.

»Hey, worüber freust du dich gerade so still und heimlich?«, knuffte Katharina ihn in die Seite und sah ihn fragend an.

»Ach nur so«, erwiderte Ben, schaute angelegentlich auf seine Uhr und meinte: »Da Vivien und Philippa den Anfang gemacht haben, wären wir nicht die Buhmänner, die den Abend sprengen. Wollen wir uns anschließen und nach Hause?«

Das ließ sich Katharina nicht zweimal sagen. Eine halbe Stunde später lag Ben in seinem Bett. Allein. Nur ein paar Wände von Katharina getrennt.

»Ein wenig Lüge gehört zur Schönheit.«

Moritz Heimann, deutscher Dichter, Essayist, Novellist, Dramatiker, Lektor und Kritiker

KAPITEL 2
MONTAG, 2.9.2024

8.08 Uhr

»Oha, alles gut mit dir? Nimm es mir nicht übel, aber du siehst ziemlich mitgenommen aus. Hast du das Wochenende durchgefeiert? Soll ich dir einen Kaffee machen? Oder brauchst du besser eine Kopfschmerztablette?«, fragte Katharina direkt, als Vivien das Büro betrat. Sie wusste, dass sie wie durch den Kakao gezogen aussah. Heute Morgen hatte sie kaum die Kraft gehabt, sich wie normalerweise zu schminken. Selbstverständlich tat sie es dennoch. So, wie sie es seit ihrer Jugend machte, nachdem die scheußlichen Wunden in ihrem Gesicht einigermaßen vernarbt waren, damit das Make-up sie verdeckte. Sie konnte ihr Scarface, wie sie es für sich nannte, ungeschminkt selbst nicht im Spiegel ertragen und wollte es dementsprechend schon gar nicht anderen Menschen zumuten. Darüber hinaus fühlte sie sich mit ihrer täglichen Maske einfach besser. Stärker. Indem sie sie nach außen verdeckte, verdeckte sie auch die Wunden ihres Inneren und konnte die Dämonen ihrer Vergangenheit einigermaßen in Schach halten.

Die ganze erbarmungslose Geschichte, die sie jeden Tag mit sich herumschleppte und die sie nach wie vor in ihren Träumen heimsuchte, war vor 20 Jahren passiert. Sie war 16 gewesen. Damals nahm eine Schulfreundin, mit der sie seit der Sache keinen Kontakt mehr hatte, sie auf eine Party mit, auf der Vivien sonst niemanden kannte. Das änderte sich jedoch schnell. Deswegen war Vivien noch geblieben, als ihre Freundin nach Hause ging. Das Nächste, an das Vivien sich erinnerte, war der schrille Aufschrei einer Frau, deren Hund sie am nächsten Morgen hinter einem Busch an einem nahegelegenen Baggersee komplett entkleidet aufgespürt hatte. Der Schmerz kam nicht sofort, als sie die Augen aufschlug, doch dann brach er wie ein Tornado über sie herein. Sie war mehrfach vergewaltigt worden und am ganzen Körper übersät mit tiefen Schnitten, die ihr aller Wahrscheinlichkeit mit zerbrochenen Bierflaschen zugefügt wurden. Auch vor ihrem Gesicht war nicht haltgemacht worden – ihre rechte Gesichtshälfte war regelrecht zerfetzt. Es bedurfte mehrerer Operationen, um sie halbwegs wiederherzustellen. Überdies wies der Rechtsmediziner K.-o.-Tropfen in ihrem Urin nach, sodass es kein Wunder war, dass Vivien einen Filmriss gehabt hatte. Später redete sie sich ein, dass es auch besser so war, da außerdem aufgrund ihrer verschiedenen Misshandlungen festgestellt wurde, dass es sich nicht um einen, sondern um mehrere Täter gehandelt haben musste. Ansonsten hinterließen die Täter keinerlei Spuren. Sie hatten bei ihrer Reihenvergewaltigung je ein Präservativ genutzt. Dies schloss wenigstens das Risiko einer Schwangerschaft aus, doch machte dieses Wissen das Geschehene nicht besser. In Vivien reifte der Entschluss, zur Polizei zu gehen, den sie nach Beendigung der Schule umsetzte. Und jetzt saß sie hier, hatte sich hingeschleppt. Allein zu Hause hatte sie es einfach nicht ausgehalten, da gestern, als sie sich so dermaßen matt fühlte, alles wieder an die Oberfläche gekommen war. Hinzu kam das beklemmende Gefühl, die Täter von damals könnten zurück sein, um sie ein weiteres Mal zu missbrauchen und ihren sadistischen Spaß mit ihr zu treiben, während sie ihnen wehrlos ausgeliefert war. Außerdem schwappte wieder der Kontrollverlust, den sie niemals mehr hatte haben wollen, in ihr hoch. Und eine enorme Wut. Dies alles zusammen war der Grund, weswegen sie gestern nicht zum Arzt gegangen war, um sich Blut abnehmen zu lassen. Denn wenn das Ergebnis positiv ausgefallen wäre, hätte sie sich eingestehen müssen, dass sie, die sich innerhalb der letzten 20 Jahre wieder langsam, aber sicher und mithilfe von unzähligen Therapiestunden leidlich gefangen hatte, wieder zum Opfer gemacht worden war.

Sie hatte sich allerdings nicht ganz so gefühlt wie damals. Damals war die Erinnerung von einer Sekunde auf die andere mitten auf der Tanzfläche abgerissen und in tiefe Schwärze versunken, bis sie im Gebüsch wieder zu sich gekommen war. In der Nacht im Irish Pub hatte sie nur plötzlich Schwindel und eine Willenlosigkeit übermannt, die sie im ersten Moment verwirrte. Dann war der Nebel in ihr Gesichtsfeld gerückt und ihre Beine machten schlapp. Hätte Philippa, die neben ihr am Tresen stand, sie nicht gestützt, wäre Vivien in sich zusammengesackt.

»Oha, das war wohl ein Tequila zu viel«, war Philippas Stimme wie im Hall zu ihr durchgedrungen. Die Freundin hatte Vivien nach draußen geschleift, wo diese sich sofort erbrach. Dann schleppte Philippa sie irgendwie zum Hotel *Heideglanz*, vor dem stets Taxen standen, verfrachtete sie in eines, stieg selbst ein und ließ sie beide zu Vivien nach Hause fahren. Philippa verbrachte die Nacht bei ihr, wie immer, wenn sie gemeinsam loszogen, musste am nächsten Morgen jedoch zu einem Job nach Flensburg aufbrechen. Sie tat es nur widerwillig und hätte den Job fast abgesagt, da es Vivien nach wie vor schlecht ging. Nur Viviens Drohung, sie würde ihr die Freundschaft kündigen, wenn sie nicht nach Flensburg fuhr, konnte Philippa bewegen zu fahren. Natürlich hätte Vivien ihre Worte nicht wahr gemacht. Philippa war ihr im letzten Jahr zu einer Freundin geworden, die ihr zeigte, wie schön das Leben und wie bunt und fröhlich die Welt sein konnte, wenn man es nur zuließ. Vivien wollte sie nicht mehr missen. Sie war in ihrer unkomplizierten, sich selbst sehr bewussten und doch spontanen Art so anders als Vivien – und das tat gut. Und gerade deswegen wollte Vivien nicht, dass Philippa sich ihr gegenüber verpflichtet fühlte. Ihre Freundschaft sollte auf Freiwilligkeit beruhen. Und gestern spürte Vivien, dass Philippa zwischen ihrem Auftrag und ihrer Freundschaft hin- und hergerissen war. So hatte sie Philippa die Entscheidung zu fahren oder zu bleiben abnehmen wollen. Auch das verstand Vivien unter Freundschaft. Darüber hinaus ging sie davon aus, dass sie am Abend zuvor zu viel getrunken hatte und sie einfach nur ihren Rausch richtig ausschlafen musste. Immerhin hatte sie erst bei der Feier von Stephan Mausner dem Wein ordentlich zugesprochen, und später hatte ihr dann der Tequila am Tresen im Irish Pub wohl den Rest gegeben. Er war der berühmte Tropfen zu viel.

Ab dem Moment, ab dem Philippa die Wohnungstür hinter sich zugezogen hatte und sie allein in der Stille ihrer Wohnung gewesen war, fühlte sie sich jedoch unbehaglich. Ganz hinten in ihrem Kopf sagte ihr eine zwar leise, aber penetrante Stimme unablässig, dass sie normalerweise nichts so schnell umhaute. Sie antwortete sich zwar, dass es Tage gab, an denen der Körper anders als sonst reagierte, dennoch war der innere Widerstreit in ihr geschürt. Hatte ihr körperliches Unwohlsein doch nichts mit dem getrunkenen Alkohol zu tun, sondern war durch etwas anderes hervorgerufen worden? Wie damals durch K.-o.-Tropfen? Eigentlich konnte das nicht sein. Sie hatte im Irish Pub lediglich diesen einen Tequila geordert. Der Barmann hatte ihn vor ihren Augen eingeschenkt und bestimmt war das Glas mit den unheilvollen Tropfen nicht vorpräpariert gewesen. Und trotzdem zweifelte sie. Aus diesem Gedankenkarussell kam sie bis jetzt nicht heraus. So war sie heute Morgen noch immer ausgelaugt aufgestanden und ins Büro gegangen. Hier war sie erstens nicht allein, und vor allem hoffte sie, die Arbeit würde sie von ihrem diffusen Körpergefühl ablenken.

»Gern beides«, antwortete Vivien Katharina jetzt und hörte selbst, wie erschöpft es klang. Doch zu mehr Zusammenreißen war sie gerade nicht in der Lage. Sie warf Katharina, die sie mütterlich und verständnisvoll anlächelte und sich dann dem Kaffeevollautomaten zuwandte, einen dankbaren Blick zu, setzte sich in ihren Schreibtischstuhl, streckte den Arm aus, drückte das Knöpfchen und ließ ihren Computer hochfahren. In diesem Moment öffnete sich die Bürotür und die beiden Männer ihres Teams traten hintereinander ein.

»Guten Morgen«, tönte Tobias Schneider gut gelaunt in den Raum, während Hauptkommissar Benjamin Rehder nur seine Hand erhob und sagte: »Moin, Vivien. Katharina, machst du mir auch einen?«

»Klar, gern, dir auch, Tobi?«, erwiderte die Angesprochene, ohne sich von der Maschine abzuwenden.

»Nee, danke, ich mach mir gleich selbst einen Tee«, meinte dieser.

»Auch gut«, sagte Katharina und fragte dann: »Ben? Wie war es in der Pressestelle? Erfolgreich?«

Vivien tauschte mit Tobi einen kurzen Blick. Dann war es ihm also ergangen wie ihr, denn sie hatte sich bereits gewundert, dass Ben und Katharina nicht wie sonst gemeinsam zur Arbeit gekommen waren. Allerdings waren sie es wohl doch, nur dass Ben weiter zur Pressestelle gegangen war. Seit Langem bearbeitete ihr Fachkommissariat einen Vermisstenfall und kam nicht vorwärts. Es gab weit und breit keine Spur von der Lüneburger Studentin. Vivien nahm an, dass der Hauptkommissar bei den Kollegen der Pressestelle um einen weiteren Aufruf über die sozialen Medien gebeten hatte. Sie hatten im Team am Freitag kurz darüber gesprochen, dass dies sinnvoll sein könnte. Die junge

Frau war im letzten Herbst abends auf dem Weg von ihrem Kellnerjob in der Altstadt zu ihrer Wohnung in Neu Hagen verschwunden, und sie hatten die Hoffnung, dass irgendjemand irgendetwas mitbekommen oder wenigstens Verdächtiges bemerkt hatte.

»Na ja, erfolgreich? Ich weiß nicht, ob man das so nennen kann«, antwortete Ben. »Auf jeden Fall werden die Kollegen einen erneuten Aufruf ins Netz stellen. Drücken wir uns die Daumen, dass sich diesmal jemand meldet. Einer reicht schließlich, zumindest, wenn er uns den richtigen Hinweis liefert.«

Für eine kurze Weile sagte niemand etwas, dann platzte Tobi heraus: »Sag mal, Vivien, du siehst aus wie ein Schluck Wasser in der Kurve.« Er hatte sich gerade an seinen Schreibtisch gesetzt, der Viviens gegenüberstand, und musterte sie unverhohlen.

»Danke auch vielmals. Ja, ich weiß. Hat Katharina auch schon festgestellt«, entgegnete die Ermittlerin, verzog für eine Sekunde ihr Gesicht zu einer beleidigten Miene und nahm dankbar ihren Kaffee sowie die Kautablette entgegen, die Katharina ihr in die ausgestreckte Hand gleiten ließ. Normalerweise hatte sie welche für Notfälle dabei, doch heute hatte sie sie vergessen, da sie mit dem Fahrrad zur Arbeit gekommen war. Wegen des Radfahrens hatte sie ihren Rucksack mitgenommen, die Kopfschmerztabletten waren jedoch in ihrer Handtasche. Sie hatte gehofft, die frische Luft und Bewegung würden ihr guttun. Aber Fehlanzeige. Ihr Schädel brummte nach wie vor wie ein Wespennest.

Während Vivien nun an der Tablette kaute, lächelte sie Tobi zu, denn natürlich war sie nicht wirklich beleidigt. Sie hatte nur so getan. Erstens hatte auch sie heute Morgen in den Spiegel gesehen und zweitens war Tobi eben so. Frei von der Leber weg. Sie wusste, dass er es nicht böse gemeint oder sie hatte verletzen wollen. Solcherart Aussprüche waren seine Art zu zeigen, dass er sich Sorgen machte. Wie anscheinend auch Katharina, die an ihrem Schreibtisch stehen geblieben war und sie nun mitleidend betrachtete. Auch Ben beäugte sie mit gerunzelter Stirn intensiv. Vivien mochte es überhaupt nicht, im Mittelpunkt zu stehen. Schon gar nicht in dieser Verfassung. So hatte sie jetzt das Gefühl, etwas sagen zu müssen. Bemüht flapsig blickte sie in die Runde und meinte: »Damit ihr es wisst: Nein, ich war gestern nicht feiern, sondern lag den ganzen Tag zu Hause und kam kaum aus dem Bett. Keine Ahnung, was mit mir los ist. Heute geht es mir schon besser und nicht so schlecht, dass ich nicht arbeiten gehen könnte. Ich bin nur noch ein bisschen madelig im Kopf, aber das wird schon. Das Bett hüten hätte es definitiv nicht besser gemacht.«

»Ich bin trotzdem dafür, dass du nach Hause gehst und dich ausruhst. Irgendwas steckt da in dir. Nicht, dass es schlimmer wird und du dann wochenlang flachliegst«, erwiderte Ben.

»Ich möchte auch ungern flachliegen«, warf Tobi ein.

»Wir wollen alle nicht flachliegen«, kommentierte Katharina die Worte der beiden Männer, »und ich bin mir sicher, dass Vivien das weiß und genug Verantwortung in sich trägt, nicht herzukommen, wenn sie ansteckend ist. Wenn sie also meint, lieber hier sein zu wollen, als zu Hause im Bett zu liegen, dann sollten wir die Entscheidung akzeptieren.«

»Entschuldige bitte, Vivien«, sagte Ben sofort, »Katharina hat recht.«

12.03 Uhr

Wie immer, wenn es ihm möglich war, lag Ben auf der ihm zugewiesenen Liegefläche des Etagenbetts. Das Bett war für ihn seine einzige Rückzugsmöglichkeit vom streng geregelten Gefängnisalltag. Ansonsten hieß es 6 Uhr aufstehen, waschen, frühstücken, 6.40 Uhr fertigmachen für den Arbeitseinsatz, 6.55 Uhr Arbeitsbeginn, 9 Uhr zweites Frühstück, spätestens 9.30 Uhr Arbeitsaufnahme, 11.45 Uhr Mittagspause, 12.25 Uhr erneute Arbeitsaufnahme, 15.30 Arbeitsschluss, 16 Uhr Abendbrotausgabe, 16.30 Uhr Freizeit, soweit man diese im Knast haben konnte, 19 Uhr Einschluss und, wie es so schön hieß, Ausklang des Tages.

Um auf seinem Bett bequem zu sitzen, war er zu groß und hätte es mit gebeugten Rücken und eingezogenen Schultern machen müssen, was irgendwann schmerzte. So war das Liegen zwar manchmal lästig, aber das nahm er gern in Kauf, zumal er froh war, dass ihm nicht die untere Bettetage zugefallen war. Hier oben hatte er das Gefühl, einen kleinen, relativ uneinsehbaren Ort für sich zu haben. Unten wäre das nicht der Fall gewesen, wie sein Zellenkumpan es immer wieder kundtat. Ansonsten verstanden Bene und Lukas, genannt Lucky Luke, sich recht gut. Lucky Luke saß in Uelzen ein, da er mit Ecstasy gedealt hatte. Er war mit seinen 24 Jahren jung, doch im Knast gut vernetzt und außerdem aufgrund seiner kräftigen Statur und effektiven Verteidigungskünsten anerkannt, sodass er seinen Zellenbruder Bene vor den unangenehmeren Insassen der JVA abschirmte. Bene dankte es dem jungen Mann durch intensive Gespräche über das Leben, die Welt und den eigenen Kampf mit der kriminellen Ader, die in beiden von ihnen floss. Momentan schwiegen sie und hingen ihren Gedanken nach. Zuvor hatten sie das Thema Familie besprochen – Lucky hatte gerade gestern von seiner Freundin erfahren, dass sie schwanger war. Es war nicht geplant und während eines unüberwachten Langzeitbesuchs seiner Freundin in der Liebeszelle, wie die wie kleine Apartments ausgestatteten Räume im Knastjargon genannt wurden, geschehen. Lucky freute sich sehr auf sein Baby, verzweifelte jedoch daran, dass es auf die Welt kommen würde, während er im Gefängnis saß. Der große, muskulöse Mann hatte sogar geweint und Bene hatte versucht, ihn zu trösten. Er hatte ihm von seiner großen Tochter Leonie erzählt, die er erst im Grundschulalter kennengelernt und zu der er damals ziemlich schnell ein sehr gutes Verhältnis aufgebaut hatte. Heute war Leonie bereits 23 und sie hatten eine Beziehung miteinander, als würden ihnen die ersten Jahre ihres Lebens nicht fehlen. Über Matilda hatte Bene nicht gesprochen, da es ihm selbst schier das Herz zerriss, dass er sie nicht sah. Katharina weigerte sich, die Kleine mit ins Gefängnis zu bringen, da sie meinte, Tilda wäre noch zu jung und würde es nicht verstehen, dass ihr Vater nach einer Besuchszeit nicht einfach mit ihnen aus dem Gebäude herausspazierte. Natürlich konnte Bene Katharinas Argument nachvollziehen, dennoch machte es ihn enorm traurig, vor allem, da nur er allein die Schuld an dieser vermaledeiten Situation trug. Ebenso fühlte er den großen Graben, der sich zwischen ihm und Katharina aufgetan hatte – sie war weiter weg von ihm als in ihrer Anfangszeit, in der sie sich so häufig zwei Schritte auf ihn zubewegt hatte, um dann wieder drei rückwärts zu gehen, wenn es ihr zu eng mit ihm wurde. So führten sie einige Jahre eine nur lockere Beziehung miteinander. Ihm war dies damals recht, doch ab irgendeinem Moment merkte er, dass er nicht mehr ohne Katharina sein wollte, und hatte um ihre Zuneigung gekämpft. Es war ihm gelungen. Dann war sie ungeplant schwanger geworden und Matilda das schönste Geschenk, was Katharina ihm machen konnte. Das hatte er gedacht. Dann nahm sie endlich seinen Heiratsantrag an und er meinte, im Glück zu baden. Jetzt wollte Katharina jedoch nichts mehr von einer Ehe mit ihm wissen. Wieso hatte er sich bloß hinreißen lassen, diese verdammten Luxusschlitten zu klauen? Als er damit angefangen hatte, hatte er sich eingeredet, es läge am Geld, da sie durch seinen genommenen Erziehungsurlaub mehr oder minder von Katharinas Verdienst lebten und er sich nicht wirklich gut damit fühlte. Inzwischen hatte er sich jedoch eingestanden, dass er es wegen dieses lang vermissten Kicks getan hatte, den er bei kriminellen Handlungen in sich fühlte. Es war nur ein kurzer Moment nach einem gelungenen Coup, doch anscheinend funktionierte er wie ein rückfälliger Junkie oder Trinker. Das so mir nichts, dir nichts seinen Körper überflutende Adrenalin berauschte ihn. Wie dumm er doch gewesen war zu glauben, er würde nicht erwischt werden! Und jetzt hatte er nahezu alles verloren und lag in seiner Knastzelle. Das Einzige, was ihm geblieben war, war seine Würde, und auch die war ziemlich angekratzt. Wenigstens schaffte er es, sich von den anderen abzugrenzen. Dank Lucky Luke war er vor der Gewalt der Insassen geschützt. Nur wie lange noch? Er fürchtete sich nicht vor Auseinandersetzungen, aber er wusste, er würde sich im Fall der Fälle wehren und dann doch dem Klischee des Häftlings entsprechen. Vor Drogen war er gefeit. Die hatten ihm noch nie zugesagt, weil er die Kontrolle über sich und sein Denken behalten wollte. Und in die Kleinkriege der Häftlinge untereinander oder auch mit der Anstaltsleitung ließ er sich nicht ein. Manchmal fiel es ihm schwer, den Mund zu halten, aber es war besser so, zumal er auf gute Führung und damit eine frühzeitige Entlassung spekulierte. Das Urteil gegen ihn war hart gewesen, und er hatte das Gefühl, dass der Richter ein Exempel an ihm hatte statuieren wollen, zumal er seine Kumpane, die mit ihm die Autodiebstähle durchzogen, nicht verriet. Den Drahtzieher, seinen Auftraggeber, kannte er glücklicherweise nicht. So log er nicht, als er dessen Namen nicht nannte. Er wusste ihn schlicht nicht, sondern hatte jeweils nur über einen Mittelsmann erfahren, welches Wagenmodell er klauen sollte.

Von den meisten seiner Mithäftlinge konnte er sich kein ordentliches Leben nach dem Knast vorstellen. In der Regel wiesen sie alle eine von Gewalt beherrschte Kindheit auf, hatten die Schule als lästig empfunden und waren häufig ohne Abschluss, sodass sie eher arbeitslos als berufstätig gewesen waren. Ihr Geld verdienten sie deswegen durch Kriminalität, bis sie irgendwann erwischt wurden. So wie Bene. Hierin glichen sie sich also am Ende. Im Zweifel würden sich ihre Leben erst nach dem Gefängnisaufenthalt unterscheiden. Er würde nicht so weitermachen wie vor seiner vom Staat verordneten Zwangspause. Dessen war Bene sich sicher. Kick hin oder her. Noch einmal setzte er nicht das Zusammensein mit seiner kleinen Familie aufs Spiel. Doch was war, wenn Katharina ihn dann so gar nicht mehr wollte? Bene ahnte, dass ihm dies den Boden unter den Füßen wegziehen würde, da er momentan bei ihren Besuchen einen kleinen Vorgeschmack von ihrer Ablehnung ihm gegenüber bekam und ihm das erheblich zu schaffen machte. Logisch, sie fühlte sich von ihm belogen und verraten. Das würde er sicherlich auch tun, wäre es andersherum. Aber dennoch war doch da Liebe zwischen ihnen beiden! Die verpuffte schließlich nicht mir und dir nichts. Und war sie wirklich bei Katharina komplett mit dem Mist, den er gebaut hatte, zugeschüttet worden? Manchmal glaubte er, in ihren grünen Katzenaugen einen Hauch ihrer Liebe durchblitzen zu sehen, wenn sie sich bei ihren Besuchen von ihm verabschiedete. Aber vielleicht war da nur der Wunsch danach Vater dieses Gedankens. Vielleicht wollte er es sehen? Er konnte sich ein Leben ohne Katharina und seine kleine Matilda nicht mehr vorstellen. Natürlich hatte er ein Leben vor Katharina geführt. Doch dies war geprägt gewesen von der Suche nach sich selbst. Bei Katharina war er endlich angekommen. Ja, nach außen hin war er der taffe Kerl, doch zu Hause, im Privaten, wollte er sich fallen lassen. Bei Katharina hatte er das immer gekonnt. Manchmal dachte er darüber nach, was geschehen wäre, wenn er Katharina von den Autodiebstählen erzählt hätte. Natürlich hätte sie ihn nie darin unterstützt oder es auch nur hingenommen. Aber sie hätte mit ihm geredet, es ihm ausgeredet, ihn sicherlich für verrückt erklärt, aber sie hätte ihn nicht so verachtet, wie sie es jetzt tat. Denn das tat sie. Das spürte er. Diese Verachtung war schlimmer als die Enttäuschung über ihn, die ebenso in ihrem Gesicht stand, wenn sie ihn besuchte. Bene dachte an seine Zukunft. Was wäre, wenn er rauskam und Katharina ihn tatsächlich nicht mehr wollte? Dann wäre er nicht nur ein Ex-Knacki, sondern auch allein. Würde er in diesem Fall so enden wie so viele vor ihm, bei denen die Resozialisierung nicht geklappt hatte? Vielleicht war er dann in Freiheit, aber könnte er in der Gesellschaft nochmals Fuß fassen? Definitiv war er in der letzten Zeit in seinem Leben draußen in miese Kreise geraten und hatte es zugelassen. Doch hier drinnen hatte er kaum eine Wahl. Hier saß er inmitten der schlechten Gesellschaft! Dabei hieß es im Paragrafen 2 des Strafvollzugsgesetzes: »Im Vollzug der

Freiheitsstrafe soll der Gefangene fähig werden, künftig in sozialer Verantwortung ein Leben ohne Straftaten zu führen.« Das hatte ihm Sarah bei einem ihrer Besuche erzählt. Sie war die Einzige, die nicht aus Pflichtgefühl, sondern aus echtem Interesse an ihm in Uelzen auftauchte. Sie war zwar in Lüneburg Staatsanwältin, doch hatte sie seinen Fall aus Befangenheit nicht übernehmen dürfen. Die um einige Jahre jüngere Frau war eine Freundin. Bene wusste, dass sie gern mehr für ihn wäre, doch hatte er gewissen Andeutungen von ihrer Seite in der Vergangenheit stets den Riegel vorgeschoben. Inzwischen tat er es nicht mehr so vehement. Das lag zum einen an Katharinas Rückzug, aber auch an der Dankbarkeit, die er Sarah für ihre Besuche entgegenbrachte. Er mochte es, wenn er gemocht wurde, und davon gab es momentan nicht viele Menschen.

Benes Gedanken kehrten zu dem Paragrafen zurück, der sich in der Theorie gut anhörte, seiner Meinung nach aber nicht praktiziert wurde. In der JVA ging es heftiger zu als draußen auf den Straßen. Obwohl sie unter Beobachtung standen, kamen Insassen ums Leben oder wurden misshandelt. Mancher Insasse beging hinter Gittern schlimmere Taten als die, wegen der er überhaupt eingebuchtet worden war. Denn es ging im Grunde ums Behaupten oder, auf die Spitze getrieben, ums Überleben. Wer sich nicht stark machte und das auch zeigte, hatte schnell verloren. Oder er hatte jemanden wie Lucky Luke an seiner Seite wie Bene.

Im Knast gab es unter den Häftlingen Hierarchien. Ein wenig so wie beim Kastensystem in Indien. Als

Sexualstraftäter stand man ganz unten. Gleich daneben Polizisten. Genau das war Benes Problem, da vor Kurzem durchgesickert war, dass er nicht nur eine Polizistin als Freundin hatte, sondern zudem der Zwillingsbruder eines Hauptkommissars war. Ein paar kannten Ben sogar und waren überhaupt nicht gut auf ihn zu sprechen und somit auch nicht auf Bene. Natürlich erzählte er herum, dass er anders war und nichts mit seinem Bruder zu tun hätte, doch es half nicht. Dies lag auch daran, dass Ben ihn besuchte. Nicht häufig, aber regelmäßig. Gerade beim letzten Mal hatte Bene ihn deswegen gebeten, nicht mehr zu kommen, und ihm seine brisante Situation geschildert. Ben hatte dazu genickt, und Bene meinte dabei einen Schatten der Erleichterung über das Gesicht seines Bruders gleiten zu sehen. Inzwischen glaubte Bene, dass diese Erleichterung nicht von der Last und dem Pflichtgefühl, seinen Bruder im Gefängnis zu besuchen, herrührte, sondern vielmehr mit Katharina zu tun hatte. Bene wusste natürlich, dass Ben in seine ehemalige Wohnung neben der von Katharina gezogen war, und wenn er sich bei den Besuchen danach erkundigte, wie es so lief, war Ben bisher genauso wie Katharina der Frage ausgewichen. Darüber hinaus hatte Sarah ein paar Andeutungen gemacht, die Bene alles andere als gefielen. Klar, sie wollte was von ihm und war sich aufgrund dessen mit Katharina nicht eben grün, und vielleicht übertrieb sie deswegen ein wenig. Dennoch hatte sie nun einige Male erwähnt, wie innig vertraut Ben und Katharina miteinander umgingen und dass die Leute über die beiden redeten.

Ben und Katharina hatten sich immer gut verstanden und Bene war nicht entgangen, wie sein Bruder Katharina manchmal ansah. Das war nicht nur Vertrautheit, das war mehr. Bewunderung? Respekt? Auf jeden Fall intensive Gefühle. Ben hatte Bene nie irgendetwas gegenüber gesagt, stets den Anstand gewahrt und höchstens allein in seinem stillen Kämmerlein vor sich hingeschmachtet. Vor allem, seit Matilda auf der Welt war. Doch jetzt war Bene mehr oder minder aus Katharinas Leben verschwunden, und Ben hatte freie Bahn, zumal sein Bruder keine Beziehung führte und kaum mehr eine wohnliche Distanz zwischen ihm und Katharina herrschte. Und Katharina war allein. Abgesehen davon, dass auch sie Ben sehr schätzte und gern Zeit mit ihm verbrachte. Darüber hinaus war Ben stets zur Stelle, wenn es um Matilda ging – ob zum Babysitten oder als Abholer von der Tagesmutter. Bene wusste, dass sein Zwilling Tilda wie sein eigenes Kind liebte, genauso wie Leonie. Von beiden Mädchen war Ben der Patenonkel, und diese Rolle füllte er mit Bravour aus. Bene würde darauf wetten, dass sein Bruder die Rolle auf Katharina ausdehnen würde, wenn von ihr nur ein kleines Zeichen käme. Sein Herz krampfte sich zusammen. Wo war sein Vertrauen in Katharina geblieben? Er biss die Zähne aufeinander, damit ihm der Schrei, den ihm Wut und Verzweiflung in die Kehle trieb, nicht lauthals entfuhr. Am liebsten hätte er in diesem Moment etwas kaputt gemacht, so sehr verfluchte er sich selbst, und das musste raus, sonst würde er noch durchdrehen. Was für eine Scheiße! Wo war sein Leben? Wie hatte er so selbstzerstörerisch sein können?

Plötzlich hörte Bene einen durchdringenden Ton und erschrak, obwohl er ihn nun schon einige Zeit kannte. Der Ton signalisierte den Insassen, dass die kurze Entspannungspause vorbei war und sie zurück an ihre Arbeit zu gehen hatten. Bene atmete einmal tief ein und aus, dann kletterte er herunter von seinem Bett.

12.10 Uhr

Sie stöhnte vor Schmerz, als sie sich aus ihrer Liegeposition auf dem harten Boden aufrichtete. Er war wie eine hungrige Bestie, die sich niemals zufrieden gab. Gleichzeitig war er der einzige Beweis, dass sie noch am Leben war. Doch sie litt nicht nur physisch. Auch ihr Geist zersetzte sich mit jedem weiteren Tag in diesem Gefängnis, bis selbst der kleinste Versuch, klar zu denken, in einem quälenden Chaos aus Furcht und Verzweiflung mündete.

Ihr Blick wanderte ihren Körper hinunter. Ihre rechte Brust war schon lange verstümmelt, ein schauerliches Andenken an diese eine fürchterliche Nacht. Jetzt klebte ein Verband auf ihrer anderen Brust. Mit jedem Atemzug spürte sie das Pulsieren der neuen Wunde. Schnell guckte sie wieder weg. Wie viel mehr konnte ihr Körper noch ertragen?

Sie schloss die Augen und bewegte ihre Beine, deren Muskeln kribbelten. Ein weiteres Mal stöhnte sie auf.

Das Geräusch hallte in der stillen Kammer wider, begleitet von dem vertrauten, metallischen Kettenklirren an
ihrem Fußgelenk. Die Kette war kalt und schwer. Sie
hatte versucht, sich von ihr zu befreien. Vergeblich.
Aber selbst, wenn sie es geschafft hätte, was erwartete
sie auf der anderen Seite ihres Kerkers? Noch mehr
Dunkelheit? Noch mehr Schmerz? Der Gedanke, dass
dies alles vielleicht niemals enden würde, ließ sie beinahe
ersticken. Sie wusste kaum mehr, wie ihr Leben vorher
gewesen war. Die Erinnerungen waren verschwommen.
Sie vergaß sogar allmählich, wer sie war.

12.56 Uhr

Ben blickte von seinem Schreibtisch auf, als es sachte an
seiner Tür klopfte. Es war Vivien, die ziemlich blass um
die Nase herum aussah. Die Tür stand wie meist offen,
doch Vivien war im Türrahmen stehen geblieben und
wirkte auf ihn etwas verhalten. Was war nur mit der normalerweise selbstbewussten jungen Frau los? Hätte er
sie doch heute morgen nach Hause schicken sollen? So,
wie sie dort stand, wirkte sie wie ein Häufchen Elend.
Und unsicher. Ben setzte sein freundlichstes Lächeln
auf und sagte einladend: »Komm doch rein.«
    »Störe ich dich auch nicht? Ich möchte nämlich gern
etwas mit dir besprechen«, entgegnete Vivien, trat in den
Raum hinein und blieb vor seinem Schreibtisch stehen.

»Nein, alles gut, setz dich doch. Ich bin gerade die Akte zu unserem Vermisstenfall durchgegangen, weil ich dachte, wir hätten etwas übersehen, aber auch jetzt ist mir nichts aufgefallen. Wir haben wirklich weder einen Anhaltspunkt, wo wir nach der Vermissten suchen können, noch, wer sie verschleppt haben könnte. Vielleicht ist es einer dieser Fälle, in dem ein Mensch aus freien Stücken verschwunden ist und gar nicht möchte, dass wir ihn aufstöbern«, erklärte Ben, klappte den Aktendeckel zu, stützte seine Ellenbogen auf der Schreibtischplatte auf, sah Vivien, die sich zwischenzeitlich ihm gegenüber auf seinen Besucherstuhl gesetzt hatte, an und fragte: »Was kann ich für dich tun? Möchtest du doch nach Hause und dich ins Bett legen?«

»Nein, das ist es nicht. Es geht um meine kleine Nebenbeschäftigung«, antwortete Vivien und sah bei ihren Worten auf die Tischplatte.

»Du meinst deine Statistenrolle bei *Gelbe Tulpen*?«, hakte Ben nach.

»Ja genau«, sagte Vivien und blickte ihn direkt an. Dann fuhr sie mit fester Stimme fort: »Eben gerade haben die mich angerufen und gefragt, ob ich für ein paar Folgen eine Nebenrolle übernehmen könnte. Als Verkäuferin oder so. Das wäre dann allerdings zeitintensiver als hier und da mal eine Statistenrolle, weshalb ich mir dein Okay abholen wollte. Natürlich würde ich mir für die Drehtage Urlaub nehmen. Ist ja klar. Aber es wären mehr und nicht mal nur ein Tag oder ein halber wie bisher.«

»Verstehe«, sagte Ben gedehnt, da er seine spontane Einwilligung nicht geben wollte, obwohl er es gern getan hätte. Doch in diesem Fall musste er als Chef reagieren und nicht als Freund, denn das waren sie im Team über die lange und enge Zeit der Zusammenarbeit geworden. Freunde, die sich gern gegenseitig unterstützten. Dennoch hatten sie alle einen Beruf, der einiges von ihnen abverlangte. Zudem waren sie Beamte und nicht in der freien Wirtschaft. Sie hatten sich bewusst dem Staat und der Gesellschaft verpflichtet und mussten deswegen gewisse Dienstwege einhalten. Vor allem hatte er als Kommissariatsleiter darauf zu achten. Ben wiegte jetzt seinen Kopf hin und her, dann sagte er: »Ich weiß, du würdest mich nicht fragen, wenn du die Rolle nicht annehmen wollen würdest. Aber eine Nebenrolle ist etwas anderes als eine Statistenrolle. Selbst wenn du dir Urlaub nimmst. Dafür muss der Dienstweg eingehalten werden. Allerdings mahlen ja unsere Behördenmühlen langsam, und ich schätze, du musst schnell zu- oder absagen. Ich werde deswegen eine Abkürzung nehmen und direkt mit Stephan Mausner reden. Ein paar Tage ist er schließlich noch Kriminalrat. Was hältst du davon?«

»Das würdest du tun? Das wäre fantastisch! Danke!«, freute Vivien sich offenkundig und es schimmerte sogar ein bisschen Farbe unter ihrem wie immer recht großzügig aufgetragenen Make-up durch, von dem sich Ben schon immer gefragt hatte, warum Vivien es überhaupt auftrug.

Er hatte sich mal wieder nicht zügeln können und stand jetzt hier mit seiner dicken Wampe, die sich anfühlte, als würde sie mit Steinen gefüllt sein. Wie der Bauch des Wolfs in dem Märchen *Die sieben Geißlein*, kam es ihm in den Sinn, und prompt fühlte er sich noch schlechter. Wieso hatte er bloß seine Fresslust auf Junk Food nicht im Griff? Zu einem großen Teil waren das diese verdammten Hormone, die ihn von Geburt an zu dem machten, der und wie er war und seit der Pubertät völlig verrückt spielten. Hinzu kam seine pure Lust. Es würde alles so viel leichter machen, in erster Linie ihn, wenn er sie ignorieren könnte. Er hasste sich für seine Schwäche, zumal er sich in der Mittagspause nicht nur ein Cheesy Bacon Lover Double King-Menü, zusätzlich einen Double Cheeseburger und danach zwei Hot Brownie mit Eis bei *Burger King* gegönnt hatte, sondern sich auf dem Rückweg noch schnell eine Tüte Chips an der Tankstelle gekauft und beim Weitergehen sofort vertilgt hatte. Er hatte nicht anders gekonnt und nach dem süßen Eis wieder etwas gut Gewürztes zu sich nehmen müssen. Sozusagen zum Abrunden. Es war zwar nur eine kleine Tüte, doch reichte bei ihm nur ein einziger Kartoffelchip aus, um sein Gesicht zum Blühen zu bringen. Nicht sofort, aber spätestens morgen würde er unter seiner Haut eine kleine Erhebung spüren, die bei Berührung schmerzte. Daraus entwickelte sich dann ein hässlicher, fast centgroßer Pickel, den eine Eiterblase zierte. Wenn er Glück im Unglück hatte, blieb es bei diesem einen Pickel – meist auf der Wange –, und es entstanden nicht direkt zwei oder gar drei. Obwohl er es sich vornahm, nicht zu tun, würde er ab einem bestimmten Moment beim Blick in den Spiegel nicht anders können, als an dem Pickel herumzudrücken – und dann war er mal wieder für eine Woche noch entstellter als sowieso. Da nutzte auch sein Tages-Make-up nichts. Im Gegenteil würde es auf dem Pickel bröckelig werden und ihn auf diese Weise noch deutlicher hervorspringen lassen. Wenigstens wusste er gegen die Völle Abhilfe zu schaffen. Er hatte sogar schon einige Kilo dadurch abgenommen. Vielleicht gelang es ihm sogar, die Kartoffelchipsgewürze aus sich herauszubekommen, damit die sich nicht in seiner Haut festsetzten. Manchmal klappte das. Allerdings nur, wenn er die Sache direkt nach dem Essen in die Wege leitete und nicht erst eine Weile herumlief. Er wusste selbst nicht, warum er es getan hatte. Er hätte die Chips in der Nähe der Tankstelle essen können, allerdings war er spät dran gewesen und war automatisch zum Studio zurückgegangen. Erst auf halber Strecke überlegte er, dass es besser wäre, die Tankstellentoilette für seinen Zweck zu nutzen. Wo war er nur vorher mit seinen Gedanken gewesen? Er gab sich die Antwort selbst. Er hatte an Sonnabendnacht gedacht. Das hätte einfach nicht passieren dürfen. Persönlich war es ihm egal, doch nun bestand das Risiko zu großer Aufmerksamkeit. Er musste aufstoßen und ekelte sich vor sich selbst. Wut stieg in ihm hoch. Er sah auf die Uhr. Inzwischen würde er zu spät kommen. Wahrscheinlich würde es niemand registrieren, doch er wusste es und das reichte. Allein der Weg zurück zur Tankstelle hatte ihn fünf Minuten gekostet – und jetzt war auch noch das WC besetzt. Ungehalten hämmerte er gegen die Tür, die sich in diesem Moment von innen öffnete.

»Is' ja schon jut«, sagte der Mann, der heraustrat und eine Zeitung zusammengerollt unter dem Arm trug. Er war ebenso breit wie groß und gehörte sicherlich zu dem Lkw, der am Rand der Tankstelle parkte.

»Ick hab da aber 'ne Sitzung abgehalten. Könnte ein bisschen miefen. Aber wat mut, dat mut. Also, rinn mit dir und Luft anhalten«, fuhr der Mann fort, drückte ihm den Schlüssel in die Hand, der an einem großen Holzstück hing, und gab ihm den Weg in die kleine Kabine frei. Er schob sich eilig an dem grobschlächtigen Typen vorbei, sperrte die Tür von innen ab und musste noch nicht einmal den Finger zu Hilfe nehmen, da es ihm sofort hochkam. Er erreichte gerade noch die offen stehende und verschmutzte Schüssel. Dann erbrach er sich. Es tat gut. Wie immer. Einzig der Gedanke daran, dass er seine selbstkreierte Schönheitskur, die er am Morgen zu sich genommen hatte, ebenfalls der Kloschüssel übergeben haben könnte, verdüsterte seine wiedergekehrte gute Stimmung.

»*Wirkliche Schönheit kann ohne Güte nicht existieren; denn es sind nicht die Züge allein, sondern es ist der Ausdruck, der den Zügen ihren übernatürlichen Reiz gibt.*«

August Strindberg, schwedischer Schriftsteller

KAPITEL 3
DIENSTAG, 3.9.2024 - MITTAGS

13.11 Uhr

Eine ihr wohlbekannte Stimme hatte just ein raues und auch etwas abgehetztes »Hallo, meine Liebe, da bin ich« in ihr Ohr geraunt.

»Hi, schön, dass du da bist!«, antwortete Vivien, wandte sich nach hinten um, strahlte die neu Angekommene an und wurde dafür mit einem ebenso herzlichen Gesichtsausdruck belohnt.

»Setz dich, ich habe dir extra einen Platz freigehalten«, plapperte Vivien sofort los und machte sich daran, den Stuhl neben sich von ihrem Rucksack zu befreien und diesen unter dem Tisch zu platzieren. »Die anderen sind drinnen und suchen sich ihr Essen aus. Ich sitze nur draußen, damit uns der Tisch nicht weggeschnappt wird. Wir können ja reingehen, wenn die anderen zurück sind.«

»Unbedingt«, erwiderte Doktor Philippa Hensel-Gruber, ließ sich in den Plastikstuhl neben Vivien hineinfallen und ergänzte: »Ich habe einen Riesenhunger. Heute Morgen habe ich nicht gefrühstückt, und danach war kaum mehr Zeit. Irgendwie ist grad viel los. Aber wenn ich Glück habe, habe ich die nächsten zwei Tage nichts zu tun und kann in Lüneburg bleiben, wenn das okay für dich ist. Es ist entspannter als in Hamburg.«

»Na ja, du wohnst mitten auf der Schanze. Da ist eben immer was los. Und klar ist das okay für mich. Sehr sogar. Allerdings habe ich einiges zu tun und nicht so viel Zeit. Wegen der Nebenrolle«, erwiderte Vivien, die sich sehr darüber freute, dass Philippa wieder da war. Gestern hatten sie, wie nahezu jeden Tag, wenn sie sich nicht sahen, am Abend miteinander telefoniert. Vivien war jedoch müde und ihre Kopfschmerzen waren noch nicht verflogen. So sprachen sie nicht lange. Philippa erkundigte sich lediglich nach Viviens Befinden, worauf diese nur ein »Hmpf« von sich gab. Dann berichtete Vivien kurz von dem Angebot von *Gelbe Tulpen* und dass es aufgrund ihres Hauptjobs noch in der Schwebe war, ob sie annehmen konnte. Philippa versprach, die Daumen zu drücken. Dann legten sie auf und Vivien schleppte sich umgehend ins Bett. Als heute Morgen der Wecker klingelte, hatte sie knapp zehn Stunden geschlafen und sich vom ersten Augenaufschlag an ausgesprochen gut gefühlt. Ihr war kein bisschen mehr übel, die Kopfschmerzen hatten sich komplett verflüchtigt und auch der bei jeder kleinen Bewegung entstandene Schwindel war weg.

»Dann hat es also geklappt? Super! Geht es dir denn wirklich wieder richtig gut? Nicht, dass du dich übernimmst«, sagte Philippa und musterte Vivien aufmerksam.

»Nein, wirklich. Lieb, dass du dir Sorgen machst, aber bis auf irgendwelche fiesen Insektenstiche habe ich nichts. Und geklappt weiß ich noch nicht, bin aber zuversichtlich«, lachte Vivien ihre Freundin an.

»Wieso fies? Jucken sie? Brennen sie? Vielleicht bist du allergisch. Weißt du, was dich gestochen hat?«, hakte Philippa nach.

Sie ist nicht umsonst Insektenkundlerin, dachte Vivien bei sich und schmunzelte innerlich, als sie antwortete: »Ehrlich gesagt, ist es nur einer am Oberschenkel etwas über der Kniekehle. Aber er juckt oder brennt nicht, sieht nur etwas komisch aus. Es ist ein Stich und darum herum ein kleiner Kreis. Ein bisschen wie ein blauer Fleck. Ich habe ihn heute Morgen beim Anziehen vor dem Spiegel entdeckt.«

Philippa runzelte die Stirn und bat Vivien mit einem Seitenblick auf deren Rock und unbestrumpfte Beine: »Zeig mal.«

Vivien zuckte mit den Schultern, stand von ihrem Stuhl auf und meinte amüsiert: »Du kannst deinen Job wohl nie vergessen, oder?« Dann drehte sie sich leicht mit dem Rücken zu ihrer Freundin und präsentierte dieser ihre Kniekehle. Philippa wiederum beugte sich hinunter, strich erst mit ihrer Fingerspitze über die Stelle, um daraufhin ihr Gesicht dicht an Viviens Oberschenkel zu halten, sodass diese deren Atem auf ihrer Haut spürte.

»Was fummelt ihr denn da rum? Guckt ihr euch schon eine Stelle aus, um euch ein Freundschaftstattoo zu stechen?«, tönte in diesem Moment die Stimme von Doktor Frauke Bostel zu ihnen hinüber. Philippa zeigte keine Regung, obwohl auch sie es gehört haben musste, und Vivien überlegte, ob das hatte lustig klingen sollen. Dann blickte sie jedoch der näherkommenden Rechtsmedizinerin entgegen, die eher genervt als erheitert aussah. Schon bei Mausners Premierenfeier war Frauke so ablehnend zu ihr gewesen. Vorhin jedoch zu dritt hatte sie sich ihr gegenüber wie immer verhalten – gut gelaunt, ein bisschen sarkastisch, aber dennoch freundlich. Hatte Frauke ein Thema mit Philippa? Es schien fast so. Vivien wollte die Freundin später, wenn sie allein waren, darauf ansprechen. Sie mochte keinen Zwist. Schon gar nicht mit einer Kollegin, mit der sie eng zusammenarbeitete.

Philippa tauchte wieder hoch und antwortete grinsend: »So ein Tattoo hätte natürlich was, aber nicht unbedingt an der Stelle. Nee, Vivien hat da einen komischen Stich, den ich begutachtet habe.« Sie wandte sich an Vivien und meinte: »Das sieht nicht nach einem Insektenstich aus. Eher nach einem Nadelstich.«

»Woher soll ich den denn haben?«, wunderte Vivien sich. »Das muss irgendein Viech gewesen sein.«

»Nein, war es nicht«, erwiderte Philippa überzeugt.

»Lass mich mal sehen«, forderte daraufhin die Rechtsmedizinerin Vivien auf und kam um den Tisch zu ihr herum. Vivien kam sich vor wie ein seltenes im Urwald gefundenes Wesen, als sie ihre Kniekehle Doktor Frauke Bostel hinhielt, diese in die Hocke ging und wie auch Philippa zunächst mit der Fingerkuppe den Stich befühlte, um ihn dann eingehend zu betrachten. Nach einer Weile stand sie mit gekrauster Stirn auf, ging wortlos zu ihrem

Platz zurück und setzte sich. Die Augenpaare der drei anderen Frauen waren alle gespannt auf Frauke gerichtet, doch die nahm erst einen ausgiebigen Schluck von ihrem Wasser und widmete sich dann ihrem Antipastiteller, den der Kellner in der Zwischenzeit gebracht hatte.

»Und?«, platzte es nach einer Weile aus Philippa heraus, »Was denkst du? Was ist das da an Viviens Bein?«

»Wollt ihr nicht euer Essen bestellen?«, erwiderte Frauke Bostel seelenruhig, schob sich ein Brokkoliröschen in den Mund und fuhr fort: »Sonst haben Katharina und ich aufgegessen, wenn ihr loslegt.«

Da Vivien die Rechtsmedizinerin schon ein paar Jahre kannte, wusste sie, dass diese im Augenblick nichts sagen würde, selbst wenn Phil noch so drängte. So stand sie auf, nickte Phil auffordernd zu und ging zusammen mit der Freundin hinein in das Restaurant, um ihre Bestellung aufzugeben.

14.02 Uhr

Direkt nachdem Katharina aus der Mittagspause zurück wieder im Kommissariat war, ging sie in Bens Büro. Sie brachte noch nicht einmal ihre Tasche und ihre Lederjacke, die sie so sehr liebte und die sie seit Studentenjahren begleitete, an ihren Platz. Vivien war noch schnell auf die Toilette verschwunden, würde aber gleich nachkommen.

Katharina war im Grunde zu spät. Eigentlich war sie mit Ben bereits um zehn vor zwei verabredet gewesen, um die letzten Vorbereitungen für die Besprechung, die seit zwei Minuten lief, zusammen vorzubereiten. Doch während Vivien sich nach dem gemeinsamen Essen von Phil verabschiedete, zog Frauke Katharina beiseite. Sie wollte kurz unter vier Augen mit ihr sprechen. Es klang dringlich, sodass sie Ben kurzerhand eine Nachricht schickte, in der sie ihn bat, den Rest für die größere Runde allein zusammenzustellen. Er reagierte direkt mit einem Daumen hoch und die Oberkommissarin konnte sich entspannt Frauke zuwenden.

»Was ist los? Dir geht es nicht gut, stimmt's? Irgendwie hast du ein Problem mit der Freundschaft von Vivien und Phil. Liege ich richtig?«, hatte Katharina wissen wollen.

»Merkt man das so sehr?«, hatte Frauke sofort perplex gefragt.

»Man weiß ich nicht, aber ich. Ich kenne dich nicht nur ein paar mehr Jahre, wir sind auch Freundinnen. Schon vergessen?«, hatte Katharina schlicht erwidert.

»Wie kann ich das vergessen? Du nutzt ja jede Gelegenheit, mich daran zu erinnern. Genauso wie jetzt gerade«, hatte Frauke grinsend geantwortet, und in ihren Augen lag dabei Dankbarkeit. Dann wurde ihre Miene wieder ernst: »Aber nein, es geht nicht um Phil und Vivien. Oder zumindest nicht um mich und die beiden. Um Vivien geht es allerdings schon. Ich möchte nicht die Pferde scheu machen und meine Vermutung erst einmal mit dir besprechen.«

Das taten Katharina und Frauke dann, und die Oberkommissarin war froh, dass Frauke sich zuerst an sie
gewandt hatte. Falls die Rechtsmedizinerin falsch lag,
hätten sie Vivien nicht beunruhigt. Die junge Kollegin
bereitete ihr sowieso seit gestern Sorgen. Vivien hatte
ihr vor einigen Jahren im Vertrauen erzählt, was ihr
als Jugendliche zugestoßen war, und so kannte sie die
Geschichte aus deren Vergangenheit. Und sie wusste
von den Panikschüben, die Vivien zwar immer seltener,
aber dennoch in unregelmäßigen Abständen überkamen.
Ebenso wie die Wut auf ihre unbekannten Täter und
damit auf Menschen, die Unrecht begingen. Diese trug
sie unterschwellig stets mit sich herum, und bei einem
früheren Fall war sie einmal ausgebrochen. Glücklicherweise hatte Vivien sich damals schnell wieder gefangen.
Das war nicht nur für den Täter besser gewesen, sondern
ebenso beruflich für die junge Kollegin, die gerade noch
einem internen Prüfverfahren entgangen war.

Gestern hatte Katharina nichts von Viviens Wut
gespürt, aber gesehen, wie angespannt sie auf alles
reagierte. Sie war ihr vorgekommen wie eine verängs-
tigte Maus, die in eine Ecke ohne Fluchtweg gedrängt
worden war. Zunächst brachte Katharina Viviens Verhalten nicht mit ihrem verkaterten Zustand in Verbindung. Sie nahm an, der aktuelle Fall der vermissten Frau
würde die Kollegin so mitnehmen. Das dachte sie schon
länger, da Vivien sich ihrer Ansicht nach durch die viele
Feierei und deren Einsätze bei *Gelbe Tulpen* als Statistin ablenkte, um in ihrer Freizeit nicht ins Grübeln zu
kommen. Natürlich hatte sie in der etwas jüngeren Phil

zudem eine enge Freundin gefunden, die bestimmt kein Kind von Traurigkeit war, was das Partymachen anging, dennoch kannte Katharina Vivien eher als häuslich und als eine Person, die privat Menschenansammlungen mied. Nichtsdestotrotz glaubte sie, Phil tat Vivien mit ihrer offenen, aufrichtigen und auf andere zugehenden Art gut. Die Oberkommissarin hoffte inständig, dass Frauke, die nichts von Viviens Vergangenheit wusste, falschlag. Es würde Vivien sicherlich enorm zu schaffen machen. Gern hätte sie mit Phil darüber gesprochen und sich deren Meinung abgeholt, doch was, wenn ihr Vivien nichts von dem Geschehenen damals erzählt hatte?

»Hallo allerseits«, nickte Katharina jetzt in die Runde am Besprechungstisch. Sie stellte ihre Tasche an der Tür ab und legte ihre Jacke darauf. Dann trat sie an die Glaswand heran, die Bens Büro vom Großraumbüro trennte und auf der sie für alle beteiligten Teammitglieder eines Falles stets neben den Fallfotos ihre Ermittlungsergebnisse und Gedankengänge in Stichpunkten festhielten. Es war Usus, dass Katharina dies tat, und so wunderte sich niemand im Raum. Gerade als Katharina nach dem abwischbaren Markerstift griff, fragte Stephan Mausner: »Kommt Kommissarin Rimkus noch?«

Katharina wunderte sich nicht so sehr darüber, dass er heute an der Besprechung teilnahm, obwohl seine Tage in der Polizeiinspektion gezählt waren, sondern vielmehr über seinen Ton. Normalerweise klang dieser bei solchen Nachfragen gehetzt, wenn nicht gar genervt, jetzt jedoch eher neugierig und gespannt.

»Sie kom…«, setzte Katharina an, wurde jedoch von Vivien selbst unterbrochen, die ihren Satz vollendete: »… ist schon da. Entschuldigung.«

»Wie schön«, tönte der Polizeipräsident. »Dann setzen Sie sich doch, und nach der Runde habe ich noch etwas Persönliches mit Ihnen zu besprechen.«

»Ähm, ja«, sagte Vivien und warf Ben einen Blick zu, der jedoch mit den Schultern zuckte, um zu signalisieren, dass er nicht wusste, was Mausner von Vivien wollte. Katharina verfolgte dies aus den Augenwinkeln und dachte bei sich, dass sie das alles nichts anging.

14.09 Uhr

Sie lag zusammengekauert wie eine Katze auf dem harten Bretterboden. Ein Zittern durchlief sie. Ihre schweißnasse Haut war heiß. Gleichzeitig war ihr kalt.

Die frische Wunde an ihrer Brust pochte dumpf. Sie sah sie nicht an, doch sie spürte, dass der aufgelegte Verband durchweicht war und fest an ihrer Haut klebte. Außerdem roch er. Süßlich faulig, wie vergammelter Schinken. Gern hätte sie geschlafen, doch der pulsierende Schmerz ließ es nicht zu. Hoffentlich war es bald Abend, damit sie ihren Brei mit der erlösenden Schlaftablette bekam.

Kaum hatte sie das gedacht, hörte sie das vertraute Quietschen, wobei sie so etwas wie ein Glücksgefühl empfand. War es schon so weit? Konnte das sein? Der Tag kam ihr sonst länger vor. Doch, tatsächlich: Schritte kamen näher. Gleich, gleich wurde ihr der Napf mit dem zähen, aber erlösenden Brei durch den Spalt unter der Tür durchgeschoben und sie konnte schlafen. Doch was war das? Sie hörte keine Schritte mehr. Wo blieb das kratzende Geräusch des Napfes auf den Boden? Wieso wurde ein Schlüssel herumgedreht?

Ängstlich schaute sie zur Tür, die langsam aufschwang. Sie schauderte, als sich eine dunkle Gestalt schwerfällig durch den Türrahmen schob. Er war es. Der Mann, den sie bereits einmal gesehen hatte. Ihr Peiniger – die gelben Augen, die funkelnden Zähne, das bärtige Gesicht – all das hatte sich in ihr Gehirn eingebrannt – war zu einem Teil ihrer Albträume geworden. Für einen Moment blieb er stehen, als würde er sie begutachten. Ihre Kehle zog sich vor Angst zusammen. Sie wollte schreien, doch zwang sie sich, ruhig zu bleiben. Sie durfte ihn nicht provozieren. Sie durfte ihm keinen Grund liefern, dass er ein weiteres Mal gewalttätig wurde. Jetzt trat er an sie heran, beleuchtete sie mit seiner Taschenlampe, sodass sie die Augen zusammenkniff.

»Du fieberst immer noch«, hörte sie ihn sagen. Seine Stimme klang unangenehm ruhig. Kein Mitleid schwang in seinen Worten mit. Es war nur eine Feststellung.

»Mach die Augen auf«, forderte er und nahm den Lichtstrahl der Lampe von ihrem Gesicht. Sie gehorchte, wagte aber nicht, ihn direkt anzusehen, während er sich jetzt neben sie kniete. Dann packte er ihr Kinn und drehte ihren Kopf in seine Richtung. Alles in ihr sträubte sich, dennoch sah sie ihm direkt in seine kleinen stechenden Augen. Sein Griff war fest, doch nicht brutal. Abschätzend betrachtete er sie, als würde er eine Ware inspizieren.

»Du bist nicht nützlich, wenn du stirbst«, murmelte er und ließ ihr Kinn los. Sofort wandte sie den Blick von ihm ab. Er wollte also nicht, dass sie starb. Aber warum? Offenbar war sie ihm noch von Wert.

Sie fühlte seine raue Hand auf ihrem Brustkorb, die langsam nach unten glitt und mit einem Ruck den Verband von ihrer Brust riss. Der Schmerz den sie dabei empfand, schoss wie ein Messer durch sie hindurch. Jetzt schrie sie doch und sogleich stopfte er ihr wieder einen Lappen in den Mund.

»Sieht nicht gut aus«, brummte er, zog eine kleine Flasche aus seinem Umhang, öffnete sie und tränkte ein Tuch in der Flüssigkeit. Sie roch stark und stechend. Alkohol. Gleich würde er ihre offene Wunde desinfizieren.

»Tief durchatmen«, befahl die Gestalt. Sie tat wie geheißen, während sie ihren Blick starr auf die Risse in der Decke richtete, um sich abzulenken. Gleichzeitig verkrampfte sie sich, als er ihr jetzt das getränkte Tuch gegen die offene Haut drückte. Es war, als würde Feuer über ihre Brust fließen. Ihre Hände ballten sich zu Fäusten, die Nägel gruben sich tief in ihre Handflächen. Sie glaubte, sie würde den Verstand restlos verlieren. Durch ihren Körper tobte nur noch ein einziges brennendes, pochendes Gefühl. Es erschien ihr wie eine Ewigkeit, bis er fertig war. Schließlich wickelte er einen neuen Verband um ihre Brust.

»Das wird wieder«, sagte er heiser und nahm eine Spritze aus seiner Umhangtasche. »Du überlebst. Du musst es!«

Aber sie wollte nicht überleben. Nicht so. Nicht hier.

14.16 Uhr

Ben beobachtete Katharina, während diese gewissenhaft an die Glaswand schrieb. Sie hatte einen neuen Bereich aufgemacht, da sie gestern spontan beschlossen hatten, ganz neu an den Fall der vermissten Studentin heranzugehen. Hierfür fingen sie bereits gestern Abend in Katharinas Wohnung an, einen Ablauf zu planen. Heute hatten sie vor der Besprechung das entsprechende Material auf dem Kommissariat vorbereiten wollen. Dass Katharina ihm hierfür kurzfristig abgesagt hatte, war nicht weiter schlimm, da ihm die meisten Unterlagen alle geordnet vorlagen. Die fehlenden trug er mit Tobis Unterstützung, der in dieser Hinsicht einen perfekten Überblick hatte, zusammen. So chaotisch sein Innendienstmitarbeiter erschien, desto ordentlicher war er in seinem ihm zugeteilten Aufgabenbereich. Früher war das nicht so gewesen. Seitdem Tobi aber aufgrund seines Unfalls nur im Notfall mit zu einem Außeneinsatz kam, hatte er das Büro zu seinem kleinen Königreich ernannt und kannte nahezu jedes abgelegte Blatt in den Ordnern auswendig. Ben war dankbar darum. Tobis

Akribie erleichterte dem ganzen Team die Arbeit und sparte ihnen allen viel Zeit.

Da die 20-jährige Studentin Greta Kemper seit über drei Monaten nicht aufgefunden worden war, fiel sie in die Kategorie der Langzeitvermissten. Ihre Mutter hatte sie als vermisst gemeldet, nachdem sie ihre Tochter ein paar Tage lang telefonisch nicht erreichte und sie nicht zu einer gemeinsamen Verabredung erschien. Die Mutter wohnte in Rosengarten-Nenndorf, also nicht weit entfernt von Lüneburg, wo Greta sich erst kurz vor ihrem Verschwinden eine Ein-Zimmer-Wohnung genommen hatte. Sie hatte sie über einen Bekannten bekommen, wie sie ihrer Mutter erzählte, doch den Namen wusste diese nicht. Überhaupt kannte sie keinen der Lüneburger Kontakte ihrer Tochter und war entsprechend bei der Suche nach ihr keine große Hilfe. Greta hatte in ihrem Heimatort kaum Freunde, da sie nach der Scheidung ihrer Eltern mit ihrer Mutter erst vor ein paar Jahren dorthin gezogen war und nach Angabe der Mutter keinen Anschluss fand. Angeblich hätte das dem jungen Mädchen laut der Mutter jedoch nichts ausgemacht, da sie ihrer Tochter die beste Freundin sei. Aufgrund dieser Äußerung bekamen die Ermittler zunächst den Eindruck, Greta könnte bewusst untergetaucht sein, um ihrer Mutter zu entgehen, die eine wahre Helikopter-Mutter zu sein schien und vor allem nicht damit klargekommen war, als ihre Tochter auszog. Dann hatten sie sich jedoch an der Uni umgehört und tatsächlich einige Studenten und Studentinnen ausmachen können, die Greta kannten. Allesamt sagten sie aus, dass Greta enorm ehrgeizig war, nie ein Seminar geschwänzt und viel gelernt hatte. Keiner von den jungen Menschen kannte sie näher, aber alle schienen sie zu mögen. Kurz nachdem Greta nach Lüneburg gezogen war, suchte sie sich einen Kellnerjob. Natürlich hatten sie auch in der Bar recherchiert, doch ergaben sich daraus keine neuen Erkenntnisse zu der Vermissten. Das Einzige, was Ben und sein Team rekonstruieren konnten, war das Datum und die ungefähre Zeit, zu der Greta verschwand. Es war nach einer Abendschicht in der Bar, die sie gemeinsam mit Kollegen verließ. Denen war nichts weiter an Greta aufgefallen. Sie sei wie immer gewesen, war die einhellige Aussage der einzelnen Befragten, die jedoch wie Gretas Mitstudierende bis auf die gemeinsame Arbeit keinen privaten Kontakt zu der jungen Frau gehabt hatten. Die vier jungen Leute hatten sich auf dem Rathausmarkt voneinander getrennt – Greta ging in Richtung Rotes Feld, wo sie wohnte, und die drei anderen gemeinsam in Richtung Schomackerstraße im Stadtteil Kreideberg zu ihrer Wohnung, in der sie mit zwei weiteren jungen Leuten zusammen in einer WG lebten. Von letzteren beiden hatten sie die Bestätigung, dass die drei Kollegen, zwei junge Frauen und ein junger Mann, zusammen nach Hause gekommen und geblieben waren.

Nach Gepäck befragt, hatten die drei angegeben, dass Greta lediglich wie immer ihren kleinen Rucksack dabei hatte. Diese Aussage war der Grund, weswegen Ben und sein Team ausschlossen, dass Greta Kemper freiwillig aus Lüneburg verschwunden war, denn in ihrer

Wohnung war die Studentin in dieser Nacht nahezu sicher nicht mehr angekommen. Dies wiederum bestätigte deren Nachbarin, die in dieser Nacht ein Referat für die Uni fertigmachen musste und »kein einziges Auge« zugetan hatte. »Wenn jemand nachts ins Haus gekommen wäre, hätte ich es gehört. Das Haus ist sehr hellhörig, und ich kann wiederum nur in kompletter Ruhe arbeiten, hatte also auch keine Musik an. Und weil es nachts war, in der Regel kein Kommen und Gehen im Haus und es auch auf der Straße ruhig ist, hatte ich keine Ohrstöpsel drin«, war deren Aussage. Mehr hatten sie auch heute nicht. Und auf die vergangenen Aufrufe in der Presse und den sozialen Medien hatte sich bisher niemand gemeldet, bis auf einige Gäste der Bar, die Gretas Anwesenheit dort bezeugten, doch das half ihnen nicht weiter. All ihre Hoffnung lag nun auf dem weiteren Aufruf, der heute Morgen online gegangen war, wie die an der Besprechungsrunde teilnehmende Kollegin aus der Pressestelle eben berichtet hatte. Mit dieser Mitteilung der Kollegin eröffnete Ben nach der allgemeinen Begrüßung die Besprechung und übergab das Wort an Katharina, die daraufhin erklärte, dass sie alle von vorn denken sollten, selbst wenn sie das Gefühl hätten, sich zu wiederholen.

»Wir müssen etwas übersehen haben. Ein kleines Detail vielleicht. Es geht nicht an, dass eine junge Frau in Lüneburg spurlos verschwindet«, beendete sie ihre Auftaktrede und blickte auffordernd in die Gesichter der am Besprechungstisch Versammelten. Dann deutete sie auf das Foto von Greta Kemper, das bereits in der Mitte der Glaswand klebte. Das Foto zeigte eine normale 20-Jährige.

Normal bedeutete für Ben in Bezug auf die aktuellen Ermittlungen, dass Greta Kemper weder hübsch noch hässlich war und sie sich vor allem auch nicht in irgendeiner Form besonders anzog. Sie hatte sich weder in Sack und Asche noch provokant oder auch aufreizend gekleidet. Sie hatte vollen Lippen, die sich so manche Frau wünschte und dafür nachhalf, und lange, leicht gelockte dunkelbraune Haare, deren Glanz man selbst auf dem Foto erkennen konnte. Was jedoch an Greta Kemper auffiel, waren ihre großen Brüste. Ben wusste noch genau, wie er sich vor sich selbst geschämt hatte, das zu denken, als er das erste Mal auf eines der Ganzkörperfotos sah, die die Mutter ihnen für die Suche nach ihrer Tochter überlassen hatte. Auch auf dem Bild posierte Greta nicht, sondern stand einfach nur in T-Shirt und Jeans in einem Garten und lächelte freundlich in die Kamera. Später, als sie allein waren, hatte Katharina ihm gestanden, dass ihr die Brüste der jungen Frau sofort ins Auge gesprungen waren und sie im ersten Moment dachte, Greta Kemper wäre bestimmt einem Sexualverbrechen zum Opfer gefallen. Dann hatte sie sich jedoch zur Ordnung gerufen, da dieser Gedanke natürlich Quatsch war. Denn so vielschichtig, wie und aus welcher Motivation Sexualverbrecher handelten, desto verschieden waren auch die Opfer, wie die traurige Erfahrung und nicht zuletzt Statistik zeigte. Und das sagte Katharina in ähnlicher Form auch jetzt: »Wir haben keine Ahnung, was passiert ist, und es kann alles sein, doch sollten wir davon ausgehen, dass es sich zu 90 Prozent um ein Verbrechen handelt und Greta Kemper nicht freiwillig verschwunden ist. Unser größtes Problem ist, dass wir nicht wissen, wo wir suchen müssen, und deswegen keine groß angelegte Suchmaßnahme erfolgt ist. Dafür können wir die Uhrzeit von Frau Kempers Verschwinden eingrenzen.« Katharina hob ihren Stift und fuhr fort zu berichten, während sie Stichpunkte an die Glaswand schrieb: »Um circa 1.35 Uhr trennte Greta Kemper sich auf dem Rathausmarkt von ihren Kollegen und ging allein die Große Bäckerstraße Richtung Rotes Feld zu ihrer Wohnung in der Kefersteinstraße. Dort hätte sie spätestens bei gemächlichen Gang nach 20 Minuten eintreffen müssen, ist sie aber nicht. Der Fußweg über die Schröderstraße wäre etwas kürzer gewesen, aber sie hat die Große Bäckerstraße gewählt. Vielleicht gedankenlos, vielleicht aber auch, weil dieser Teil der Fußgängerzone breiter angelegt ist und durch die größeren Ladengeschäfte etwas beleuchteter. Leute treiben sich in der Regel um diese Uhrzeit auf beiden Wegen herum, meistens das Lüneburger Partyvolk, von daher brauchte sie eigentlich keine Furcht vor Übergriffen zu haben. Laut Aussage ihrer Mutter ist Greta Kemper kein ängstlicher Typ, geht jedoch keine Risiken ein.«

»Wenn die Frau die Große Bäckerstraße langgegangen ist, muss sie über Am Sande gekommen sein«, meldete sich die Kollegin aus der Pressestelle zu Wort, »da stehen doch Taxen. Wurden die Fahrer befragt?«

»Ja«, antwortete Tobi. »Wir haben alle Taxiunternehmen abgeklappert und das Bild der Vermissten herumgezeigt. Fehlanzeige. Keiner hat Greta Kemper in der Nacht gesehen.«

»Trotzdem ist das ein guter Hinweis, danke«, nickte Ben in Richtung der Pressestelle-Kollegin. »Wir sollten erneut bei den Taxifahrern und -fahrerinnen nachhaken. Vielleicht war damals bei der Befragung jemand krank oder im Urlaub.«

»Aber die Suchplakate hängen in allen Unternehmen am Schwarzen Brett«, warf Tobi ein.

»Gucken Sie immer und regelmäßig an unser Schwarzes Brett?«, wollte Stephan Mausner wissen.

»Nein«, gab Tobi nach einem Augenblick des Überlegens frei heraus zu, »Sie haben recht. Wenn es etwas Wichtiges gibt, verlasse ich mich ehrlich gesagt auf den Flurfunk. Das Brett habe ich gar nicht so im Fokus. Gut, dann werde ich eine neue Befragungsaktion anleiern.«

»Wir sollten alles angehen, als hätten wir es noch nicht getan«, ließ sich Katharina vernehmen und stutzte, als ihr Handy läutete. Sie zog es aus ihrer Hosentasche, warf einen Blick darauf und kräuselte ihre Stirn. »Tut mir leid, da muss ich rangehen«, sagte sie entschuldigend, drehte sich weg und nahm das Gespräch an. Hoffentlich ist nichts mit Matilda, dachte Ben bei sich, als er hörte, dass Katharina nach einem entsetzten »Oh mein Gott« auch noch »Ich komme sofort« in das Telefon rief. Kaum hatte sie aufgelegt, blickte sie Ben an und sagte, ohne die anderen Anwesenden weiter zu beachten: »Ein Notfall, übernimmst du? Ich muss sofort los. Ruf mich an, wenn ihr durch seid, ich erkläre dir dann alles.« Dann raffte sie ihre Sachen zusammen und verschwand grußlos. Ben starrte seiner Kollegin und Freundin wortlos hinterher. Gedanken wirbelten in seinem Kopf herum. Was war passiert? Tatsächlich etwas mit Matilda? Oder mit ihrer Mutter? Vielleicht ging es um ihren Vater. Aber es war müßig, jetzt darüber nachzudenken. Was passiert war, würde er später erfahren. Es nutzte nichts, er musste das Warten aushalten.

Ben räusperte sich und war wieder ganz der Hauptkommissar, der ein Fachkommissariat leitete. Sachlich und auf den Punkt führte er durch die Besprechung. Zum Schluss informierte er die Anwesenden darüber, dass Greta Kemper, wie es den Regeln entsprach, zur Fahndung ausgeschrieben war, indem Tobi die Personalien und alle weiteren für eine Suche relevanten Merkmale dem Bundeskriminalamt übergeben hatte, sodass von dort aus INPOL gefüttert werden konnte. Zu diesem Informationssystem der Polizei hatten alle deutschen Polizeidienststellen Zugriff. Und es wurde rege genutzt. Vor allem bei polizeilichen Kontrollen. Wurde bei einer solchen Kontrolle die Person anhand ihrer Daten durch das System überprüft, spuckte dieses aus, dass sie vermisst wird und welche Polizeidienststelle den Fall behandelt. Ben betonte nicht nur, welche Hoffnung er darauf setzte, falls Greta Kemper Lüneburg doch aus eigenen Stücken verlassen haben sollte, sondern ebenso, dass die Zuständigkeit in Bezug auf die Sachbearbeitung und die Erhebung des Identifizierungsmaterials wie Fotos oder DNA nach wie vor bei ihnen lag. Das war normal, da die Vermisste in Lüneburg verschwunden war und hier ihren Wohnsitz hatte. Dennoch hob Ben diesen Umstand hervor, um seine Leute zu motivieren, weiterhin alles zu geben, was in ihrer Macht stand, um Greta Kemper aufzufinden. Sie hatten kurz nach der Vermisstenmeldung mithilfe von Haaren, die ihnen die Mutter von Greta Kemper zur Verfügung gestellt hatte, die DNA der jungen Frau extrahiert, bisher hatte es ihnen jedoch nicht weitergeholfen.

Die Besprechung wurde mit der Aufgabenverteilung geschlossen. Keine zwei Minuten später war Ben allein in seinem Büro und griff sofort zu seinem Telefon, um Katharina anzurufen. Das Gespräch dauerte nur kurz an, dennoch hatte es Ben so aus der Fassung gebracht, dass seine Hand zitterte, als er auflegte. Er eilte ohne weitere Erklärung für seine beiden Kollegen hinaus. Vivien war sowieso mit Stephan Mausner in ein leises Gespräch vertieft und Tobi erkannte, dass etwas im Argen war. Er nickte Ben nur kurz zu und rief ihm hinterher: »Wir halten die Stellung.«

»*Wer da aber schön sein will, muss Schmerzen leiden, das ist eine alte Geschichte.*«

Wolf Graf und Eva Gräfin Baudissin, deutsche Schriftsteller

KAPITEL 4
DIENSTAG, 3.9.2024 – AB NACHMITTAGS

14.47 Uhr

Er schlurfte müde über den schmalen Gang und spürte den leichten Druck, den die Stille des Flures mit den geschlossenen Türen auf ihn ausübte. Er blickte auf seine Uhr. Die Mittagspause war längst vorbei, doch er hatte sie gut genutzt. Dennoch war er unruhig. Der Gedanke an sie ließ ihn nicht los. Wie sie ihn angestarrt hatte, mit ihren fiebrigen Augen! Und dann die eitrige Wunde. Dabei hatte er bei seiner kleinen Entnahme so gut aufgepasst. Gut, er war kein Mediziner und die Kammer kein antiseptischer Operationssaal, aber trotzdem, das hätte nicht passieren dürfen. Schließlich war er nicht dumm und hatte sich schlaugemacht. Immerhin gab es ausreichend Video-Tutorials im Netz zu einer Brustwarzenentfernung. Er hatte die meisten angesehen. Stundenlang. Dann war er auf eines gestoßen, das enorm ins Detail ging. Er hatte es viele Male geguckt, bis die Schritte und Handgriffe tief in seinem Hirn verankert waren. Erst dann führte er die Operation durch. Das Ergebnis der ersten hatte ihm recht gegeben. Alles war glatt gelaufen. Eigentlich auch die zweite, wenn da nicht diese nachoperativen Komplikationen wären. Er hatte sie bereits gestern Abend festgestellt, als sie nach dem Fressen schlief. Kaum zu Hause, hatte er nach Tutorials über Wundbrandbehandlung gesucht. Und gefunden.

Er dachte daran, wie ihre fieberheiße Haut unter seinen Fingern glühte, als er die Wunde säuberte. Dann öffnete er sie, ließ den Eiter ab und desinfizierte alles. Der Geruch des Eiters hing noch immer in seiner Nase. Es war widerlich. An der verfärbten Haut um die Wunde herum hatte er erkannt, dass der Wundbrand weit fortgeschritten war. Doch für's Erste hatte er nicht mehr tun können. Abgesehen von der Spritze, damit sie ruhig blieb und sich hoffentlich erholte. Heute Abend würde er zusätzlich zum Schlafmittel ein fiebersenkendes Mittel, das er aus seinem Badezimmerschrank auf seinem Weg zurück zu Arbeit geholt hatte, dem Brei zufügen. Antibiotikum musste er noch besorgen. Sie durfte nicht sterben, bevor er fertig war. Noch brauchte er sie lebend mit ihren wunderschönen Lippen, um seinen Hormonen Futter zu geben. Für seine perfekte Verwandlung.

15.06 Uhr

Die Besprechung über hatte Vivien sich überlegt, was der Kriminalrat mit ihr bereden wollte. Sie wusste, dass

Ben ihn über ihr Nebenrollenangebot von *Gelbe Tulpen* informiert hatte, doch hatte Mausner diesem gesagt, er müsse darüber nachdenken. Hatte er dies getan? Sie hoffte es, und vor allem hoffte sie, dass er ihr eine positive Antwort gab. Doch was, wenn nicht? Während der Besprechung hatte sie sich Erwiderungen überlegt, die Mausner umstimmen könnten. Das hoffte sie wenigstens.

Nach der Besprechung nahm er sie beiseite und bat sie, ihm einen Cappuccino zu machen. Das war nicht unüblich und tat er meist, wenn er bei ihnen im Büro war – der Kaffee aus ihrem Bürovollautomaten, den Katharina zu ihrem Einstand im Kommissariat mitgebracht hatte, schmeckte aber auch wirklich gut und sehr viel besser als aus den üblichen Kaffeemaschinen im Haus oder den Automaten in den Gängen.

Stephan Mausner war ihr zum Vollautomaten gefolgt und fragte mit einem kurzen Seitenblick auf Tobi, der an seinem Schreibtisch saß und konzentriert auf seinen Bildschirm blickte, leise: »Und Sie haben ein Angebot für eine kleine Nebenrolle bei *Gelbe Tulpen*?«

»Ja, genau«, bestätigte Vivien abwartend und füllte Bohnen in die Maschine nach.

»Und wie sind Sie daran gekommen?«, wollte Mausner wissen. »Sie sind doch keine Schauspielerin. Oder haben Sie sich in einem Casting dafür beworben?«

Vivien stellte die Bohnen zurück an ihren Platz, nachdem sie die Tüte luftdicht verschlossen hatte, und schenkte Milch in das dafür vorgesehene Behältnis. Sie wusste, dass er normale H-Milch trank.

»Nein, ich habe an keinem Casting für die Rolle teilgenommen und bin keine Schauspielerin. Übrigens möchte ich auch keine werden. Momentan macht es Spaß bei *Gelbe Tulpen*, aber Sie wissen, dass ich in erster Linie Polizistin bin. Die Nebenrolle bringt mir zusätzliches Geld ein. Genauso wie das Arbeiten als Statistin. Und das kann ich gut gebrauchen. Gepaart mit dem Spaß am Set und mit der Crew, die echt nett ist, finde ich es perfekt und würde mich sehr freuen, wenn Sie es mir gestatten. Es ist zeitlich begrenzt und …«, antwortete Vivien, wurde jedoch von Mausners wedelnder Hand und einem begleitendem »Ja, ja« unterbrochen. Vivien klappte ihren Mund zu und schluckte. Dann entfleuchte ihr ein Seufzer, der Mausner veranlasste zu sagen: »Na, nun lassen Sie mal nicht den Kopf hängen. Ihnen wird sicherlich bewusst sein, dass ich rigoros Nein sagen müsste, aber die Betonung liegt auf müsste. Denn wer wäre ich denn, einer Kollegin den Schritt in die Schauspielerei zu versagen? Auch wenn Sie keine Schauspielerin werden möchten, ich sage Ihnen, der Spaß kommt von ganz allein, und dann wollen Sie nichts anderes mehr machen. Und na ja, wissen Sie, jetzt, zu meiner Pension hin, kann ich großzügig sein. Und wer auch immer meine Nachfolge antritt, genehmigt ist genehmigt.«

Vivien konnte es nicht fassen, hatte Mausner tatsächlich gerade zugestimmt?

»Das heißt, ich kann die Rolle annehmen?«, vergewisserte sie sich ungläubig, dass es anscheinend so einfach gegangen war.

»Das habe ich doch gerade gesagt. Um den anfallenden bürokratischen Kram müssen Sie sich aber kümmern. Ich unterschreibe nur. Kann ich jetzt meinen Cappuccino haben?«, meinte der Kriminalrat mit einem Blick auf den durch den Automaten inzwischen gefüllten Becher, den sie ihm nun reichte.

»Danke, Herr Mausner«, sagte Vivien. Mehr fiel ihr nicht ein.

»Gern doch«, erwiderte der Kriminalrat leutselig und fuhr mit gesenkter Stimme fort: »Ich habe aber auch eine Bitte an Sie.«

»Ach«, entfuhr es Vivien, die überhaupt keine Vorstellung davon hatte, was nun kommen könnte.

»Ja«, sagte Stephan Mausner und schien tatsächlich ein wenig verlegen, als er fortfuhr: »Also mich würde eine kleine Rolle bei *Gelbe Tulpen* auch sehr reizen. Ich habe das Ihnen gegenüber schon einmal angedeutet. Ich würde mich sehr freuen, wenn Sie nachhaken könnten. Sie mit Ihren guten Kontakten dorthin.«

»Ähm, ja, das kann ich gern machen. Ich kann Ihnen allerdings nichts versprechen. Sooo eng sind meine Kontakte nicht«, sagte Vivien vage und hoffte, dass Mausner keinen Rückzieher bei seiner Zusage für die Nebenrolle machen würde. Deswegen hätte sie fast vor Erleichterung tief ausgeatmet, als er antwortete: »Frau Rimkus, das weiß ich doch. Und ich weiß auch, dass Sie sich für mich ins Zeug legen werden. Das reicht mir.« Mausner machte eine Pause, trank einen Schluck und sagte daraufhin laut: »Wie schön, Kommissarin Rimkus, danke für das Heißgetränk, ich bringe Ihnen den Becher wieder. Ich muss los. Noch habe ich einiges an Arbeit, die auf mich wartet!«

Verblüfft sah Vivien hinter ihrem obersten Vorgesetzten hinterher. Dabei fing sie Tobis Blick auf, der fragend die Augenbrauen hochzog. Die junge Frau grinste als Antwort über das ganze Gesicht, zeigte ihrem Kollegen das Peace-Zeichen und setzte sich glücklich an ihren Schreibtisch.

15.26 Uhr

Aus Lüneburg herauszukommen, hatte Katharinas Nerven strapaziert, und auf der L233 ging der Verkehr auch nur zäh voran. Scheinbar hatten auch andere bewusst nicht die B4 genommen, auf der momentan kurz hinter Bienenbüttel eine Straßensperrung war, an der es sich auch gern einmal staute und man vor allem einen Schlenker über Altenmedingen fahren musste. Ihr Herz klopfte und in ihrer Magengegend saß ein großer Klumpen.

Sie war auf dem Weg in die JVA Uelzen, aus der der Anruf während der Besprechung gekommen war. Bene war von Mithäftlingen zusammengeschlagen worden. Zwar waren sie nicht verheiratet, als seine Lebenspartnerin war sie jedoch informiert worden. Es war wohl während der Arbeit geschehen. Bene war in der Schlosserei der JVA eingesetzt und wurde nun medizinisch behandelt. Mehr wusste sie noch nicht, allerdings schloss sie aufgrund des Anrufs bei ihr, dass er nicht nur ein paar blaue Flecken davongetragen hatte. Das alles erzählte sie Ben, als er sie eben nach der Besprechung kurz kontaktierte. In dem Telefonat bat sie ihn außerdem, Matilda aus der Betreuung abzuholen, denn das würde sie keinesfalls schaffen. Selbst wenn sie sich in Uelzen beeilen würde. Normalerweise fragte sie in solchen Fällen ihre Mutter, doch sie wusste, dass diese mit ihren Doppelkopffreundinnen einen Ausflug nach Celle unternahm. Benes und Bens Eltern waren mal wieder verreist und ihre Freundin Juli, die manchmal einsprang, lag mit einer Grippe im Bett. Leonie, Benes erwachsene Tochter, war ebenfalls auf Reisen, und so war nur Ben infrage gekommen. Sie bat ihn ungern. Er tat sowieso bereits genug für sie. Nun, heute ist es ein Notfall, beschwichtigte sie sich selbst. Bei dem Gedanken an einen Notfall fiel ihr Frauke siedend heiß ein, und sie rief die Rechtsmedizinerin umgehend an.

»Und, kommt ihr jetzt? Ich warte schon«, nahm Frauke nach dem zweiten Klingeln ab. Sie klang nicht ungehalten, allerdings gehetzt.

»Erst mal Hallo«, sagte Katharina. Dann berichtete sie der Freundin und Kollegin von Bene und ihrer Fahrt nach Uelzen. Nachdem sie aufgelegt hatten, rief Katharina bei Vivien auf dem Handy an.

»Hi Katharina, alles in Ordnung?«, meldete sich die junge Kollegin besorgt.

»Das weiß ich noch nicht«, gestand Katharina ehrlich. »Bene ist zusammengeschlagen worden. Mehr werde ich erst erfahren, wenn ich in Uelzen bin. Aber deswegen rufe ich nicht an. Mach dich bitte gleich auf den Weg zu Frauke. Sie hat dir etwas Wichtiges zu sagen. Und nimm Phil mit. Ja?«

»Ähm ja, mach ich. Worum geht es denn?«, antwortete Vivien irritiert.

»Das wird dir Frauke dann sagen. Okay? Du, ich muss auflegen und mich auf die Straße konzentrieren. Hier ist vielleicht ein Gewühl …«, leitete Katharina die Verabschiedung ein. Natürlich könnte sie Vivien sagen, warum diese zusammen mit Phil Frauke aufsuchen sollte, doch erstens hatte sie anderes im Kopf und zweitens wollte Frauke sichergehen, und dafür musste Vivien in die Rechtsmedizin. Dabei passte es sehr gut, dass Phil gerade in der Stadt war und mitkommen konnte. Und wenn alles geklärt war, wäre Katharina zurück in Lüneburg, konnte sich im Zweifel um Vivien kümmern und aktiv werden. Sie hoffte, zu Letzterem würde es nicht kommen, aber insgeheim wusste sie es besser. Und sie täuschte sich selten. Genauso wie Frauke.

Inzwischen war Katharina in Uelzen. Nervös klopfte sie mit den Fingern auf das Lenkrad, als würde sie ein rasantes Schlagzeugsolo komponieren. Eben hatte sie es zwar zu Vivien nur so gesagt, aber als hätte sie ihn herbeigerufen, war der Verkehr dichter geworden.

Nachdem sie endlich in der JVA Uelzen angekommen war, wurde sie darüber informiert, dass Bene per Hubschrauber in das Niedersächsische Justizvollzugskrankenhaus Lingen ausgeflogen worden war. Es hatte sich herausgestellt, dass er durch die Prügelattacke einen

Milzriss davongetragen hatte, weswegen eine Notoperation notwendig war. Ein Milzriss wurde heutzutage nicht mehr grundsätzlich operiert, da Mediziner eine nicht-operative und milzerhaltende Therapie bevorzugten. Es kam auf den Schweregrad an. Weil Bene jedoch notoperiert werden musste, brauchte sie nicht eigens zu fragen, wie es ihm ging.

Sie bekam es mit der Angst zu tun. Durch einen schweren Milzriss verlor man viel Blut, das den Bauchraum fluten konnte, was tödlich enden könnte. Auch wegen des hohen Blutverlustes. Oder die Operation an sich ging schief und Bene wachte nicht mehr aus der Narkose auf. Hätten sie sich doch bloß nicht am vergangenen Sonnabend so blöd voneinander verabschiedet. Sie war scheußlich zu Bene gewesen. Das wusste sie, aber in jenem Moment hatte sie nichts dagegen tun können. Sie war so wütend auf ihn gewesen. Was, wenn sie ihn nie wiedersehen würde und er ging, ohne dass sie ihm, den Mann, den sie hatte heiraten wollen und der der Vater ihrer Tochter war, etwas Liebes gesagt hatte? Eigentlich hieß ihr Credo, sich niemals im Streit zu trennen, doch das schaffte sie nicht immer. Schon gar nicht mit Bene. Sie hatte das nie hinterfragt, aber in diesem Moment wurde es ihr mehr als bewusst. Verdammt aber auch!

Als sie jetzt in Lingen aus ihrem Wagen ausstieg, hatte Katharina – die Strecke von Lüneburg nach Uelzen miteingerechnet – über 4,5 Stunden reine Fahrzeit im Auto gesessen. Durch den Umweg über Uelzen hatte sie mindestens eine Stunde länger benötigt. Warum hatte die JVA Uelzen sie nicht über Benes Verlegung informiert? Dann wäre sie schneller bei ihm gewesen. Vielleicht hätte sie ihn sogar vor seiner OP kurz sprechen können, damit er wusste, dass sie da war. Jetzt lief sie gehetzt zur Anmeldung, wo sie nach einigen Telefonaten des älteren Herrn, der dort seinen Dienst schob, erfuhr, dass Bene noch operiert wurde. Sie setzte sich auf eine der Bänke vor der Klinik, weil sie frische Luft zum Atmen brauchte. Sie konnte nicht mehr tun als zu hoffen, dass bei Bene alles gut verlief.

16.16 Uhr

Frauke hatte eine beleuchtete Lupe, deren Arm an einem Stahltisch festgeklemmt war, herangerollt und über den Stich auf Viviens Oberschenkel platziert. Die Lupe erinnerte die junge Kommissarin spontan an einen Mehrfachvergrößerungsspiegel, wie sie in den Bädern von guten Hotels zu finden waren und durch die man jede Pore des Gesichts zählen konnte und sich dann jedes Mal fragte, ob auch andere Menschen einen so sahen, weil sie vielleicht bessere Augen als man selbst hatte. Vivien ging es zumindest so, und sie schaute doch jedes Mal wieder, wenn ihr so ein Spiegel begegnete, hinein. Wie ein Falter, der magisch vom Licht angezogen wurde. Dabei hasste sie solche Spiegel. Nicht wegen der Poren, sondern wegen ihres Narbengesichts, das sie in einem normalen Spiegel schon kaum ertragen konnte. Jetzt überlegte sie, was Frauke wohl noch so alles auf ihrem Oberschenkel entdecken würde. Abgesehen von dem Stich und woher er rührte.

Vivien wunderte sich über Fraukes Einsatz vor allem, da die Rechtsmedizinerin ihr und Phil gegenüber in letzter Zeit so merkwürdig gewesen war. Wobei, wenn Vivien es sich recht überlegte, war sie es nach wie vor. Irgendwie reserviert, wenn nicht gar unterschwellig ablehnend. Vivien hätte gern Katharina hier gehabt. Sie und Frauke waren eng befreundet und ja, auch dann zeigte sich die Ärztin latent grimmig, doch hielt sie sich mit ihren spitzen Bemerkungen zurück. Katharina wirkte da wie ein Puffer. Nur neulich, im *Mama Luu*, hatte Frauke sich trotz der Anwesenheit der Oberkommissarin und sogar Bens nicht zurückgehalten, was vielleicht am getrunkenen Alkohol gelegen haben könnte. Vivien verstand selbstverständlich, dass Katharina gerade nicht hier sein konnte. Sie mochte gar nicht daran denken, dass es Bene nicht gut ging. Sie hatte eine besondere Beziehung zu Katharinas Freund. Damals, als sie nach Lüneburg gekommen war, hatte sie ihn am Tresen vom Hotel *Heideglanz* kennengelernt. Er war dort vor der Geburt von Matilda Barkeeper und überaus charmant zu ihr gewesen. Heute wusste sie, dass er mit seiner jungenhaften verschmitzten Art so war. Zu jenem Zeitpunkt hatte sie jedoch gedacht, er flirte mit ihr, und sich prompt in ihn verliebt. Na ja, aus heutiger Sicht nicht richtig verliebt, aber ein bisschen verguckt hatte sie sich definitiv. Und das war für sie, die mit Männern aufgrund des Vorfalls in jungen Jahren bewusst nur spielte, um sie wieder abzuservieren, eine außergewöhnliche Erfahrung gewesen. Vielleicht hatte es sogar daran gelegen, dass Bene nicht auf ihr Spiel eingegangen war. Er war damals mit Katharina zusammen, was Vivien nicht gewusst, sondern erst später erfahren hatte. Katharina hatte es ihr gesagt, und das war Vivien nicht nur in jenem Moment, sondern auch lange Zeit danach unangenehm gewesen. Dies rührte daher, da Katharina keinen Hehl daraus gemacht hatte, dass sie es gar nicht witzig fand, dass Vivien ihrem Freund nachstellte. Inzwischen war Bene jedoch kein Thema mehr. Sie waren keine besten Freundinnen, aber diesen Anspruch hatte Vivien auch nie an Katharina gehabt. Sie konnten sich blindlings vertrauen, wie sich bei so manchem Fall gezeigt hatte, und das war mehr wert als alles andere – immerhin hatten sie sich schon einige Male ihr Leben gegenseitig in die Hand gegeben.

Ihre Spielchen mit Männern hatte Vivien zwischenzeitlich aufgegeben. Sie hatte sie gebraucht, um sich gut und überlegen zu fühlen. Nicht mehr als willenloses Opfer. Durch ihren Beruf und nicht zuletzt das großartige Team hatte sie inzwischen das Gefühl, sich nicht mehr auf diese Weise bestätigen zu müssen. Seit sie und Phil zueinander gefunden hatten, schon gar nicht mehr. Sie hatte Phil sogar von ihrem Männerspiel erzählt und ihr die Spielregeln, die sie sich selbst auferlegt hatte, gestanden. Das hatte sie bisher noch nie jemandem gegenüber getan. Überhaupt hatte sie alles stets mit sich allein ausgemacht. Phil zuckte zunächst mit keiner Wimper, als sie sich ihr offenbart und damit geendet hatte, dass die wichtigste aller Regeln gewesen war, sich nicht zu verlieben und es ihr nur einmal fast mit Bene misslungen war.

»Aufreißen, scharfmachen, abservieren. Das war mein Motto gewesen. Und irgendwann war es plötzlich vorbei. Es war keine bewusste Entscheidung. Ich habe nur eines Tages festgestellt, dass ich es schon einige Zeit gelassen hatte und deswegen anscheinend nicht mehr brauchte. Heute schäme ich mich vor mir selbst für mein damaliges Verhalten. Andererseits war es nun einmal so. Es hat mir geholfen und gut«, hatte Vivien ihre Beichte geschlossen. Dann hatte Phil lauthals angefangen zu lachen. Zuerst war Vivien befremdet. Warum lachte die Freundin? Lachte sie sie aus? Hätte Vivien ihr das Geheimnis doch besser nicht anvertraut? Sie hatte Phil wenige Tage zuvor von ihrer Mehrfachvergewaltigung berichtet, und da nahm Phil sie in den Arm und sie weinten zusammen. Was war denn jetzt so lustig?

Nachdem Phil ihr Lachen einigermaßen unter Kontrolle hatte, strahlte sie Vivien mit Lachtränen in den Augen an und meinte glucksend: »Großartig, Vivien, du bist einfach großartig! Darum mag ich dich so. Ich kann mir die Gesichter der Männer richtig gut vorstellen, wenn du sie am Ende eiskalt hast stehen lassen. Du hast ihr Gehabe einfach mal umgedreht und sie doof aus der Wäsche gucken lassen. Perfekt. Manchmal muss man dieser toxischen Männlichkeit den Spiegel vorhalten. Der einzige Unterschied ist, dass du sie nicht in deine Laken geholt und sie dann erst abserviert hast. Gut so!«

Daraufhin musste Vivien ebenfalls lachen, und auch jetzt huschte ein Lächeln über ihre Lippen. Phil hatte recht, wobei nicht alle Männer so waren, wie Phil es gesagt hatte. Ja, es stimmte, die, mit denen sie gespielt hatte, schon, denn sie suchte sich bewusst Macho-Typen aus. Bei Bene hatte sie jedoch falsch gelegen, auch sein Bruder, ihr Chef Ben, war nicht so. Ebenso wenig wie viele ihrer Kollegen. Es gab eben solche und solche. Bei Männern, bei Frauen und bei Menschen im Allgemeinen. Sie als Polizistin wusste das nur allzu gut. Es gab die Bösen und die Guten, und vor allem gab es die vielen dazwischen, die manches Mal aus Dummheit oder durch außer Kontrolle geratene Gegenwehr zum Täter oder zur Täterin wurden. Der Mensch hatte viele Facetten. Es kam darauf an, wie er sie auslebte.

»Dann wollen wir mal gucken, was dich da gepikst hat«, meinte Frauke und beugte sich über die Lupe. Denn deswegen waren sie hier. Warum Katharina ihr das am Telefon nicht gesagt hatte, verstand Vivien nicht. Vor allem, weil sie es als Nettigkeit von Frauke empfand, dass diese den Stich aus Neugier »wissenschaftlich mit vier erfahrenen Augen« unter die Lupe nehmen wollte, wie sie es ausdrückte, als Vivien und Phil in die Räume der Pathologie eingetreten waren. Sie hatten sich nur kurz angeschaut, und Vivien meinte zu sehen, dass sie dasselbe dachten: Frauke wollte ihnen beiden aufgrund ihres Verhaltens in der letzten Zeit die Hand zum Frieden reichen. So hatte sie sich ohne Weiteres auf die Untersuchungsliege gelegt, ihren Kleidersaum hochgezogen und den Stich entblößt.

»Hm«, machte Frauke jetzt konzentriert und mit gekräuselten Stirnfalten. Dann sagte sie: »Also ich habe mir meine Meinung gebildet. Jetzt du, Phil.«

Die Rechtsmedizinerin gab die Lupe frei und an ihrer statt blickte nun Phil hindurch. Sie brauchte etwas länger als ihre Vorgängerin, klemmte das Fleisch um den Stich herum zwischen ihre Fingerspitzen, drückte daran herum, ohne dass es Vivien schmerzte, und sagte schließlich, während sie Viviens Haut losließ und sich aufrecht hinstellte: »Okay, ich jetzt auch. Das ist kein Insektenstich. Frauke, du hast recht gehabt. Bleibst du auch dabei oder siehst du es inzwischen anders?«

»Nein, ich war mir beim Mittagessen leicht unsicher, aber jetzt bin ich hundertprozentig zweifelsfrei. Allerdings war mir dein professioneller Blick wichtig. Kein Insektenstich«, sagte die Medizinerin in sehr ernstem Ton, der Vivien aufhorchen ließ.

»Aber wenn es kein Insektenstich ist, was dann? Ich kann mich nicht entsinnen, mich kürzlich an einer Dorne oder so verletzt zu haben und schon gar nicht am Oberschenkel«, sagte Vivien und sah die beiden Wissenschaftlerinnen forschend an, die daraufhin einen vielsagenden Blick tauschten. Dann sah Phil Vivien an, trat an die Liege, auf der die junge Frau sich aufgesetzt hatte, legte eine Hand auf deren Unterschenkel und fragte: »Vivien, gibt es etwas, was du uns sagen möchtest? Ich meine, vielleicht war das in letzter Zeit ein bisschen viel für dich. Dein Job, deine Statistenrollen und auch die Feierei. Wir behalten es für uns, aber wir können dir vielleicht helfen.«

»Hä?«, machte Vivien. Sie wusste nicht, was die Freundin meinte. Natürlich hatte sie in der letzten Zeit ziemlich auf der Überholspur gelebt, aber es ging ihr gut.

»Ich verstehe nur Bahnhof. Mir geht es gut, aber das weißt du doch«, sprach sie ihre Gedanken aus.

Phil öffnete ihren Mund zum Reden, Frauke trat ebenfalls an die Liege heran und ergriff das Wort: »Ich muss euch etwas sagen. Phil, ich gehe davon aus, dass du wissen wolltest, ob Vivien sich kleine Dosen Muntermacher spritzt. Das ist zwar heutzutage gerade beim Partyvolk Gang und Gäbe, aber ich denke, da liegst du falsch. Habe ich recht, Vivien?«

»Und wie du da recht hast«, entgegnete Vivien und spürte, wie sich Wut und Abwehr in ihr breitmachten. Wie konnte Phil so etwas auch nur annehmen? Kannte sie Vivien so schlecht? Sie nahm die Entomologin scharf ins Visier und sagte bestimmt: »Natürlich nehme ich nichts.« Nach einer Pause, in der es ihr wie Schuppen von den Augen fiel, stellte sie mehr fest, als dass sie fragte: »Das ist also eurer Meinung nach ein Injektionsstich? Und wie soll der da hinkommen? Ihr habt sie doch nicht alle. Ich geh jetzt!«

Sie machte Anstalten aufzustehen, doch Frauke drückte sie sanft, aber mit Bestimmtheit auf die Liege zurück.

»Was soll das?«, fuhr Vivien sie an, die sich in ihrer Selbstbestimmtheit beschnitten fühlte, was für sie seit jeher, aber vor allem, seit sie ein Opfer geworden war, ein Problem darstellte.

»Alles gut, ich wollte nicht übergriffig werden«, sagte

die Rechtsmedizinerin verständnisvoll und bat freundlich: »Bitte bleib sitzen. Ich möchte euch etwas zeigen.«

Vivien nickte ob der ruhigen Worte bejahend und blieb auf der Liege, während Phil die Rechtsmedizinerin fragend ansah. Die jedoch drehte sich wortlos um und verschwand im hinteren Teil des Saals, von wo aus es in die Kühlkammer ging. Angestrengt betrachtete Vivien ihre nackten Füße, da sie dem Blick von Phil ausweichen wollte.

»Ich wollte dich nicht verletzen, das weißt du hoffentlich. Ich wollte nur …«, begann Phil genau in dem Moment zu sagen, als Doktor Frauke Bostel zurück kam. Vor sich her schob sie eine Metallliege, auf der unter einem Tuch die Konturen eines Menschen erkennbar waren.

»Warum schiebst du eine Leiche hier rein?«, entfuhr es Vivien.

»Das erkläre ich euch gleich. Du kannst aufstehen, und dann kommt mal her«, erwiderte Frauke in ihrem Medizinerton. Sie hatte den Tisch zum Stehen gebracht und klickte mit dem Fuß die Scharniere für dessen Räder fest. Vivien indessen sprang von der Liege und trat barfüßig an Frauke heran. Genauso wie Phil. Frauke schlug in einem Schwung das Tuch vom Leichnam, und vor Schreck fuhr Viviens Hand an ihren Mund.

»Das ist Tom Scheller. Der Statist, der am Sonnabend im Pub zusammengeklappt ist. Ich wusste nicht, dass er … dass er gestorben ist«, presste sie hervor.

»Ja, leider. Ich habe ihn bekommen, wie es üblich ist, wenn ein Patient in der Klinik verstirbt. Für euch bin ich die Rechtsmedizinerin, aber ihr wisst ja, dass ich auch normal Pathologie mache«, erklärte Frauke.

Vivien schluckte. Sie war berührt von dem Tod des jungen Mannes. Dann mutmaßte sie: »Aber du zeigst ihn uns sicher aus einem bestimmten Grund, richtig?«

»Yep«, machte Frauke, zog den Tisch mit der Lupe auf Höhe des Oberschenkels von der Leiche, richtete die Lupe aus und forderte Phil auf: »Guckst du?«

Phil tat wie geheißen, und Vivien beschlich ein beklemmendes Gefühl. Sie merkte, wie sie unwillkürlich ihren ganzen Körper anspannte. Ihr Herz pochte merklich. Was hatte Frauke entdeckt? Inzwischen ging sie davon aus, dass eine Parallele zwischen ihr und dem Toten bestand. »Hat er auch einen Stich?«, fragte sie mit belegter Stimme und räusperte sich, da ihre Kehle mit einem Mal ganz trocken war.

»Hat er«, sagte Phil und wandte ihren Kopf von der Lupe zu Vivien hin. »Er sieht aus wie deiner.«

Bei diesen Worten wich die Anspannung von Vivien. Schlappheit trat an ihre Stelle.

»Und was hat das zu bedeuten?«, fragte sie leise, fast flüsternd.

»Das weiß ich nicht genau«, gab Frauke in ruhigem, sachlichem Ton zu, wie ihn Mediziner anschlugen, wenn sie keine guten Nachrichten für ihren Patienten hatten. »Aber ich gehe fest davon aus, dass es der Stich von einer sehr feinen Kanüle sein muss. Wie von einer Insulinkanüle. Und wenn ich das weiterdenke, könnte es sein, dass euch beiden etwas injiziert worden ist. Dafür würden deine Symptome nach der Partynacht sprechen.

Der Mann hier«, sie deutete mit ihrem Kinn auf die Leiche, »ist am selben Abend eingeliefert worden, als auch du dich plötzlich, wie soll ich sagen, merkwürdig gefühlt hast. Und ihr wart im selben Pub. Du bist mit Schwindel, Kopfweh, Übelkeit und so davongekommen. Er hatte am Ende einen Kreislaufkollaps und ist daran gestorben.«

»Ehrlich gesagt habe ich ...«, Vivien stockte. Es fiel ihr schwer, über ihre Gedanken vom vergangenen Wochenende zu reden. Das lag nicht daran, dass sie nicht über den Missbrauch sprechen wollte. Ja, sie band ihn nicht jedem auf die Nase und nur Katharina und Phil wussten davon – abgesehen von ihren Eltern und ein paar anderen Menschen in ihrer Heimat, die es mitbekommen hatten. Und natürlich die nicht identifizierten Täter. Früher wollte sie mit ihrem Schweigen über das Geschehen ein Wiederaufflammen ihres Traumas vermeiden. Dennoch hatte sie es nach wie vor mit sich herumgetragen. Als sie jedoch mit Phil darüber gesprochen hatte, stellte sie im Nachhinein fest, wie gut ihr das Reden tat. Das Teilen ihrer Gefühle machte das Geschehene zu einer lang zurückliegenden Erinnerung und weniger präsent in ihrem heutigen Alltag.

»Was hast du?«, hakte Phil ruhig nach und unterbrach die eingetretene Stille.

»Ehrlich gesagt habe ich am Wochenende, als ich mich so unwohl gefühlt habe, gedacht, dass mir möglicherweise jemand im Pub K.-o.-Tropfen ins Glas gegeben hat. Allerdings wüsste ich nicht, wann«, nahm Vivien ihren Satz wieder auf und beendete ihn.

Frauke legte ihren Kopf schief und meinte bedächtig: »Deine Symptome gleichen in der Tat denen, die nach der Einnahme dieser Art Droge, in der meist vorrangig GHB enthalten ist, üblich sind. In höherer Dosierung wirkt GHB als Narkotikum, gering dosiert aufputschend. Aber das wisst ihr wahrscheinlich. Hattest du denn Gedächtnislücken?«

Vivien nickte. Dann sagte sie nachdrücklich: »Aber wie gesagt, gab es eigentlich keine Möglichkeit, mir das Zeug in den Drink zu kippen, also vergesst die K.-o.-Tropfen. Und außerdem geht es um den Stich in meinem Oberschenkel.«

»Ganz genau. Ich habe eine Vermutung. Die wollte ich nicht im Restaurant so zwischen Teller und Wasserglas raushauen. Ich wollte mir erst sicher sein. Deswegen seid ihr beide hier, obwohl eine Untersuchung deines Bluts leider viel zu spät ist. Das Zeug wird ziemlich schnell vom Körper abgebaut. Das war auch bei deinem Kollegen der Fall, der leider bei seiner Einlieferung keine spezifische toxikologische Untersuchung genossen hat, außer was seinen Alkoholgehalt angeht. Die Kollegen auf Station haben übrigens seinen Tod auf seinen recht hohen Blutalkoholspiegel zurückgeführt. Bei seiner Untersuchung habe ich jedoch den Stich am Oberschenkel bemerkt. Ich habe mir aber erst über ihn Gedanken gemacht, als ich deinen Stich vorhin beim Essen gesehen habe«, sagte die Rechtsmedizinerin, hob eine Augenbraue und fragte die beiden jungen Frauen: »Schon einmal was von Needle Spiking gehört?«

»Deine Nahrungsmittel seien deine Heilmittel.«

Hippokrates

KAPITEL 5
MITTWOCH, 4.9.2024 -
MORGENS BIS MITTAGS

8.29 Uhr

Die Nacht war kurz gewesen. Seinem Spiegelbild nach zu urteilen zu kurz. Schon länger hatte er sich mit dem Gedanken getragen. Das Fernsehen hatte ihn ihm eingepflanzt. In der Doku hatte es geheißen, Tausende von ihnen wurden vermisst. Man nahm an, dass die meisten aus eigenen Stücken untertauchten, weil die Unterkünfte mies seien. Infolgedessen wurde auch nur halbherzig nach ihnen gesucht. Und genau das passte perfekt. Nachdem er dann vorgestern beim Mittagessen so dermaßen schändlich mit seinem Körper umgegangen war, und er sowieso Nachschub brauchte, weil sie ihm unter den Händen wegzusterben drohte, zog er es vergangene Nacht spontan durch. Diesmal griff er sich einen Mann. Seine strotzende Männlichkeit hatte es ihm angetan. Und jetzt hatte er sie für sich und seine Hormonkur. Damit an ihm schon bald nicht mehr an jeder Stelle nur verkümmertes Fleisch saß. Wer brauchte dafür schon einen teuren Arzt? Er bestimmt nicht! Stolz auf sich selbst wallte in seiner Brust auf.

Er war gerade aus der Dusche gestiegen. Jetzt rubbelte er sich ordentlich mit dem großen Badehandtuch ab, ging nackt wie er war in die Küche zum Kühlschrank, entnahm diesem die Spritze mit der Flüssigkeit, ging ins Bad zurück und entleerte sie in eine bereits vorgewärmte Schale, die auf der Kommode neben dem Waschbecken stand. Dann stellte er seinen Timer im Handy auf 20 Minuten und machte sich weiter fertig.

Als der Timer sein Signal abgab, nahm er frisch rasiert die gestern gekaufte geruchlose Body Lotion zur Hand und gab sie zu der Flüssigkeit in der Schale hinzu. Das Verhältnis war eins zu fünf. So, wie er es im Internet gelesen hatte. Zwar überwog deshalb der Body Lotion-Anteil sichtbar, doch als er den Inhalt der Schale mit dem Zeigefinger umrührte, stieg ihm, wie im Internet angekündigt, ausschließlich der zarte Geruch der für ihn so wertvollen, dazugegebenen Flüssigkeit in die Nase. Herrlich. Alles richtig gemacht. Er rührte wie vorgegeben eine Weile weiter, bis das Gemisch eine sahnige Konsistenz annahm. Am liebsten hätte er sich den Finger in den Mund gesteckt und abgeleckt. Er tat es nicht. Frühstücken würde er gleich. Stattdessen tunkte er drei Finger in die angerührte Lotion, nahm diese mit den Fingerkuppen auf, verrieb sie leicht in beide Hände und cremte sich ein. Diesen Vorgang wiederholte er, bis sein Körper mit dem extravaganten Fluid balsamiert war. Dann war sein Gesicht dran. Auf diesem verteilte er die leichte Creme großzügig, wie eine Maske, um sie im Anschluss sanft in die Haut einzuklopfen. Er ging noch immer unbekleidet in die Küche. Die Creme sollte an jeder Stelle gut einziehen und nicht durch Kleidung aufgenommen werden. Da war er eigen. Verschwendung hasste er.

Sein Blick schweifte über die Arbeitsplatte, auf der er bis auf eine Zutat, bereits eben als der Timer lief, alles bereitgestellt hatte. Vier große Eier, Butter, zwei in kleine Röllchen vorgeschnittene Schnittlauchhalme, Meersalz, Pfeffer, Olivenöl, zwei Müslischalen, das zum Kochen und Essen notwendige Besteck und einen Teller. Die Pfanne stand bereits auf dem Herd. Wie es im Rezept stand, füllte er die Zutaten bis auf die Butter und das Öl in eine der beiden Schalen und verrührte alles kräftig. Dann gab er das Öl in die Pfanne und ein Stück Butter in die zweite Schale, die er daraufhin in die Mikrowelle stellte und das Fett bei 150 Watt langsam zum Schmelzen brachte. Unterdessen die Mikrowelle ihren Dienst tat, holte er zwei weitere gefüllte Spritzen aus dem Kühlschrank und gab die Flüssigkeit in die Schale mit den Eiern. Erneut verrührte er alles, während er auf den Piep der Mikrowelle wartete. Dieser ertönte etwa 30 Sekunden später. Jetzt stellte er den Herd an und erhitzte das Öl in der Pfanne auf das Maximum. Er holte die geschmolzene Butter aus der Mikrowelle, nahm sich den bereitgelegten Schneebesen und ließ unter kräftigem Rühren die goldglänzende Butter zu dem Gemisch in der ersten Schale laufen. Nun kam der schwierigste Teil. So stand es zumindest im Rezept. Angespannt biss er sich deswegen auf die Unterlippe, wie er es immer tat, wenn er sich stark konzentrieren musste, und goss in einem Schwung die Eimasse in die Pfanne. Das Öl spritzte heraus und besprenkelte heiß seinen bloßen Bauch, aber er merkte es kaum. Zu fasziniert war er von der Entstehung seines Frühstücks. Ein Teil der Eimasse war sofort erstarrt. Er hob die Pfanne am Griff etwas hoch, damit sich der Rest der eiigen Flüssigkeit über dem Pfannenboden ergießen und erstarren konnte. Mit einem Spatel löste er die nun feste Masse vom Pfannenboden und gab sie auf den neben dem Herd platzierten Teller. Das Wasser lief ihm im Mund zusammen, sein Magen knurrte vor Vorfreude. Er nahm den Teller und das Besteck hoch, drehte sich um und stellte alles auf den kleinen quadratischen Küchentisch. Zufrieden setzte er sich nackt auf den weißen Plastikstuhl und begann zu essen. Es schmeckte köstlich, und es kam ihm vor, als hätte er niemals zuvor etwas Besseres verspeist. Bildete er es sich nur ein oder spürte er bereits nach den ersten paar Bissen den Effekt dieses besonderen Mahls? Wie es dann wohl erst heute Abend sein würde?

9.04 Uhr

»Needle Spiking?«, fragte Ben verdutzt nach, als hätte er sich verhört. »Wenn ich das eins zu eins übersetze, heißt das Nadelspitzen!«

Das Team des Fachkommissariats 1 für Mord, Totschlag, Brand und Sexualdelikte hatte sich vollständig in Bens Büro versammelt. Außer ihm waren Staatsanwältin Sarah Klein und Doktor Frauke Bostel anwesend – Phil war als selbstständige Entomologin nicht dabei, da das Thema nicht zu ihrem Fachgebiet gehörte und die Polizeidirektion deshalb keinen Anlass hatte, sie als Beraterin zu buchen. Frauke wiederum nahm per Videoschaltung teil, um weniger Zeit drumherum zu verlieren, wie sie nicht müde wurde zu sagen. Insgeheim glaubte Katharina, dass die Rechtsmedizinerin dies nur vorschob, weil sie keine Lust hatte, in die Polizeidirektion zu kommen. Seit Corona über die Welt gekommen war, hatte Frauke schlicht und ergreifend für sich entdeckt, wie praktisch und bequem es war, aus seinem eigenen Bürostuhl heraus an einem Meeting teilzunehmen. Gut, natürlich sparte es Zeit, wenn man bedachte, dass sie für den Hinweg mindestens eine Viertelstunde brauchte und eine weitere für den Rückweg. Und ja, sie hatte viel zu tun. Doch das hatten sie in der Regel alle. Nein, Frauke war gern für sich und das am liebsten in ihren heiligen Hallen, wie sie die Pathologie nannte.

Katharina hatte die Runde gestern Abend über die gerade stattfindende Besprechung informiert und für heute Morgen um 9 Uhr zusammengerufen, nachdem sie auf ihrer Rückfahrt von Lingen mit Vivien telefoniert hatte. Trotzdem sie es geahnt hatte, war sie schockiert über das gewesen, was ihr die jüngere Kollegin berichtete. Bis auf Vivien, Frauke und Katharina kannte bisher keiner der anderen Teilnehmenden Details.

»Na ja, musst du ja nicht. Es direkt übersetzen, meine ich«, sagte Tobi jetzt zu Ben.

»Ehrlich, ich habe den Begriff noch nie gehört. K.-o-Tropfen kenne ich natürlich wie ihr alle, aber die werden in der Regel oral über Speisen oder Getränke verabreicht«, sagte Ben.

»Ja, das ist richtig, aber genauso können K.-o.-Tropfen injiziert werden. Und das nennt man dann Needle Spiking, mit der Nadel gestochen«, meinte Tobi. »Es können auch andere Drogen sein, die auf die Art zugeführt werden, doch den Berichten zufolge und aufgrund der geschilderten Symptome der Opfer geht man davon aus, dass es sich um solche Tropfen handelt, also die klassische Vergewaltigungsdroge. Nachgewiesen werden konnte das aber bisher noch nicht. Genauso, wie die Gemüter sich streiten, ob es Needle Spiking überhaupt gibt.«

»Du scheinst dich auszukennen«, kommentierte Sarah Klein das Gesagte.

»Hallo! Ich habe eine Tochter! Es ist meine Pflicht, mich schlauzumachen. Klar ist sie noch nicht in dem Alter, dass sie auf Festivals oder in Clubs geht, dem Einsatzort von Needle Spiking-Attacken, aber das kommt früh genug, und dann muss ich Bescheid wissen. Ich muss meine Maus schließlich auf mögliche Gefahren aufmerksam machen«, erklärte Tobi erregt.

»Was meinst du, Tobi, wenn du sagst, Needle Spiking ist bisher nicht nachgewiesen worden. Und wieso meinen einige, dass es dieses kriminelle Phänomen nicht gibt? Frauke hat es doch bei Vivien und dem toten Statisten festgestellt«, hakte Ben mit grüblerischer Miene nach.

»Na ja…«, setzte Tobi an. Gleichzeitig meinte Frauke: »Alsooo…« Beide stockten, bis Frauke fragte: »Du oder soll ich, Tobi?«

»Mach du mal, du wirst dich besser auskennen. Ich weiß das Ganze nur von unserer Babysitterin, und die hat das wiederum aus den Medien«, antwortete der Kommissar und überließ der Gerichtsmedizinerin das Feld: »Alsooo, von Needle Spiking, manchmal wird es auch Injection Spiking genannt, wurde das erste Mal nach der Pandemiehochzeit berichtet. Als die Leute wieder anfingen auszugehen. Da soll dieses Phänomen in UK und in Irland aufgetreten sein. So im Sommer oder Herbst 2021. Danach soll es Needle Spiking-Attacken in anderen Ländern gegeben haben. Darunter Deutschland. Wie es scheint, wird von den Tätern Needle Spiking dort angewandt, wo viele junge und im Zweifel bereits berauschte Menschen zusammenkommen. Berauscht kann man ja durch Feierlaune oder gute Musik sein. Und natürlich Alkohol und andere Partydrogen, aber das nur am Rande. In der deutschen Szene wurde das Phänomen vor allem durch eine Sängerin bekannt. Ich habe den Namen und den ihrer Band vergessen, aber das ist nicht wichtig. Die Sängerin ist auf jeden Fall im *Berghain*, diesem angesagten Club in Berlin, zusammengebrochen.«

»Ich erinnere mich daran. Eine Freundin von mir ist ein Fan dieser Sängerin und folgt ihr auf Instagram. Die Frau hat damals einen Post dazu geteilt. Ich schau mal, ob er noch da ist«, merkte Sarah Klein an, nahm ihr Mobiltelefon in die Hand und begann darauf zu tippen, was Katharinas Augenbraue hochschnellen ließ. Wenn ihr etwas missfiel – und das taten diese spitzen Finger auf der Tastatur, die die einwandfrei manikürten Nägel in diesem Moment perfekt in Szene setzten –, passierte das mit der Augenbraue unbewusst, und sie merkte es erst, wenn es zu spät war. Hier in dieser Runde war ihr das egal. Jeder Anwesende wusste, dass die Staatsanwältin und sie sich nicht mochten. Wegen Bene. Doch selbst wenn er nicht zwischen ihnen stehen würde, hätte Katharina mit Sarah Klein ein Problem. Die Unterschiede zwischen der um etliche Jahre jüngeren Frau und ihr waren zu groß. Dennoch waren sie professionell in ihrer Zusammenarbeit. Notgedrungen.

»Ah, da habe ich es«, sagte Sarah Klein, hob kurz ihr Handy in die Höhe und zeigte den Bildschirm wie zum Beweis in die Runde. Dann senkte sie ihren Arm und fasste den gesuchten und gefundenen Post zusammen: »Die Sängerin erwähnt, dass sie durch Erfahrung gelernt hat, dass man sich nach einer Spiking-Attacke mit einer eigens vom Club ins Leben gerufenen Kommission in Verbindung setzen kann, um seine Erfahrungen zu schildern, und dass man sich sofort an einen Arzt beziehungsweise eine Klinik wenden soll, um sich auf Drogen testen und eine Prophylaxe gegen HIV geben zu lassen. Außerdem ruft sie ihre Follower auf, den Post zu teilen.«

»Das könnte ein Fake sein«, ließ sich Frauke Bostel vernehmen.

»Wie, ein Fake?«, fragte Ben überrascht nach.

»Ich gebe zu, ich stecke nicht in der Szene drin. Aber ich höre nicht durchweg Schlager. Was ich meine ist: Diese Musikerin wollte möglicherweise über ihren Post, der ihr garantiert Presse gegeben hat, Publicity erlangen.

Er muss nicht stimmen, denn soweit ich weiß, konnte bei ihr das Needle Spiking nicht nachgewiesen werden.«

»Widersprichst du dir da nicht?«, warf Vivien ein, die die ganze Zeit über still zugehört hatte und ziemlich nervös wirkte.

»Du meinst, weil ich das Phänomen auf den Tisch gebracht habe und nun zu bedenken gebe, dass die Musikerin vermeintlich daraus Kapital schlagen wollte und ihre Geschichte eventuell nicht stimmt? Ja, du hast recht und mein Einwand war unwichtig. Bitte entschuldigt. Tobi hatte bereits erwähnt, dass die einen glauben, dass es Needle Spiking gibt, obwohl es noch nicht bewiesen werden oder ein vermeintlicher Täter gestellt werden konnte. Andere halten Needle Spiking für reinste Panikmache und Quatsch, weil es eben keine Nachweise dafür gibt. Ich gehöre zu Ersteren. Das möchte ich ausdrücklich betonen«, antwortete die Rechtsmedizinerin unzweideutig. »Ich will euch sagen, warum. Erstens habe ich gelernt, dass es kaum etwas gibt, was es nicht gibt. Zweitens: Stiche wurden an allen möglichen Personen, die Meldung gemacht haben, festgestellt. Und drittens haben diese Personen alle Symptome aufgewiesen wie du, Vivien. Das heißt, solche wie nach der Einnahme von GHB. Außerdem kann es meiner Meinung nach kein Zufall sein, dass du und der kalte Patient von mir am gleichen Abend, im gleichen Pub, an der gleichen Stelle einen Nadelstich davongetragen haben.«

»Damit sind wir beim Thema«, grätschte Katharina in die Ausführungen von Frauke hinein, als diese eine Pause zum Luftholen machte. »Wir haben mit Vivien mutmaßlich ein Opfer, das zwar einigermaßen heil aus der Sache herausgekommen ist, aber dennoch ein Opfer bleibt. Und wir haben einen Toten, dem unter Umständen ebenso unwillentlich wie Vivien etwas injiziert wurde, was zu seinem Ableben beigetragen hat. Kurz und gut, wir haben einen neuen Fall.«

9.27 Uhr

Wieder hallte ein lang gezogener Schrei durch ihre Kammer. Sie selbst war es nicht, die schrie. Hätte sie es nicht bereits wenige Tage nach ihrer Gefangenschaft sowieso gelassen, weil es nichts half, hätte sie es auch gar nicht gekonnt. Sie fühlte sich viel zu schwach.

Der Schrei klang nicht ängstlich, sondern voller Wut. Sie hatte ihn schon einmal gehört. Das war, kurz nachdem sie am Morgen aufgewacht war. Sie dachte, er sei nur Einbildung, aber jetzt wusste sie, dass sie sich getäuscht hatte. Ihr Herz schlug heftig gegen ihre Rippen – sie war hier nicht mehr allein!

»Wer ist da?«, wollte sie rufen, aber aus ihrer Kehle kam nur ein leises Krächzen. Kein Wunder. Ihre Lippen waren rissig und ihre Zunge trocken. Und sie hatte seit Wochen nicht gesprochen. Ganz abgesehen von ihrer Schwäche.

Der Schrei hatte tief geklungen. Wie von einem Mann. Ob er auch in einer Kammer festgebunden an einer Fußfessel lag wie sie? Bestimmt war er heute Nacht hergebracht worden, als sie schlief. Für einen flüchtigen Augenblick fühlte sie Verbundenheit. Aber das Gefühl verging so schnell, wie es gekommen war und wurde von Hoffnung abgelöst. Ihr Wärter hatte ein neues Opfer! Ließ er sie jetzt endlich in Ruhe?

12.56 Uhr

Die Wirkung der Mittel ließ nach und gleichzeitig nahmen die Schmerzen, die von seiner OP herrührten, zu. Der Doktor hatte ihm heute Morgen erklärt, dass sie gern die Operation mittels Bauchspiegelung durchgeführt hätten, die Blutungen jedoch zu stark gewesen waren. Deswegen hatte es eine offene Operation mit größerem Bauchschnitt erfordert. Und nicht nur das, außerdem konnten sie seine Milz durch den Abriss nicht mehr retten, sondern mussten sie komplett entfernen.

Bene hatte weitere Verletzungen. Eine gebrochene Rippe sowie ein geprelltes Handgelenk und allerlei Hämatome über dem Körper verteilt. Auch dies alles schmerzte, und er war froh, sich in seinem Bett nicht bewegen zu müssen. Man hatte ihm eine Drainage in seine Bauchwunde gelegt. Das war nach einer größeren Operation üblich, erzählte ihm der Pfleger. Um das noch vorhandene Blut und Wundsekret abzuleiten und dadurch die Wundheilung zu fördern. Darüber hinaus hing er an einem Tropf. Er hatte nicht gefragt, was darin war und stetig in seine Venen floss. Da er jedoch das Schmerzmittel oral einnahm, würde es sich wahrscheinlich um Kochsalzlösung handeln, um seinen Blutverlust auszugleichen beziehungsweise dessen körpereigene Produktion anzukurbeln. Außerdem war ihm ein Katheder zur Blasenentleerung gelegt worden. Er hing also an Schläuchen und Beuteln und hätte, selbst wenn sein Körper nicht so geschunden wäre, keine Lust auf Bewegung oder gar Aufstehen verspürt.

Bene schloss die Augen. Sofort sah er das Geschehene vor sich. Gleichzeitig ärgerte er sich über sich selbst. Er hatte sich einfach zu sicher gefühlt und sich zu sehr auf den Schutz durch Lucky Luke verlassen. Dabei ahnte er in seinem Hinterstübchen die ganze Zeit, dass die anderen nur darauf warteten, ihn, den Typen mit der Polizistenfreundin und darüber Polizistenbruder, allein zu erwischen und ihren Frust und ihre Wut an ihm auszulassen. Da ging es gar nicht um ihn selbst, den Kleinkriminellen, der ein paar reiche Leute um ihre Luxusschlitten erleichtert hatte. Normalerweise arbeiteten Lucky und er in der Schlosserei zusammen. Gestern war Lucky aber in der zweiten Schicht nach dem Mittagessen abgerufen worden. Die Anstaltsleitung wollte etwas mit ihm klären, was, wusste Bene nicht. Zwar war er aufgrund dessen zurückhaltender und angespannter seiner Arbeit an der Ständerbohrmaschine nachgegangen, musste sich aber gleichzeitig auf seine Tätigkeit konzentrieren und stand vor allem mit dem Rücken zu den anderen an der Maschine. So sah er nicht, als seine Angreifer sich an ihn herangepirscht hatten. Er verspürte nur einen plötzlichen Schlag in seine Kniekehlen, war sofort in sich zusammengesackt und fand sich liegend auf dem Boden wieder. Dirty Mike und Ossi Bernie bearbeiteten ihn direkt mit harten Tritten. Er konnte sich ihrer nicht erwehren. Auch wegrollen war unmöglich, da er zwischen den beiden Schlägern und der Maschine lag. Als der Piff des Wachhabenden erklang, griff Dirty Mike blitzschnell nach der Maschine, riss sie mit einem Ruck aus der Verankerung und ließ sie auf ihn fallen. Danach war es schwarz um ihn herum geworden und er erst auf der Krankenstation zu sich gekommen. Kurz darauf war er per Hubschrauber nach Lingen verbracht und operiert worden. Sobald er ansprechbar gewesen war, fragte man ihn, was geschehen war. Er antwortete, dass er es nicht wüsste, was nur bedingt stimmte. Er wusste genau, was bis zu dem Punkt passiert war, als er das Bewusstsein verlor. Er wusste auch, wer seine Angreifer gewesen waren, doch diese gab er nicht preis. Allerdings lauschte er gespannt der Version, die Dirty Mike und Ossi Bernie der Anstaltsleitung aufgetischt hatten. Nach den beiden waren sie auf dem Weg zur Toilette gewesen und genau in dem Moment an Benes Arbeitsplatz vorübergegangen, als dieser völlig unerwartet zusammenbrach und die Ständerbohrmaschine mit sich riss, weil er sich daran festgehalten hatte. Dirty Mike und Ossi Bernie versuchten angeblich zu helfen und die Maschine von ihm herunterzuhieven, schafften es jedoch trotz vereinter Kräfte nicht. Und dann stand schon der Wachhabende da und scheuchte sie beiseite. Bene war klar, dass die

Anstalt Dirty Mike und Ossi Bernie nicht glaubte. Doch sie hatte keine Beweise, dass es anders abgelaufen war, da die Kameraüberwachung Bene und seinen Arbeitsplatz nur von vorn aufnahm und deswegen nichts wirklich erkennen ließ. Er allein könnte für Aufklärung sorgen, doch das tat er nicht. Dann hätte er nicht nur ein paar Insassen gegen sich, sondern alle. Verräter wurden von niemandem geschont. Das war genauso sicher wie die Tatsache, dass er nach seiner Genesung zurück in die JVA Uelzen käme. Bene fragte sich, ob er Angst vor seiner Rückkehr hatte. Denn gleichgültig, ob er seine Version des Tatherganges erzählte oder für sich behielt – ein Spaziergang würde sein weiterer Gefängnisaufenthalt nicht werden. Schon gar nicht, wenn er sich weiterhin aus den Insassenmachenschaften heraushalten und nicht mit gleichen Mitteln wie diese seinen Platz behaupten wollte. Dann würde er das ewige Opfer bleiben. Aber wollte er zum Täter werden? Im Knast gab es nur die Wahl zwischen Schwarz und Weiß. Keine Grauzone, das hatte er nun zu spüren bekommen. Für welche Seite würde er sich entscheiden? Er wusste es nicht. Nicht jetzt. Aber er wusste, wenn er es tat, dann würde es etwas mit ihm als Mensch machen. Wenn er ehrlich zu sich selbst war, stand er bereits mit einem Fuß im schwarzen Bereich, seit er seine kriminelle Energie zugelassen hatte. Damit hatte er eine Grenze übertreten. Aber noch gab es ein Zurück. Und hier war er wieder bei Katharina. Würde sie ihm die Hand reichen und ihn zum Guten führen? Da er an sich, seiner Persönlichkeit zweifelte, zweifelte er auch daran, es allein, ohne sie zu schaffen. Denn dann hätte er keinen Grund. Natürlich gab es Matilda und seine erwachsene Tochter Leonie. Doch Matilda würde ihm mit Katharinas Rückzug ebenso verwehrt bleiben, und Leonie lebte inzwischen ihr eigenes Leben. Ja, sie liebte ihn, wie eine Tochter ihren Vater liebte, aber reichte das? Und was war mit seinem Bruder? Würde dieser die Enttäuschung über Bene ein zweites Mal überwinden können? Immerhin war Katharina gestern hier gewesen. Er hatte sie zwar nicht gesehen, aber der Pfleger erzählte es ihm. Das war ein Lichtblick für Bene. Vielleicht konnte er noch hoffen und alles würde wieder gut werden. Jetzt war er erst einmal ein paar Wochen im Krankenhaus. Und dann musste er weitersehen.

»*Auch wer um die ganze Welt reist, um das Schöne zu suchen, findet es nur, wenn er es in sich trägt.*«

Ralph Waldo Emerson, US-amerikanischer Schriftsteller, Philosoph und Geistlicher

KAPITEL 6
MITTWOCH, 4.9.2024 -
ABENDS

17.18 Uhr

»Das war wirklich gut, Vivien!«, lobte der Regisseur, als sie an ihm vorbei in Richtung Garderobe ging. Er war derjenige gewesen, der sie für die Nebenrolle hatte haben wollen. Das hatte ihr die Stylistin vorhin beim Fertigmachen erzählt. Auch der Kameramann warf ihr einen bestätigenden Blick zu, hob seine Hand und zeigte ihr seine geballte Faust mit dem Daumen hoch.

»Danke«, erwiderte sie strahlend. Mehr wusste sie nicht zu sagen, denn was sollte man schon darauf antworten?

»Ein paar von uns gehen nachher zum Griechen, hast du Lust mitzukommen?«, rief der Regisseur ihr hinterher, sodass sie sich noch einmal umdrehte. Sofort begann ihr Herz schneller zu pochen, da sie an den Samstag im Pub und dessen Folgen denken musste.

»Ich schau mal«, erwiderte sie mit einem aufgesetzten Lächeln und verschwand.

In der Garderobe tummelten sich noch einige andere der Crew. Vivien kannte ein paar von ihnen und wurde von einer quirligen Mittdreißigerin mit den Worten empfangen: »Hast du schon gehört? Der Tom ist gestorben. Kurz, nachdem sie ihn ins Krankenhaus eingeliefert haben. An Atemstillstand. Er war einer der regelmäßigen Statisten. Du kennst ihn doch bestimmt, oder?«

»Ehrlich gesagt, habe ich mich am Samstag auch komisch gefühlt und den Sonntag im Bett verbracht«, tat nun eine andere der Anwesenden kund und entband Vivien damit einer Antwort, die interessiert aufhorchte.

»Ging mir genauso«, klinkte sich eine weitere junge Frau in das Gespräch ein. »Ich nehme an, die haben da im Pub Fusel ausgeschenkt. Da steckt man ja nicht drin. Auf jeden Fall werde ich da nicht so schnell wieder hingehen. Erst dachte ich, ich habe auf irgend so einen blöden Insektenstich reagiert. Ich bin nämlich allergisch, aber dann war es doch anders, und außerdem ist der Stich nicht angeschwollen. Wahrscheinlich war es nur ein Floh. Meine Katze schleppt diese Mistviecher immer mit nach Hause.«

»Apropos, dann solltest du so wenig wie möglich zu Hause sein«, ergriff die quirlige Mittdreißigerin das Wort und lachte auf: »Kommt ihr nachher mit zum Griechen?«

»Ich bin dabei. Wann treffen wir uns? Und bei welchem Griechen?«, sagte Vivien kurz entschlossen. Ihr war während der Unterhaltung, die sie recht besorgniserregend fand, eine Idee gekommen.

Seine Schritte näherten sich, verharrten, der Schlüssel wurde im Schloss herumgedreht und er trat mit ihrem Napf in der Hand ein. Sie war gewappnet, indem sie bereits jetzt ihre Zähne aufeinanderbiss und ihre Hände zu Fäusten ballte.

Seine Musterung ging schnell, ebenso wie das Erneuern ihres Verbands. Wortlos hielt er ihr danach eine Tablette und eine Flasche Wasser hin und bedeutete ihr zu trinken. Sie tat es und schluckte dabei die bittere Pille. Dann verließ er sie wieder. Den Napf hatte er stehen lassen. Er war mit der doppelten Portion Brei gefüllt. Trotzdem sie Heißhunger hatte, rührte sie ihn nicht an. Noch nicht. Erst lauschte sie.

Tatsächlich blieb das vertraute Geräusch sich entfernender Schritte aus. Stattdessen schien er nur drei weitere zu gehen, nachdem er sie wieder eingeschlossen hatte. Jetzt drehten sich die Schlüssel schwer in einem anderen Schloss. Gleich darauf brach das Wutgeheul ihres Mitgefangenen wieder aus, das sich jedoch schnell in Schmerzensschreie wandelte, die in Gewimmer mündeten. Dann war es wieder still.

Erst als sie hörte, dass die Schritte sich wie immer entfernten, widmete sie sich gierig ihrem Brei.

»Danke für's Einhütten, Anne«, verabschiedete Ben
Katharinas Mutter, wartete, bis diese in ihren hell-
blauen Fiat 500 gestiegen war, und zog die Haustür ins
Schloss. Katharina war direkt, als sie beide zusammen
nach Hause gekommen waren, in ihr Bett gegangen. Sie
hatte beim Griechen zu viel von dem obligatorischen
Ouzo getrunken, wo er mit ihr und Stephan Mausner
zusammen hingegangen war, um dort Vivien und die
Studio-Leute zu treffen. Es hatte wie ein Zufall aussehen sollen und dies war geglückt. Wie gehofft wurden
die drei, die Vivien als ihre Freunde vorstellte, sofort
von der Crew eingeladen, an der großen, gemeinsamen
Tafel, die aus zusammengeschobenen Tischen bestand,
Platz zu nehmen. Es war Viviens Idee gewesen, dass sie
dort hinkommen. Zuvor hatte sie ihnen kurz berichtet,
dass auch andere Darstellerinnen Stiche wie sie selbst
an sich festgestellt hatten. Das Ergebnis des Abends
gab der Kollegin recht, denn es war ganz nach Plan ver-
laufen: Sie waren aufgefordert worden, als Komparsen
bei *Gelbe Tulpen* zu arbeiten. Weil sie so »besondere
Typen« seien, wie die Casterin und der Regisseur ein-
mütig fanden. Ob diese Meinung von der leutseligen
Stimmung in der Runde herrührte oder es tatsächlich so
gemeint war, wusste Ben nicht, aber es passte besser zu
ihrem von Vivien vorgebrachten Vorhaben, in der Stu-
diogemeinschaft verdeckt zu ermitteln, da Komparsen
eine etwas individuellere und damit marginal größere

Rolle einnahmen als bloße Statisten, wie Stephan Mausner und Vivien ihnen später erklärten. Ben hatte jedoch seine Beteiligung an der Soap abgelehnt. Einer musste schließlich auf dem Kommissariat neben Tobi die Stellung halten. Das hatte er natürlich nicht laut gesagt, nur gedacht. Er hatte bei der Frage, ob er nicht auch wolle, abgewunken. Niemand versuchte, ihn zu überreden, und dafür war er den Filmleuten dankbar. Für einen Moment hatte er sich jedoch gefragt, ob sie ihn nur aus Höflichkeit gebeten hatten, sich dann jedoch überlegt, dass es ihm egal war. Er wollte ja ohnehin nicht.

Katharina und Mausner waren in der Runde völlig aus sich herausgekommen, während er sich eher unwohl fühlte. Er mochte keinen Small Talk und kannte sich mit der Serie *Gelbe Tulpen* überhaupt nicht aus – er gehörte zu den sicherlich wenigen Lüneburgern, die diese Telenovela noch nie gesehen hatten. Hinzu kam, dass alle ihn für Katharinas Mann hielten. Grundsätzlich störte ihn das zwar nicht, aber er kam sich merkwürdig gegenüber Katharina vor, die es nicht korrigierte. Genauso wenig allerdings wie er selbst. Einmal bekam Vivien mit, wie einer der Schauspieler ihn bat: »Kannst du deiner Frau mal den Salzstreuer klauen und mir reichen?« Sie guckte für den Bruchteil einer Sekunde konsterniert, setzte dann aber ein breites Grinsen auf und widmete sich wieder ihrer Unterhaltung. Auch Stephan Mausner hielt sich zu Bens Verwunderung mit einem Kommentar zurück, als Katharina gut gelaunt eine lustige Anekdote über Matilda zum Besten gab und ihm daraufhin eine junge Frau über den Tisch hinweg zurief: »Deine Frau ist echt witzig!«. Erst später, als sie am Gehen waren, hatte Stephan ihm ins Ohr geraunt: »Deine Frau also! Warum nicht? Wohnen tut ihr ja bereits mehr oder minder zusammen. Und ehrlich, ihr passt besser zueinander als sie und dein Bruder.«

Nachdenklich ging Ben die wenigen Treppenstufen hoch, die zu seiner Wohnung führten und zu der von Katharina, aus der er gerade mit Anne von Hagemann getreten war, um diese zum Auto zu bringen. Wieso reagierten alle so positiv auf ihn und Katharina? Natürlich, sie waren seit über zehn Jahren Teampartner, doch das war nichts Außergewöhnliches. Spürten sie alle die Vertrautheit und das tiefe Verständnis füreinander, das ihn und Katharina verband? Ben wischte den Gedanken aus seinem Hirn, zog sein Schlüsselbund hervor und wandte sich seiner Wohnungstür zu. Als er seinen Schlüssel ins Schloss stecken wollte, zögerte er. Sollte er nicht nach Katharina und Matilda sehen? Schaden konnte es sicher nicht. Aus einer Regung heraus drehte er sich um, trat an die Tür von Katharina heran, schloss diese nun mit dem Zweitschlüssel auf, den Katharina ihm direkt bei seinem Einzug gegeben hatte, trat in die Wohnung, zog die Tür zu und tappte auf leisen Sohlen zum Kinderzimmer. Es wurde durch ein kleines Nachtlicht in Form einer Karuselllampe mit Tierfiguren beleuchtet und er sah mit einem Blick, dass Tildchen ruhig atmend in ihrem Bettchen schlummerte. Zufrieden ging er einen Schritt zurück und spähte in das Zimmer auf der anderen Seite des Flurs, Katharinas Schlafzimmer, dessen Tür wie das des Kinderzimmers offen stand. Sie lag vollständig bekleidet auf dem mit einem Überwurf bedeckten Bett und schien zu schlafen. Er legte den Kopf schief und betrachtete die Frau, deren rote Lockenmähne sich wie ein aufgeschlagener Fächer um ihren Kopf platziert hatte. Er musste nicht auf seine Pulsuhr schauen, um zu wissen, dass sein Herz einen Takt schneller schlug. Zum wiederholten Male schoss ihm die Frage in den Sinn: »Was wäre, wenn …«, doch bevor er sie zu Ende denken konnte, räkelte Katharina sich, drehte ihren Kopf zur Tür und schlug ihre katzengrünen Augen auf.

»Hey«, meinte sie mit müder und rauer Stimme, als wäre es das Normalste der Welt, dass er in ihrem Türrahmen stand und sie betrachtete, »ist es schon morgens? Habe ich verschlafen?«

»Nein, du hast noch ein paar Stunden. Wir sind gerade erst nach Hause gekommen«, antwortete er leise. »Schlaf weiter. Allerdings machst du dich besser noch bettfertig. Mit Matilda ist alles fein. Ich habe gerade nach ihr gesehen. Ich gehe jetzt rüber zu mir.«

Ben drückte sich vom Türrahmen ab, gegen den er sich gelehnt hatte, und machte Anstalten, die Wohnung zu verlassen, als Katharina ihn zurückhielt: »Ben, kannst du heute Nacht bei mir bleiben? Ich mag nicht allein sein. Das ist gerade alles ein bisschen viel für mich.«

Ben erstarrte. Nicht vor Schreck, sondern vor Überraschung. Darüber hinaus wusste er nicht, wie er auf diese Bitte reagieren sollte. So nah sie beide sich in den vielen Jahren gekommen waren, nie hatte Katharina ihn nur im Ansatz darum gebeten, für sie da zu sein. Aber er hatte sie auch noch nicht betrunken erlebt. Beschwipst ja, aber nicht so. Und allein schon gar nicht. Noch immer ruhte sein Blick auf ihr, die die Augen geschlossen hatte, und dann gab er sich einen Ruck, trat an ihr Bett, setzte sich auf den Rand und sagte mit belegter Stimme sanft: »Ich bleibe, bis du eingeschlafen bist, ja?«

Schwer hob sie ihre Lider, streckte den Arm aus, sodass ihre Hand mit dem Handrücken geöffnet vor ihm lag. Er ergriff sie nicht, obwohl er das Bedürfnis verspürte.

»Leg dich einfach neben mich und geh nicht. Bleib bei mir. Bitte«, sagte Katharina dann.

»Natürlich«, presste Ben hervor und streifte seine Sneaker von den Füßen. Er hatte sie eben anbehalten, da er schließlich vorgehabt hatte, in seine eigene Wohnung hinüberzugehen. Ihm war nach wie vor nicht wohl in seiner Haut, dennoch ließ er sich auf der Überdecke nieder und streckte sich in Rückenlage aus. Gemütlich war etwas anderes. Dafür war er zu verkrampft. Katharina kicherte in sich hinein und meinte: »Du tust so, als würde ich beißen.«

Er sagte nichts dazu. Er konnte ihr schließlich schlecht erwidern, dass er sich selbst nicht vertraute und deswegen den Abstand zu ihr wahrte. Darüber hinaus würde er ihr ganz sicher nicht seine Gefühle für sie preisgeben. Schon gar nicht jetzt, wenn sie deutlich beschwipst war. Oder wollte sie ihm etwas sagen? Bei diesem Gedanken flatterten mindestens zehn Schmetterlinge in seinem Bauch kurz auf. Das Kind, der Betrunkene und der Narr sagen die Wahrheit, hieß es doch so schön.

Unlängst hatte Ben irgendwo gelesen, dass dieser Spruch aus Ungarn kam, doch das war nicht wichtig. Wichtiger war, dass Katharina kein Kind, bestimmt keine Närrin, aber gerade betrunken neben ihm lag und ihn bei sich haben wollte. Und er wollte in diesem Moment an die Wahrheit dieses Sprichworts glauben. So, wie man an sein Zeitungshoroskop glaubte, wenn es einem gerade gut passte. Aber es war wirklich etwas Wahres an dem Spruch dran. Einzelne Studien belegten immerhin, dass das Reflexionsvermögen bei Betrunkenen einigermaßen ausgeschaltet war und deswegen soziale Einflüsse wie auch Grenzen für den Moment des Rauschs – nicht umsonst hieß es womöglich so – ausgeblendet waren. Das war der Grund, weswegen die meisten Menschen unter Alkoholeinfluss ihrer wahren Persönlichkeit freien Lauf ließen und sich anderen preisgaben. Würde Katharina ihm gleich etwas preisgeben? War er für sie mehr als ein guter Freund? Durfte er ihren Zustand ausnutzen? Nein, gab er sich selbst die Antwort, sie war und blieb die Freundin seines Bruders!

»Hach, wenn ich dich nicht hätte, Ben«, nuschelte Katharina in diesem Moment, sodass er sich ihr zuwendete. In ihren Augen glitzerte es verdächtig, und dann kullerte eine Träne ihre Wange herab. »Bitte entschuldige«, sagte sie und wischte sich mit gebogenem Zeigefinger die Träne ab. »Es ist nur …«, fuhr sie fort, brach dann aber ab.

»Was ist? Willst du es mir erzählen?«, fragte Ben erfüllt von Anteilnahme, während er sich auf die Seite legte, seinen Arm anwinkelte und den Kopf auf seiner

Hand aufstützte. Wie weggeblasen waren seine Zweifel und die Frage, ob es richtig war, was er tat, und warum er nicht aufstand, um in seine Wohnung und sein eigenes Bett zu gehen. Er wollte für die sonst so starke Frau, die er noch nie so verletzlich erlebt hatte, einfach nur da sein. Und dann begann Katharina zu reden. Über Bene. Ihre widersprüchlichen Gefühle zu dem Vater ihrer Tochter und dem Mann, den sie hatte heiraten wollen. Ben unterbrach sie nicht. Nur einmal stockte sie, als sein aufgestützter Arm anfing, unangenehm zu kribbeln, und er deswegen seinen Kopf neben Katharina aufs Kissen legte und seine gefalteten Hände davor. Sie lächelte ihn in ihrer Traurigkeit an, legte ihre Hand auf seine, als wolle sie verhindern, dass er doch noch aufstand und ging, schloss ein weiteres Mal ihre Augenlider und sprach weiter. Wie sie in Lingen im Krankenhaus auf dem Plastikstuhl gesessen hatte und um Benes Leben bangte, während er operiert worden war. Und wie sehr es ihr zugesetzt hatte, ihn nicht sehen zu dürfen, als die Operation gelungen und er bereits aus dem Aufwachraum auf Station in sein Zimmer gebracht worden war. In diesem Moment hatte sie zum ersten Mal gedacht, dass sie eine gewisse Schuld an der Situation trug, gestand sie Ben ein. Sie warf sich vor, dass sie Benes Bereitwilligkeit, zu Hause zu bleiben und von ihrem Einkommen zu leben, nicht hinterfragt hatte. Mit diesen Gedanken hatte sie das Krankenhaus verlassen und war aufgewühlt nach Hause gefahren.

»Je mehr Kilometer ich hinter mir ließ und je weniger ich vor mir hatte, desto leichter wurde mir ums

Herz. Du weißt, ich komme gern nach Hause, aber dieses Mal war das Gefühl enorm stark, das habe ich selten erlebt«, gestand Katharina ein. Sie klang nicht nur betrunken, sondern auch ungemein müde, und so brummte Ben nur ein »Hmhm«, um ihr zu signalisieren, dass er sie verstand. Als sie fortfuhr, machte sein Herz Saltos, aber gleichzeitig schnürte sich ihm die Kehle vor lauter Glücksgefühl zu und er hätte, selbst wenn er es gewollt hätte, nichts sagen können.

»Mit jedem gefahrenen Meter habe ich mich auf dich mehr und mehr gefreut. Auf uns. Unseren so friedlichen, verständnisvollen und vor allem selbstverständlichen Alltag mit Matilda. Ben, du bist der einzige Mensch, dem ich komplett vertraue, und durch Benes Vertrauensbruch weiß ich, dass es das ist, was ich will und für mein Glück brauche. Ja, ich war zufrieden mit meinem Leben mit Bene, aber es hat etwas gefehlt, um die 100 Prozent vollzumachen. Das machst du jetzt. Und zwar ohne jeden Anspruch an mich. Eben auf Augenhöhe, und ich spreche nicht vom Job. Danke. Aber das darf doch nicht sein! Du bist Benes Bruder! Ach Ben, ich bin so durcheinander und gleichzeitig geht es mir so gut. Das ist doch nicht richtig.«

Katharina verstummte. Noch immer hatte sie ihre Augen geschlossen, sodass Ben sie anblicken konnte, ohne, dass sie es mitbekam. Er streichelte ihr Gesicht mit seinem Blick, fuhr ihr über die langen Wimpern, ihre kleinen Lachfältchen um die Augen herum und zu ihrer schmalen, geraden Nase, deren Spitze so keck in die Höhe zeigte. Dann landete er bei ihrem wunderbar geschwungenen Mund mit den vollen Lippen. Gern hätte er sie geküsst, um ihr dadurch zu zeigen, dass er wie sie fühlte. Dabei hatte sie so recht. Es durfte nicht sein.

Er hob seinen Blick zur Zimmerdecke und dachte nach. Nach einer Weile hatte er in seinem Kopf die Worte gefunden und sagte leise: »Liebes, am Ende wird alles gut.«

Hatte sie ihn nicht gehört? Sie reagierte überhaupt nicht auf ihn. Sie regte sich nicht einmal. Er wandte sich ihr zu, ein Lächeln huschte über sein Gesicht. Nein, sie hatte ihn nicht gehört, sie war eingeschlafen, wie er an ihrem Brustkorb, der sich langsam, aber rhythmisch hob und senkte, erkennen konnte. Er strich ihr eine rote Locke vom Gesicht und schloss die Augen. Schließlich hatte sie ihn gebeten, heute Nacht bei ihr zu bleiben.

23.12 Uhr

Erschöpft und noch immer wütend betrat er seine Wohnung, in der ihn Dunkelheit begrüßte. Automatisch betätigte er den Lichtschalter neben der Eingangstür. Umgehend wurde er umhüllt von dem schwachen Schein, den die Stromspar- Glühlampe von der Decke in den schmalen Flur warf. In seiner linken Hand hielt er eine kleine Kühlbox, die er auf die Anrichte stellte, um sich seiner Jacke und Schuhe zu entledigen. Er nahm die Box mit festem Griff wieder hoch und ging zur Küche.

Wie auf seinem Weg vom Auto in seine Wohnung achtete er aufmerksam darauf, die Box nicht zu schwenken – ihr Inhalt war zu wertvoll. In der Küche stellte er sie sachte ab, öffnete sie und bewunderte konzentriert ihren Inhalt, was seine Wut sogleich verfliegen ließ: Ganze fünf Reagenzröhrchen, sorgfältig verpfropft, damit ihr milchig schimmernder Inhalt auf keinen Fall auslaufen konnte, hatte er ergattern können. Ein Hauch von Stolz stieg in ihm auf, auch, da er nicht sicher gewesen war, ob es heute noch einmal klappen würde.

Der Neuzugang war schwierig. Noch hatte er ihn nicht gebrochen, aber es würde kommen. Zunächst hatte er sich gewehrt, dann hatte er ihm jedoch seine stets mitgeführte Spritze verpassen können und kurz darauf war aus dem zähnefletschenden Wolf ein frommes Lämmchen ohne eigenen Willen geworden. Wie sehr er dieses Gefühl der Macht über alles und jeden liebte! Gern hätte er darin geschwelgt, doch war seine Zeit knapp bemessen und so hatte er sich an die Arbeit gemacht. Es war schnell gegangen. Kaum hatte er Hand angelegt, hatte der Neue das hergegeben, was er von ihm wollte. Unglaublich, wie der menschliche Körper selbst unter Extrembedingungen funktionierte. Man musste eben nur wissen, wie es ging und das tat er. Als er fertig war, hatte er den Spender liegen lassen und den Abendbrei daneben gestellt. Dann hatte er sich zum Griechen aufgemacht.

Er drehte sich zum Kühlschrank hin, öffnete ihn, entnahm nach und nach die Reagenzgläser vorsichtig aus der Box und legte sie sorgfältig nebeneinander in die leere Obstschublade.

»Wie unwesentlich scheint doch alles, was Menschen unterscheidet! Was macht schön oder hässlich, gescheit oder dumm? Eine kleine Verschiedenheit in den Organen, etwas mehr oder weniger Galle und Ähnliches. Und doch, dieses Mehr oder Weniger ist für die Menschen von ungeheurer Bedeutung. Wenn sie anders darüber urteilen, sind sie im Irrtum.«

Luc de Clapier, Marquis de Vauvenargues, französischer Schriftsteller, Moralist und Philosoph

7.16 Uhr

Die Nacht war noch ruheloser gewesen, als er es von den vielen zuvor und jahrelang nahezu durchwachten Nächten her kannte. Es lag gewiss nicht am Alkohol. Den vertrug er wie ein Niederländer oder Brasilianer, die seines Wissens am meisten abkonnten, ehe sie sturzbetrunken in einer Ecke einschliefen oder gar in der Ausnüchterungszelle landeten. Früher hatte er immer gedacht, die gestandensten Trinker seien die Finnen, doch vor einiger Zeit hatten sie das mit den Brasilianern und Niederländern am Rande eines Berichts im Radio erwähnt. Darüber hinaus war er groß gewachsen. Und übergewichtig. An Letzterem arbeitete er, dennoch trug dies zu einer gewissen Alkoholtoleranz bei – es dauerte lange, bis er überhaupt nur angesäuselt war. Einen Kater am nächsten Tag kannte er so gut wie gar nicht. Vielleicht war dies der Aspirin geschuldet, die er stets nach einem Abend wie dem gestrigen einwarf, das bevorzugte präventive Hausmittel seiner Patentante, einer früheren Freundin seiner Mutter.

Nein, am Alkohol lag seine sich allein in dem Laken wälzende Nacht nicht. Auch hatten seine verkrampften Nerven bestimmt nichts mit seinem kleinen Maststall zu tun. Im Gegenteil war dieser das Beste, was er je erschaffen hatte, trotzdem er sich dort manches Mal verausgabte. Ein Schreck durchfuhr ihn. Wie würde er sich fühlen, wenn er ihn nicht hätte? Nicht auszudenken! Er begann zu zittern, sodass er das Proteinpulver, welches er gerade mit dem Messlöffel der Dose entnommen hatte, auf der Küchenablage verstreute anstatt über seinen selbsthergestellten Naturjoghurt, den er wie gestern das Rührei bereits verfeinert hatte. Verfickte Scheiße! Das alles hatte mit der dummen Kuh zu tun! Und jetzt war das gute Proteinpulver danebengegangen. Anstatt das Pulver notdürftig zusammenzuklauben, um wenigstens einen Teil in seinen angerührten Frühstücksjoghurt zu füllen, pfefferte er den Messlöffel in die Spüle. Sein innerer Monk verbot es ihm, den Löffel ein weiteres Mal zu füllen. Nicht, weil er zu geizig war, er konnte sich in solchen Dingen nicht überwinden, da sein im Kopf festgelegter Rhythmus gestört war. Es würde ihn enorme Energie kosten, sich diesem entgegenzustellen. So ging es ihm seit Kindheit an. Seine täglichen Abläufe hatte er sich immer schon festgelegt. Wie das Zähneputzen am Morgen und am Abend vor dem Zubettgehen. Wurden diese Rituale durcheinandergebracht, von denen er sich stets neue und weitere selbst erschuf, um sich überhaupt im Alltag zurechtzufinden, damit sein Hirn nicht kollabierte, war er tagelang zu nichts zu gebrauchen. Litt unter Kopfschmerz,

Übelkeit und Aggression gegen sich selbst bis hin zum Selbsttötungswunsch.

Vor nicht allzu langer Zeit war er kurz davor gewesen, sich diesen Wunsch zu erfüllen. Auch damals wurde er unterbrochen. Gerade, als er sich die Überdosis spritzen wollte, hatte es an der Tür geklingelt. Und wie sein Monk es ihm jetzt nicht gestattete, weitere 30 Gramm Pulver aus der Box zu nehmen, so hatte er die Tür aufmachen müssen, obwohl er es nicht wollte. Es war der Postbote gewesen, der ihm eine neue Lieferung brachte. Sein Vorhaben war unterbrochen und er hatte es in jenem Moment, da er die Tür in ihr Schloss schnappen ließ und in sein Schlafzimmer zurückgekehrt war, nicht geschafft, es erneut anzugehen. Vielmehr legte er die aufgezogene Spritze weg und öffnete sein Paket. Danach war seine Todessehnsucht wie weggeblasen, und er beschäftigte sich mit dem Paketinhalt. So, wie er es immer getan hatte und noch tat, wenn er die Lieferung bekam. Manches Mal schwappte diese Sehnsucht, nichts mehr spüren zu müssen und in die Schwärze des Universums einzutreten, noch hoch und schwoll ins kaum Erträgliche an. Dann hinterfragte er, wieso er diesen Krieg mit dem Leben in seinem Körper, den er seit Kindheitstagen führte, überhaupt ausfocht, und wollte sich geschlagen geben. Früher, während seiner Pubertät, trieb er sich in Foren mit seinesgleichen herum – in Deutschland gab es ungefähr 10.000 Menschen seiner Sorte – doch das hatte ihn nur noch mehr heruntergezogen. Nun hatte er jedoch seine Infusionen, die ihm Macht verliehen. Wenn er nur an sie und seine Opfer

dachte, stieg seine Laune an. Hinzu kam seine selbstkreierte Hormontherapie, die ihn einzigartig machen
würde. Er musste lächeln.

So schnell, wie sie gekommen war, so schnell war
seine Wut jetzt verraucht. Ja, er hatte aus sich selbst heraus und dank seines Wissens und Könnens einen Weg
gefunden, sich am eigenen Schopf aus der Dunkelheit
herauszuziehen. Er war wie ein Phönix, der sich aus
seiner eigenen Asche erneut zusammensetzte, um noch
strahlender über alle anderen Wesen erhaben zu sein.

Er betrachtete sein nacktes Spiegelbild im Küchen-
fenster. Wenn er sich nicht täuschte, zeigte sein neuer
Lebenswandel bereits kleine Erfolge. Natürlich hatte
er es zuvor mit Sport probiert, um seinen Körper zu
stählen, doch das war nichts für ihn. Zu anstrengend.
Und auch zu spät, da seine Haut bereits Risse und Fal-
ten aufwies, die er niemals durch Sport wegbekommen
würde. Auch an plastische Chirurgie hatte er gedacht.
Für die notwendigen Operationen müsste er jedoch
jemand Fremdes an sich heranlassen, der hier und da
etwas absaugte und Grobes zu Edlem machte, sodass
er hinterher eine Nase haben würde wie jeder zweite
Patient in dessen Wartezimmer. Sein Idealbild von sich
sah jedoch anders aus. Einzigartig.

Er musste gähnen und gleich war seine Wut wieder da, die ihn heute Nacht kaum hatte schlafen lassen.
Schuld war diese miese kleine Schlampe. Er konnte tun,
was er wollte, sie ließ ihn immer abblitzen. Ganz am
Anfang hatte sie ihn freundlich angeblickt und gesagt
»mal sehen«. Er hatte es ernst genommen und gewar-

tet. Selbstverständlich hatte er es so eingerichtet, dass er ihr öfters über den Weg lief. In diesen Momenten war er formgewandt gewesen, hatte sie jedoch nicht gefragt, was nun sei. Er hatte lediglich auffordernd gelächelt und fragende Augen gemacht, aber sie war nicht darauf angesprungen und hatte ihn einfach stehen lassen. Dann hatte er es nicht mehr ausgehalten und sie doch angesprochen. An diesem Tag trug er zum ersten Mal sein Tages-Make-up in der Öffentlichkeit, zuvor hatte er eine ganze Woche lang jeden Abend vor dem Spiegel geübt, bis er zufrieden war. Tatsächlich musterte sie ihn nach seiner kleinen Ansprache, lächelte, und als sie den Mund für ihre Antwort öffnete, hatte sein Herz einen siegessicheren Hüpfer gemacht, dann war es jedoch wie ein schwarzer Klumpen in sich zusammengefallen, als sie sagte: »Momentan passt es nicht. Ich habe genug andere zur Verfügung. Ich hoffe, du verstehst?«

Er hatte genickt, um sich seinen Ärger über ihre Missachtung nicht anmerken zu lassen, und es sogar geschafft, ein »Natürlich« zwischen seinen malmenden Zähnen herauszupressen. Da Feierabend war, hatte er sich direkt und grußlos von ihr abgewendet und war nach Hause gegangen. Erst nachdem er die Tür hinter sich verschlossen hatte, ließ er seinen Tränen freien Lauf. In der Folgezeit war es genauso weitergegangen. Immer wieder fragte er bei ihr an und immer wieder vertröstete sie ihn. Sah sie denn nicht, wie er sich veränderte? Wie er von Tag zu Tag seinem Idealmenschen näher kam? Er hasste sie inzwischen, doch brauchte er sie auch. Also machte er gute Miene zu ihrem bösen Spiel.

Gestern Abend hatte er sie wieder gefragt. Er hatte sie draußen vor der Tür allein beim Rauchen abgefangen. Sie war ziemlich angetrunken gewesen, doch das war keine Entschuldigung, für das, was sie ihm in sein geschminktes Gesicht sagte: »Oh, Mann, wann begreifst du es endlich? Ich will dich nicht, da kannst du noch so viel nachfragen. Ich habe es echt freundlich versucht, aber das bewirkt scheinbar nichts bei dir!«

Am liebsten hätte er ihr direkt in ihre schöne Fresse geschlagen. Einfach rein. Mit seiner bloßen Faust. Er tat es nicht. Mal wieder nicht. Aber er würde es ihr zeigen. Auf seine Art!

Ohne seine Ablage und den Teil seines Fußbodens zu reinigen, der von dem Proteinpulver bestäubt war, verließ er die Küche, zog sich im Schlafzimmer an, griff sich seine Box mit den bereits vorgefüllten Spritzen, verstaute sie in seiner Utensilientasche, nahm diese hoch und verließ ohne Eile, aber zielstrebig die Wohnung. Bevor er zur Arbeit fuhr musste er noch zu den Tieren im Maststall.

7.42 Uhr

Das Läuten drang durch die geschlossene Badezimmertür und das Surren ihres Föhns, den sie ausstellte, um zu lauschen, ob es noch einmal klingeln würde oder sie sich getäuscht hatte. Katharina war spät dran. Nicht nur, weil sie heute etwas langsamer machen musste, da es in ihrem Kopf vom Ouzo gestern Abend dröhnte, als wäre dort ein Presslufthammer unterwegs, und jede kleine Bewegung ihr zudem Kopfstiche verursachte, sondern auch, weil sie außerdem verschlafen hatte. Nein, nicht ich, korrigierte Katharina sich, wir. Ben und ich.

Leider war sie nicht so stark betrunken gewesen, als dass sie nicht mehr wusste, was sie Ben gestern Nacht in ihrem Bett gesagt hatte. Es war ihr sofort in den Sinn gekommen, als sie erwachte. Noch bevor sie überhaupt die Augen aufschlug und Ben neben sich liegen sah. Er hatte noch geschlafen. Aus einer inneren Regung heraus hätte sie sich gern an ihn gekuschelt, doch das versagte sie sich. Darüber hinaus beschloss sie, ihr nächtliches Geständnis nicht zum Thema zu machen. Sie wollte Ben gegenüber so tun, als hätte sie nichts gesagt. Es war besser so, fand sie und war mit gemischten Gefühlen aufgestanden. Sie hatte kurz nach Tilda geschaut, die zu ihrer Überraschung noch schlief, war in die Küche getappt und setzte einen Kaffee auf. Während er durchlief, bestückte sie wie jeden Morgen Tildas Rucksack für die Tagesmutter. Dann ging sie mit einem gefüllten Kaffeebecher zurück ins Schlafzimmer. Vor dem Bett blieb sie stehen und sagte munterer, als ihr zumute war: »Ben, aufwachen, der Kaffee ist fertig. Du musst aufstehen, wir sind spät dran.«

Langsam öffnete er die Augen, doch kaum trafen sich ihre Blicke, schaute er schnell angelegentlich auf ihre Hand mit dem Becher, erhob sich rasch und nahm ihr den Kaffee ab.

»Danke«, brummte er daraufhin mit belegter Stimme. »Ich geh mal schnell rüber und mach mich fertig.«

»Pünktlich zu 8 Uhr werden wir es sowieso nicht schaffen. Es ist bereits kurz vor halb. Ich dachte, ich schicke Tobi schnell eine Nachricht, dass wir später kommen, okay? Dann kann ich Tilda in Ruhe wecken, zu ihrer Tagesmutter bringen und …«

»Mama!«, war es in diesem Moment fröhlich aus dem Zimmer ihrer Tochter erklungen und unterbrach Katharina kurz. Sie setzte erneut an und kommentierte: »Damit hat sich das Wecken erledigt.«

Ben lächelte über seinen Becher hinweg, aus dem er einen Schluck genommen hatte, und meinte: »Weißt du was? Ich brauch nicht lange für mich. Ich übernehme Tilda und du kannst dich in Ruhe fertig machen. Außerdem bist du zusammen mit Mausner um 10 Uhr im Filmstudio verabredet. Dann musst du gar nicht vorher auf's Kommissariat kommen.«

»Oh Mensch, stimmt, das habe ich vergessen. Ein Glück, dass ich dich habe«, war es ihr herausgerutscht. Sie hatte sich selbst über ihre Worte erschrocken, und in diesem Augenblick wurde ihr deutlich, dass ihre nächtlichen Worte an Ben etwas zwischen ihnen verändert hatten. Zumindest bei ihr, da sie sich ihm gegenüber ein Stück weit gehemmt fühlte. Hätte sie vorgestern gesagt, »Ein Glück, dass ich dich habe«, hätte es sich normal angefühlt und sie hätte nicht überlegt, wie dieser Satz bei Ben ankam. Darum hatte sie schnell gesagt: »Ich spring dann mal kurz unter die Dusche und wecke meine Lebensgeister.« Nun stand sie hier, während es ein zweites Mal an der Tür klingelte. Sie hatte sich also nicht verhört. War das Ben, der kurz zu sich rübergegangen war und seinen Schlüssel zu ihrer Wohnung vergessen hatte? Wahrscheinlich. Wer sollte es sonst sein? Katharina griff sich das Duschhandtuch und schlang es um ihren nackten Körper. Dann öffnete sie die Badezimmertür und trat auf die Diele, um Ben die Tür aufzumachen. Allerdings war es gar nicht Ben, der geklingelt hatte, denn dieser stand zusammen mit Tilda, die in ihrem Schlafanzug steckte und eine Banane aß, an der Wohnungstür. Er drehte sich zu Katharina um und fragte: »Erwartest du jemanden?«

»Nein«, antwortete sie und vermutete: »Vielleicht der Postbote?«

Ben drehte den Schlüssel und zog die Tür auf. Da Ben und Tilda ihr die Sicht versperrten, konnte Katharina nicht sehen, wer da so früh bei ihr geklingelt hatte, allerdings hörte sie es sofort an der Stimme, die gerade sagte: »Ups, na dich habe ich hier nicht erwartet. Das ist ja eine Überraschung. Ich dachte, du wohnst drüben, oder habe ich mich in der Tür geirrt? Ich wollte zu Katharina.«

Blöde Kuh!, dachte Katharina bei diesen Worten, was an der Person lag, denn die Stimme gehörte niemand anderem als Sarah Klein.

Katharina trat ungeachtet ihres Aufzugs hinter Ben und Tilda an die Tür und meinte scharf, bevor Ben etwas erwidern konnte: »Alles richtig gemacht, Sarah, wie es deine Art ist. Was willst du? Hat das nicht bis später im Büro Zeit?«

Die Staatsanwältin blickte gezielt auf Ben, dann zu Tilda und schließlich zu Katharina. Sie lächelte überheblich, bevor sie erwiderte: »Es geht nicht um die Arbeit. Ich bin privat hier. Wegen Bene. Aber wie ich sehe, hast du dich bereits umorientiert. Weißt du was, ich will das junge Glück nicht stören. Ruf mich doch einfach an, wenn du Zeit findest. Meine Telefonnummer hast du ja.«

Als sie geendet hatte, wandte Sarah Klein sich grußlos ab, ging langsam die wenigen Stufen zur Haustür hinab, die durch einen wassergefüllten Eimer, neben dem ein Wischmopp lehnte, offen gehalten wurde, und schritt hinaus auf die Straße.

Sie hatten der Staatsanwältin hinterhergesehen, nun sagte Ben, während er die Wohnungstür zumachte: »Was war das denn gerade?«

»Sarah Klein, wie sie leibt und lebt«, antwortete Katharina, zuckte die Schultern und ging zurück ins Badezimmer. Sollte die Tussi doch denken, was sie wollte. Ob sie sie anrufen würde, wusste sie noch nicht.

8.39 Uhr

Sie fühlte sich besser. Das Fieber war gesunken. Zwar schmerzten ihre Glieder noch etwas, doch wenigstens konnte sie wieder einigermaßen klar denken. Auch eiterte ihre Brustwunde nicht mehr. Sie tat noch weh, aber der stechende Schmerz hatte sich verflüchtigt.

Gerade war ihr Gefängniswärter da gewesen, um ihren Verband geübt zu wechseln. Er sah ihr dabei weder ins Gesicht noch sprach er mit ihr. Nachdem er sie versorgt hatte, war er gegangen und hatte sie wieder allein gelassen. Ohne vorherige Drohungen und weitere Quälereien. Sie musste an den anderen Gefangenen denken. Machte er nun statt ihrer das durch, was sie hoffentlich bereits hinter sich hatte? Anscheinend. Eine Mischung aus Freude und Mitgefühl für den anderen durchflutete sie. Ein mutiger Gedanke schoss ihr in den Kopf: Was, wenn sie sich mit ihm zusammentat? Möglicherweise kamen sie zusammen hier hinaus. Zu zweit war vieles einfacher. Wenn nur diese gemeine Fußfessel nicht wäre! Aber vielleicht war der andere nicht wie sie angekettet. Sie musste es unbedingt herausfinden. Einfach nur laut rufen wollte sie nicht. Schließlich hatte sie keine Ahnung, wo der Peiniger sich aufhielt. Er würde sie sicher bestrafen, wenn er sie hörte. In der Nähe war er allerdings nicht. Sie hatte das Quietschen und Zuschlagen der weit entfernten Tür wahrgenommen, als er sie eben wieder verlassen hatte.

Sie sah sich im Schummerlicht ihrer Kammer um. Dabei blieb ihr Blick an dem Spalt der Kerkertür hängen, durch den sie vor dem Fieber ihren abendlichen Brei durchgeschoben bekommen hatte. Das war's! Langsam robbte sie über die Holzbohlen. Dann stoppte sie abrupt, da die Fußkette, die leise schepperte, sie zurückhielt. Sie war zu kurz. Vorsichtig legte sie sich deswegen auf den Bauch, streckte sich und robbte ungeachtet der neuerlich stechenden Schmerzen, die sie dadurch in ihrer teilamputierten Brust hervorrief, zur Tür hin. Fast hätte sie vor Glück gejuchzt. Sie war tatsächlich direkt bis zum Spalt gekommen. Aufgeregt linste die junge Frau hindurch, sah jedoch lediglich auf einen schmalen, grauen Gang, von dem sie schloss, er gehöre zu einem Keller. Wurde sie in einem normalen Hauskeller gefangengehalten? Wohnten über ihr Leute? Hatte sie sich getäuscht und hier unten war kein weiterer Gefangener? Waren die Schreie von oben gekommen? Sie merkte, wie Resignation nach ihr griff, doch das konnte sie nicht zulassen. Sie musste es wenigstens versuchen.

»Hallo?«, krächzte sie verhalten durch den Spalt in den Gang. Und dann noch einmal kraftvoller: »Hallo?«

Stille. Sie lauschte angespannt und dann war ihr, als hörte sie eine leise Antwort. War das auch ein »Hallo« gewesen?

»Hallo? Wer ist da? Ich bin hier«, rief sie angespannt und jetzt erhielt sie tatsächlich prompt eine Antwort. Sie kam von einer tiefen, kehligen Stimme, doch sie verstand die Worte nicht. Es waren keine deutschen, sondern aus einer Sprache, die sie nicht kannte. Dafür nahm sie wahr, dass sie ähnlich verängstigt klangen wie ihre. Ihr Herz machte einen Sprung. Es musste sich um ihren Mitgefangenen handeln! Sie wusste nicht, welche Sprache es war, die der andere sprach, aber es war kein Deutsch.

»Ich verstehe dich nicht«, rief sie unterdrückt auf Englisch. »Sprichst du Englisch?«

»Ein wenig«, kam es ebenfalls auf Englisch zurück und Tränen der Erleichterung drückten sich hinter ihren Augäpfeln hervor.

Im Büro saß nur Tobi an seinem Schreibtisch. Der von Vivien war unbesetzt und ihr Computer ausgeschaltet, wie Ben mit einem Blick feststellte.

»Moin«, begrüßte er seinen Innendienstkollegen und fragte: »Ist Vivien nicht da?«

»Moin, Chef, schön, dass wenigstens du nun hier bist. Ich habe schon an mir selbst gezweifelt und überlegt, ob mein Hirn an den Spätfolgen des Unfalls leidet und ich mich in der Bürotür geirrt habe. Habe ich aber nicht, denn mein Computer hat mich wie immer begrüßt. Keine Ahnung, wo Vivien steckt. Was ist mit Katharina?«

»Stimmt ja«, meinte Ben und schlug sich mit der flachen Hand gegen die Stirn, »das habe ich vergessen. Vivien kommt heute später. Sie hat heute Morgen einen ersten Dreh als Nebendarstellerin. Und was Katharina betrifft: Eigentlich wollte sie dir Bescheid geben, aber dann hat sie wohl auf mich vertraut. Sie und Mausner sind wie von uns geplant drin. Die beiden wurden gestern Abend als Komparsen von *Gelbe Tulpen* angeheuert und haben dort um 10 Uhr einen Termin. Darum kommt Katharina vorher nicht ins Büro. Stell dir vor, sie wurden von allein gefragt. Wir mussten nicht mal sagen, dass wir dort unter dem Radar ermitteln und sie einschleusen wollen.«

»Wie jetzt? Mausner auch?«, war Tobi baff.

Ben musste grinsen: »Ja, der auch. Er wurde gleich als Charaktertyp erkannt, meint er zumindest. Ehrlich gesagt, floss gestern einiges an Alkohol, das hat vielleicht den ein oder anderen etwas vernebelt. Aber wie auch immer, unser Noch-Kriminalrat ist ganz aus dem Häuschen, und für unsere Ermittlungen ist das wunderbar.«

»Wie blöd, dass ich nicht auch mit beim Griechen war. Vielleicht wäre ich dann die Schauspieler-Entdeckung des Jahres«, flachste Tobi, aber Ben bemerkte, dass auch ein Stück Bedauern in der Stimme seines jungen Kollegen lag. Deshalb ging er nicht weiter darauf ein, sondern deutete stattdessen auf Tobis Computerbildschirm und fragte: »Was machst du da eigentlich?«

»Ich habe mir die aktuellen Meldungen aus unserem internen Polizeiticker durchgelesen. War ja keiner hier von euch, mit dem ich quatschen konnte«, erwiderte Tobi nun wieder aufgeräumt.

»Was Interessantes dabei?«, wollte Ben wissen und ließ sich kurzerhand auf den Rand von Tobis Schreibtisch nieder.

»Für uns?«, fragte Tobi zurück.

»Nein. Dann hätten wir es schließlich auf dem Tisch und würden es nicht zufällig über den Ticker erfahren«, entgegnete Ben, dem erst danach auffiel, wie belehrend seine Worte geklungen haben mussten. Deswegen wollte er etwas hinzusetzen, um sie abzuschwächen, aber Tobi kam ihm zuvor, als er sagte: »Da bin ich mir nicht so sicher.«

»Wie meinst du das?«, fragte Ben leicht irritiert.

»Ich habe nichts Konkretes, aber mein Bauchgefühl hat sich gemeldet …«, begann Tobi, doch Ben unterbrach ihn verwundert: »Dein Bauchgefühl! Ich dachte, das meldet sich nur zum Thema Nahrungsaufnahme bei dir!«

Andere Menschen hätten Bens Aussage möglicherweise persönlich genommen und wären beleidigt gewesen, mit Tobi konnte man jedoch so sprechen. Das wusste Ben. Zu seiner Bestätigung lachte Tobi auf und erwiderte feixend: »Na ja, ich war heute Morgen allein und Katharina mit ihrem berühmten Bauchgefühl nicht da.«

»Worum geht es überhaupt?«, fragte Ben neugierig.

»Aus der Gemeinschaftsunterkunft Am Bargenturm ist ein Flüchtling verschwunden«, antwortete Tobi und sah Ben an wie ein Hund, der gelobt werden wollte. Ben verstand nicht recht, worauf Tobi hinauswollte, und sagte: »Ist das etwas Besonderes? Gehen die nicht immer mal ihrer Wege?«

»Der junge Mann ist aber als vermisst gemeldet worden«, meinte Tobi und legte seinen Kopf schief. Als Ben nicht reagierte, redete er weiter, so, wie es der Hauptkommissar beabsichtigt hatte. Es war eine rhetorische Pause gewesen, die Ben gern bei Zeugenbefragungen anwandte. In der Regel kann kaum jemand Stille innerhalb eines Gesprächs aushalten. Und meist fing wieder der an zu reden, der auf eine Reaktion auf seine Worte wartete. Je länger die nicht kam, desto unangenehmer fühlte sich der Wartende, und über kurz oder lang redete er dann einfach weiter, oft über Details. Bei Zeugenaussagen kam es nicht selten vor, dass ein Zeuge oder Verdächtiger dann Dinge preisgab, die er lieber verschwiegen hätte. Nur, um die Stille zu füllen. So wie jetzt Tobi: »Seine Familie hat ihn als vermisst gemeldet, weil er nicht in die Unterkunft zurückgekommen ist und … also …«

Tobi suchte sichtlich nach Worten und Weiterem, um Bens Interesse zu wecken, der grinste: »Sag mal, was willst du mir eigentlich sagen?«

»Ehrlich gesagt finde ich es merkwürdig, dass schon wieder ein Mensch in Lüneburg spurlos verschwunden ist«, sagte Tobi, wobei seine Stimme mit jedem Wort fester wurde.

Ben kräuselte seine Stirn und sagte: »Du denkst also, es besteht ein Zusammenhang zwischen unserem Vermisstenfall und dem des Flüchtlings?«

»Vom Gefühl her schon …«, meinte Tobi.

»Wieso? Was sagt dir dein Gefühl genau? Wir beide wissen schließlich, dass in Lüneburg nicht nur Friede, Freude, Eierkuchen herrscht. Gibt es Parallelen?«, hakte Ben nach.

»Ich weiß nicht, ob es Parallelen gibt«, gab Tobi zu, »aber ich wollte mich da hineinknien. Momentan ist es sowieso recht ruhig, weil wir wegen der jungen Frau auf der Stelle treten, und es wäre immerhin eine Möglichkeit, dass ein Zusammenhang mit dem Flüchtling besteht.«

»Gut, dann recherchiere gern, aber nur, wenn du wirklich Leerlauf hast wie jetzt«, sagte Ben, erhob sich vom Schreibtisch und ging in sein Büro.

»Und wie war das, als euer Kollege auf der Tanzfläche zusammengeklappt ist? War eine von euch direkt
dabei?«, fragte Katharina die anderen Frauen. Sie befanden sich alle in der Garderobe am Set von *Gelbe Tulpen*
und hatten über den Tod ihres Kollegen gesprochen.

»Ich stand daneben«, meldete sich eine groß gewach-
sene Blondine mit Pixie-Haarschnitt, die Larissa gerufen
wurde, zu Wort. »Tom ist einfach umgekippt. Wir haben
alle getanzt, und zuerst dachte ich, er sei gestolpert –
wir hatten schließlich alle ein bisschen was getankt.«

»So mir nichts, dir nichts?«, fragte Vivien. Katharina
hatte zuvor die kleine, inoffizielle Befragung, die keine
der Anwesenden bemerken und stattdessen für pure
Neugier halten sollte, weitestgehend besprochen. Dabei
war beiden bewusst gewesen, dass sie je nach den Antworten in erhöhtem Maß improvisieren mussten, um
das Gespräch in die gewünschte Richtung zu lenken.
Der Kriminalrat tat gerade Ähnliches in der Männer-
garderobe. Das wiederum hatte Katharina nach ihrem
gemeinsamen 10-Uhr-Termin in der Vertragsabteilung
mit ihm ausgemacht.

»Nee, nicht ganz«, räumte Larissa ein. Ihr schien es
zu gefallen, im Mittelpunkt zu stehen. Sie fuhr sich einmal durch ihre Haare, stellte sich aufrecht, räusperte sich
und sagte: »Tom hat echt wild getanzt, dann erschien es
mir, als würde er taumeln. Ich weiß, das kann man nicht
richtig unterscheiden, wenn es auf der Tanzfläche zur

Sache geht, aber er hat mich in dem Moment angeguckt und sein Blick war irgendwie komisch. Nicht überrascht, sondern eher schläfrig. Als ob er das Gleichgewicht verlieren würde. Wisst ihr, wie ich meine?« Katharina und Vivien nickten, während andere im Raum ein leises, bestätigendes »Ehemmm...« aus ihren Kehlen pressten. Zufrieden berichtete daraufhin die Blondine weiter: »Er ist dann zu Boden gestürzt und hat gekrampft. Als das nach ein paar Sekunden zu Ende war, lag Tom reglos da. Und dann waren schon die Sanitäter vor Ort und haben ihn mitgenommen.«

»Hört sich nach K.-o.-Tropfen an. Die Symptome passen«, ließ sich eine etwa 20-jährige junge Frau vernehmen. »Ich habe das zwar glücklicherweise noch nicht selbst erlebt, aber gegoogelt, weil ich mich nach dem Abend im Pub komisch gefühlt habe. Allerdings bin ich nicht zusammengebrochen oder so, hatte aber einen unendlichen Kater und lückenhafte Erinnerungen. Und das, obwohl ich keinen Tropfen Alkohol getrunken habe. Am Ende war es jedoch nicht so schlimm, wie sie es im Internet beschrieben haben.«

»Warst du denn beim Arzt und hast dich auf K.-o.-Tropfen testen lassen?«, fragte Katharina hellhörig geworden.

Die junge Frau schüttelte ihren Kopf und antwortete: »Nee, brauchte ich nicht, denn ich habe dann bei mir am Oberschenkel einen Stich entdeckt. Hab' ich dir ja gestern schon erzählt, Vivien. Muss ein Wespenstich gewesen sein, der ist nämlich später so richtig blau und grün geworden. Wahrscheinlich bin ich leicht allergisch.«

Durch den Raum ging ein Raunen und hier und da sagte eine: »So einen Stich habe ich auch schon gehabt.«

Katharina und Vivien guckten sich wissend an, dann holte Vivien tief Luft und sagte: »Ich auch. Das ist doch ziemlich merkwürdig, allerdings bin ich mir sicher, dass es keine Wespe war, und wenn doch, bin ich auf keinen Fall allergisch auf deren Gift. Das weiß ich. Aber um auf Tom zurückzukommen. Hat seinen Zusammenbruch noch eine von euch mitbekommen? Ich war an dem Abend da, aber schon weg, als es passiert ist. Wenn es wirklich K.-o.-Tropfen waren, hätten sie jedem anderen ins Glas gemischt werden können. Oder jemand hatte es genau auf Tom abgesehen …«

»Möglich ist alles«, kommentierte Katharina das Gesagte, obwohl sie wusste oder zumindest davon ausging, dass die K.-o.-Tropfen nicht in das Getränk des Opfers gemischt, sondern ihm direkt gespritzt worden waren. Und anscheinend einigen anderen der Anwesenden, wenn auch zum Teil nicht am gleichen Abend und schon gar nicht mit einem tödlichen Verlauf. Doch das wollte sie nicht sagen, denn dann hätte sie Insider-Wissen gezeigt und ihre verdeckten Ermittlungen würden im Zweifel auffliegen.

Ihre Augen huschten im Raum herum. Hinten, auf einer Bank sitzend, machte sie eine junge Frau aus. Sie sah nicht wie die anderen Frauen im Raum neugierig oder gar sensationslüstern aus, sondern schien sich zusammenzureißen, um nicht zu weinen. Katharina sah zu Vivien, die ihren Blick erwiderte, und deutete mit einer leichten Kopfbewegung auf die bewusste junge

Frau. Vielleicht kannte Vivien sie und konnte sie ansprechen. Dabei hoffte die Oberkommissarin, dass ihre Kollegin dies nicht vor allen Anwesenden tun würde, da ihr Gefühl ihr sagte, dass die Betroffene in diesem Fall eher nichts sagen würde, wenn sie etwas wüsste. Zur Sicherheit sprach Katharina deswegen nun laut in die Runde: »Auf jeden Fall ist es schrecklich, was mit eurem Freund und Kollegen passiert ist«, und bückte sich danach hinunter, um angelegentlich an ihren Schuhbändern herumzunesteln. Wie immer trug sie ihre geliebten *Converse*, von denen sie zu Hause bereits das gleiche weiße Paar, jedoch noch ungenutzt im Schrank stehen hatte. So machte sie es seit Jahren. Waren ihre aktuell getragenen Turnschuhe irgendwann zu ausgelatscht oder ließen sie sich nicht mehr wirklich reinigen, wurden sie ersetzt. Als hätte sie mit ihrem Bücken einen Schalter betätigt, begannen die anderen Frauen, sich wieder nur mit sich zu beschäftigen, sich weiter fertig zu machen und nach und nach den Raum zu verlassen. Als eine der Letzten ging die junge, bedrückte Frau hinaus. Vivien und Katharina schlossen sich ihr an.

»Hey Mira«, grüßte Vivien sie mit sanfter Stimme, »das ist meine Freundin Katharina.«

Mira sah kurz zu Katharina und lächelte ihr verzagt zu, während sie alle drei langsam weitergingen. Katharina lächelte zurück, sagte jedoch nichts. Sie wollte Vivien das Feld überlassen, da diese Mira scheinbar kannte.

»Warst du dabei, als Tom zusammengeklappt ist? Kanntest du ihn näher? Du wirkst sehr traurig«, fragte

Vivien die junge Frau, die daraufhin stehen blieb und eine Zigarette aus ihrer Bauchtasche herausholte.

»Gute Idee«, meinte Vivien daraufhin und zog ebenfalls ihre Zigarettenpackung hervor. Sofort überfiel Katharina das Verlangen, auch eine zu rauchen. Zwar hatte sie aufgehört, als sie erfuhr, dass sie mit Matilda schwanger war, und seitdem keine Zigarette mehr angerührt, dennoch fiel es ihr in bestimmten Situationen schwer, Verzicht zu üben. Jetzt war eine solche Situation.

Mira hatte sich mittlerweile ihre Zigarette zwischen die Lippen gesteckt und versuchte, sie anzuzünden. Dabei zitterte ihre Hand, in der sie das Feuerzeug hielt, jedoch so sehr, dass es ihr nicht gelang. Ohne es zu kommentieren, nahm Katharina Mira das Feuerzeug aus der Hand, gab erst ihr und dann Vivien Feuer.

»Danke«, sagte Mira, dann kam es zögernd aus ihr heraus: »Ja, Tom und ich kannten uns. Nicht gut. Nur über meinen Freund. Aber ... ich mein ... das ist doch schrecklich ... das, was passiert ist. Ich war dabei. Ich habe es direkt mitbekommen. Und wenn das wirklich stimmt ... also, wenn das stimmt mit den K.-o.-Tropfen, dann ist das ... dann ist das ...«

»... keine schöne Vorstellung«, vervollständigte Vivien den Satz, als die junge Frau stockte, und bat: »Mira, magst du uns erzählen, wie du das Geschehene erlebt hast? Je mehr wir alle wissen, desto besser können wir uns schützen, damit uns nicht das Gleiche passiert.«

»Ja, das stimmt wahrscheinlich«, meinte Mira und begann zu erzählen: »Larissa hat es schon richtig wiedergegeben. Er, also Tom, hat mit uns zusammen getanzt.

Mein Freund war dabei. Tom war die ganze Zeit normal. Wir hatten alle was getrunken. Tom ... also Tom war gut drauf. Das war er eigentlich immer. Er war ein fröhlicher Mensch. Machte gern Witze, war immer am Lachen. Wir hatten echt Spaß zusammen. Und dann, dann war plötzlich alles anders. So wie im Film. Wenn da so ein echt krasser Schnitt kommt.«

Katharina beugte sich vor. Sie wollte Mira nicht einschüchtern, aber ihr wiederum mit ihrer Geste zu verstehen geben, wie wichtig ihre nun kommende Frage war. Es ging um die Einzelheiten, die sie wissen wollte und die hoffentlich weiterhelfen konnten: »Was meinst du genau damit? Wie genau hat sich die Szene verändert?«

»Tom ...«, Mira brach ab und schloss die Augen, als würde sie die Erinnerung dadurch besser in sich hervorholen können. »Er sah plötzlich so ... so anders, so merkwürdig aus. Sein Gesicht wurde von einer auf die andere Sekunde blass, als ob ihm schlecht ist. Er hörte auf zu tanzen und hielt sich seinen Kopf. Wie Larissa es eben gesagt hat, dachte auch ich, ihm sei schwindelig, aber dann ...«

Mira atmete schwer ein und aus und öffnete wieder die Augen.

»Dann?«, drängte Vivien sie behutsam.

»Das hat Larissa doch eben erzählt«, kam es gequält aus Miras Mund hervor. Sie nahm den letzten Zug aus ihrer Zigarette, drückte sie an der Hausmauer aus, steckte die Kippe in ihre Zigarettenpackung zurück und schien sich einen Ruck zu geben, bevor sie tonlos meinte: »Dann fing Tom an zu taumeln. Dabei rollten seine Augen nach hinten, und ich konnte wie in Zeitlupe dabei zusehen, wie er komplett die Kontrolle über seinen Körper verlor. Es war, als würde er gegen etwas in seinem Inneren ankämpfen. Er stolperte ein paar wenige Schritte nach hinten, und bevor ich reagieren konnte, fiel er in sich zusammen. Er schlug so hart auf dem Boden auf, dass ich das Geräusch trotz der lauten Musik hören konnte. Und dann begann er zu krampfen.«

Mira begann bei ihren letzten Worten zu weinen. Der Bericht hatte sie sichtlich erschöpft und ihr alle Kraftreserven geraubt. Vivien trat näher an die junge Frau heran und nahm sie in den Arm, was Mira sich gefallen ließ. Daraufhin warteten die beiden Ermittlerinnen geduldig ab, bis die Statistin sich einigermaßen gefasst hatte. Erst dann hakte Katharina nach: »Ja, das Krampfen hat uns Larissa beschrieben. Kannst du uns es aus deiner Sicht noch einmal beschreiben?«

Mira hob den Kopf und fragte plötzlich aufmerksam geworden: »Warum wollt ihr eigentlich alles so genau wissen? Kennt ihr euch mit K.-o.-Tropfen aus?«

Daraufhin gestand Vivien: »Ich habe auch schon einmal welche eingeflößt bekommen. Ich war 16. Was genau passiert ist, möchte ich nicht ausbreiten. Nur so viel: Ich wurde vergewaltigt, kann mich aber an nichts erinnern. Ich leide noch immer darunter und würde diese schreckliche Erfahrung gern jedem ersparen.«

»Verstehe. Das tut mir leid«, flüsterte Mira und hob ihre Stimme, als sie nun erzählte: »Es sah total gruselig aus. Tom zuckte am ganzen Körper und wand sich dabei, als ob er heftigste Schmerzen hat. Wir wollten

ihm helfen, aber keiner von uns wusste, was wir tun sollten. Und wir wollten nichts falsch machen. Manchmal
ist es ja besser, nicht einzugreifen. Ich weiß noch, wie
hilflos ich mir vorgekommen bin, und plötzlich hörte
es auf. Als hätte jemand die Pausentaste gedrückt. Tom
lag einfach nur noch da. Zu unseren Füßen auf dem
Boden. Und er bewegte sich nicht mehr. Dann waren
die Sanitäter mit dem Barmann vom Pub plötzlich da
und schoben uns beiseite.«

»Wer ist wir?«, wollte Katharina wissen.

»Ich, mein Freund David, Larissa und ein paar andere
von der Crew. Wir sind alle zusammen in den Pub gegangen«, gab Mira bereitwillig Auskunft.

»Habe ich gerade meinen Namen gehört?«, ertönte
in diesem Moment eine männliche Stimme von hinten.
Katharina drehte sich um und sah sich einem fröhlichen
jungen Mann Marke Surfertyp gegenüber – groß, sportlich gebaut, lässig gekleidet, leicht gebräunt und mit blonden, gewellten Haaren, die ihm bis knapp zur Schulter
gingen. Wenn Katharina nicht alles täuschte, sah er dem
toten Tom ähnlich, den sie von einem Foto her kannte.

Als David näherkam, fiel sein Blick auf Mira, und
umgehend verschwand das breite Grinsen auf seinem
Gesicht. Besorgt runzelte er die Stirn und fragte: »Schatz,
was ist passiert? Hast du geweint?«

Er trat auf seine Freundin zu, nahm sie in den Arm,
fixierte Katharina und Vivien und fragte scharf: »Was
ist hier los? Warum ist Mira so fertig? Geht es mal wieder um Eifersüchteleien, wer häufiger von euch durchs
Bild laufen durfte?«

»Nein, David, alles ist gut«, besänftigte Mira ihren Freund. »Die beiden… wir … wir haben uns über Tom unterhalten. Vivien hat eine ähnliche Erfahrung gemacht wie er. Zumindest sieht es danach aus.«

Mira deutete auf Vivien und dann zu Katharina, bevor sie David informierte: »Das ist Katharina. Sie ist eine Freundin von Vivien und gehört seit heute zur Crew.«

»Ich weiß, ich war schließlich mit beim Griechen«, brummelte David misstrauisch dreinblickend, nickte Katharina knapp zu, wandte sich an Vivien und fragte beißend: »Und was soll das für eine Erfahrung sein? Immerhin stehst du hier noch quicklebendig und …«

»David!«, unterbrach Mira ihn heftig. »Wie kannst du so etwas sagen? Es scheint so, als hat Tom K.-o.-Tropfen bekommen, und Vivien ist das auch passiert. Wir können froh sein, dass sie hier steht!«

»Entschuldige, Vivien«, sagte David sofort reumütig, und alle Abwehr schien in ihm verpufft. »Tom war ein guter Bekannter von mir. Wir haben uns am Set kennengelernt und … ich kann mir nicht vorstellen, ihn nie wiederzusehen.« Er räusperte sich, um seine Stimme klarer klingen zu lassen, und fuhr fort: »Mira hat euch vermutlich erzählt, dass ich dabei war, als es … als es passierte …«

»Das hat sie«, stimmte Katharina zu. »Und sie hat uns berichtet, wie es war, als Tom zu Boden gegangen ist. Habt ihr etwas Auffälliges bemerkt, bevor Tom …?« Die Oberkommissarin ließ ihre Frage bewusst unvollendet. Das Paar würde sicher wissen, was sie meinte.

Mira zuckte mit den Achseln und schüttelte den Kopf. David wiederum zögerte kurz, bevor er langsam antwortete: »Nein, eigentlich war vorher alles wie sonst, also nichts Besonderes. Viele von der Crew haben zwischen den Tischen getanzt. Es war voll und recht eng. Aber jeder hat Spaß gehabt. Wobei, wenn ich jetzt darüber nachdenke, gab es einen Moment, in dem Tom etwas anders wirkte. Er hatte sogar kurz aufgehört zu tanzen und sich an sein Knie gefasst. Doch dann war wieder alles gut und er hat weitergetanzt. Dabei haben wir sogar ein bisschen herumgealbert, bis … also ihr wisst schon. Das war nicht lange danach.«

»Hat sich ihm denn jemand vor der Sache mit dem Ober… äh, nein, mit dem Knie genähert oder wurde er von jemandem angesprochen?«, fasst hätte Vivien sich versprochen und Katharina machte drei Kreuze, dass sie doch noch »Knie« gesagt hatte. Obwohl das junge Paar es sicherlich gar nicht gemerkt hätte, da sie bisher nur über K.-o.-Tropfen im Getränk und nicht von Needle Spiking gesprochen hatten. Die Oberkommissarin war sich sicher, dass es der Nadelstich gewesen war, der Tom beim Tanzen kurz innehalten ließ. Jetzt müssten sie nur noch herausfinden, wer die Spritze gesetzt hatte, und darauf zielte Viviens Frage schließlich ab. Katharina blickte von Mira zu David und hatte bei dessen Blick das Gefühl, dass er etwas Wichtiges wusste, dies jedoch selbst nicht so sah. »Bitte versuche dich zu erinnern. Spul die Szene noch einmal vor deinem inneren Auge ab. Jedes Detail kann ein entscheidender Hinweis sein«, setzte sie deswegen hinterher.

David kniff die Lippen aufeinander und schien sich zu konzentrieren, dann war es jedoch Mira, die sich erinnerte und sagte: »Ja, da war jemand. Also jemand, der nicht zu unserer kleineren Gruppe gehörte. Er kam mir bekannt vor, aber ich konnte ihn nicht einordnen. Von seiner Statur und Größe ähnelte er Fabian. So, als wäre er sein Bruder. Aber das ist Quatsch. Fabian hat keine Geschwister. Das hat er mir mal erzählt. Also, dass er keine Verwandten mehr hat. Seine Familie ist bei einem Autounfall ums Leben gekommen. Und Fabian selbst war das auf keinen Fall. Nicht nur, weil der Typ dann doch anders aussah, er hat sich auch anders bewegt. Viel selbstbewusster, wisst ihr?«

»Meinst du Fabian, der zu allen immer so nett ist?«, fragte Vivien nach.

»Ja, genau«, stimmte Mira ihr zu. »Aber das war wirklich nicht Fabian, der Typ erinnert mich nur an ihn. Fabian hat auch keinen Bart, der Mann aber schon. Und er wirkte irgendwie, wie soll ich sagen? Cooler. Ja, cooler. Er hat plötzlich hinter Tom getanzt. Wie das manchmal so ist.«

»Du hast recht«, pflichtete David seiner Freundin zu. »Und wenn ich es recht überlege, ist der Kerl in dem Moment verschwunden, als Tom sich so überrascht ans Bein gefasst hat. Ich habe in dem Augenblick nicht weiter auf den Fremden geachtet, aber danach habe ich ihn auch nicht mehr auf der Tanzfläche oder bei den Umstehenden gesehen, als Tom diesen Anfall gehabt hatte. Meint ihr, er hat was mit Tom zu tun? Wenn er wirklich K.-o.-Tropfen in der Gegend verteilt, dann muss man den doch bei der Polizei melden.«

»Da kümmere ich mich drum. Ihr wisst vielleicht, dass ich im Hauptjob bei der Polizei bin. Ich gebe den Kollegen auf dem kurzen Dienstweg Bescheid«, sagte Vivien schnell, und Katharina fragte sich, ob es vielleicht doch besser wäre, aus der Deckung herauszugehen und einzugestehen, dass sie sich als Polizisten und nicht privat für den Tod von Tom und den vermeintlichen Täter interessierten. Sie wollte Vivien aber nicht bloßstellen, und so wie sie sich gerade verhalten hatte, hatten sie es schließlich besprochen. Katharina hoffte inständig, dass dies keine Fehlplanung war, die in naher Zukunft nach hinten losging.

»Könnt ihr den Mann, abgesehen von der Ähnlichkeit zu diesem Fabian, beschreiben?«, fragte Katharina.

»Nicht wirklich, glaube ich«, erwiderte David und runzelte angestrengt die Stirn, während er sagte: »Er trug eine dunkle Lederjacke. Darüber habe ich mich noch gewundert, weil es echt warm im Pub war. Und wie Mira es schon gesagt hat, er hatte einen Bart. So einen Hippster-Bart. Mehr weiß ich nicht.«

»Und was denkst du, wie alt er war?«, fragte Vivien weiter.

»Schwer zu sagen, ein Bart macht ja auch älter. Vielleicht Ende 20, Anfang 30? Und er hatte einige Kilos zu viel drauf. Ob das Muskeln oder Fett waren, kann ich nicht sagen«, gab David bereitwillig Auskunft.

Mira blickte auf die Uhr ihres Smartphones und sagte zu ihrem Freund: »Wenn wir uns beeilen, schaffen wir es noch pünktlich zur Uni.«

»Uni?«, fragte Katharina plötzlich ganz Ohr. »Ihr studiert? Kennt ihr zufällig eine Greta Kemper? Sie ist in eurem Alter und studiert auch an der Leuphana.«

»Ich kenne eine Greta, aber ob sie Kemper mit Nachnamen heißt? Ich habe sie schon länger nicht gesehen, aber es sind ja auch Semesterferien. Wir müssen nur wegen unserer Lerngruppe zur Uni. Nächste Woche steht noch eine Klausur an«, erklärte Mira und schickte sich an zu gehen.

»Da studieren knapp 10.000 Leute, glaube ich. Und Greta ist nicht gerade ein seltener Name«, sagte Tom fast entschuldigend, bevor er wie zuvor Mira die Hand zum Gruß hob und ihr folgte.

Nachdem Katharina und Vivien allein waren, meinte Vivien: »Das wäre aber auch zu schön gewesen, wenn Mira und David unsere Vermisste kennen würden.«

»Ja, vielleicht«, meinte Katharina achselzuckend. »Wahrscheinlich hätten sie uns aber nicht mehr über sie erzählen können, was wir nicht schon von anderen wissen. Ach, wer weiß. Es ist müßig, darüber nachzudenken, was gewesen wäre, wenn. Allerdings finde ich, dass wir im Fall von Tom weitergekommen sind. Ich denke, der oder die Täterin hatte es nicht persönlich auf ihn abgesehen. Sonst würde es nicht andere Betroffene geben wie dich oder die Frauen eben in der Garderobe, zumal die Attacke auf dich am gleichen Abend stattgefunden hat. Und die Stiche der anderen waren sicherlich keine von Insekten. Ich habe das dumpfe Gefühl, da hat jemand die Leute vom Studio beziehungsweise von *Gelbe Tulpen* auf dem Kieker. Möglicherweise ist es sogar jemand, der hier arbeitet. Darum ist es wahrscheinlich gut, dass wir verdeckt ermitteln. Vielleicht verrät er sich von allein. Ich hatte eben für einen Moment gedacht, dass wir unsere Deckung aufgeben sollten, aber so ist es wohl doch besser.«

»Ich stimme dir in allen Punkten zu«, erwiderte Vivien und steckte sich eine weitere Zigarette an, was Katharina sehnsüchtig betrachtete. Nachdem sie zwei schnelle Züge genommen hatte, meinte Vivien: »Ich bin gespannt, ob Mausner etwas rausbekommen hat. Sollen wir eigentlich auf ihn warten?«

Katharina schüttelte den Kopf, woraufhin Vivien weiterredete: »Ich überlege die ganze Zeit, aber ein Mann, auf den die Beschreibung von Mira und Tom passt, ist mir an dem Abend nicht im Pub aufgefallen. Allerdings habe ich auf niemanden geachtet und mit Phil an der Bar gesessen. Wir haben uns recht intensiv unterhalten, sodass ich kaum nach links und rechts geschaut habe. Aber ich frag Phil gleich nachher, ob ihr eventuell ein Typ aufgefallen ist, auf den die Beschreibung passt. Vom Set wird es keiner sein. Mira und Tom sind schon lange bei *Gelbe Tulpen* dabei und kennen bestimmt alle, die hier rumlaufen. Auch ehemalige Statisten und Komparsen.«

Katharina dachte nach. Sie mussten herausfinden, wer dieser Mann in der Lederjacke und dem Bart war. Da diese Beschreibung jedoch auf viele Männer hinweisen konnte, würden sie ein Phantombild anfertigen lassen und Mira und David dazuziehen müssen. Dafür mussten sie Tobi als offiziellen Ermittler in der Sache einführen. Anders würde es nicht gehen, wenn Vivien, Mausner und sie weiter inoffiziell ermitteln wollten. Katharina kam ein weiterer Gedanke, den sie nun laut aussprach: »Es könnte sein, dass wir es nicht mit einem Täter zu tun haben, sondern mit einer Gruppe.«

Erschrocken weiteten sich Viviens Augen bevor sie sagte: »Ich hoffe, da liegst du falsch!«

»Wer auf äuß're Schönheit legt zu hohen Wert, zeigt, dass er der Seele Schönheit ganz entbehrt.«

Heinrich Martin Jaenicke (Pseudonym: Heinrich Martin), deutscher Schriftsteller

KAPITEL 8
DONNERSTAG, 5.9.2024 -
AB MITTAGS

12.55 Uhr

Sie war am Morgen kurz dagewesen, dann hatte sie sich
krank gemeldet, war verschwunden und hatte ihn unver-
richteter Dinge stehen lassen. Mist aber auch. Sofort
hatte sich sein Monk gemeldet, da sein zurechtgelegter
Plan durcheinander geraten war. Aber er wusste, wie
er ihn besänftigen konnte und so war er in seiner Mittagspause kurzerhand nach Hause gefahren. Jetzt stand
er in seiner Küche, nachdem er sich seiner gesamten
Kleidung entledigt hatte, und öffnete den Kühlschrank.
    Zielgerichtet griff er nach der Tupperdose im unte-
ren Fach, die er bereits heute morgen aus der Tief-
kühle genommen und zwischen einem Tetrapack Milch
sowie einer Packung Eier deponiert hatte. Als hätte er
es geahnt. Eigentlich stand sie für heute Abend dort
bereit. Er war selbst überrascht, dass er so einfach hatte
umdenken können, hinterfragte das jedoch nicht weiter.
    Er wog die Dose voll Vorfreude in seiner rechten
Hand, während er mit der linken die Kühlschrank-

tür schloss. Sie war schlicht, doch ihr Inhalt außergewöhnlich. Er stellte die Dose auf die Küchenablage und klickte sie auf. Mit glänzenden Augen betrachtete er zärtlich das darin liegende Stück Fleisch. Sein einzigartiger Geruch stieg ihm in die Nase. Es hatte nach dem Auftauen sogar seine Form bewahrt – klein und rund, so, wie eine Brustwarze eben beschaffen war. Wie sie wohl schmecken würde? So gut, wie sie aussah? Es war die Erste der beiden, die er von der Spenderin abgetrennt hatte.

Seit er sie aus dem Tiefkühlfach genommen hatte, überlegte er, wie er sie essen wollte. Gebraten oder roh? Er legte den Kopf schief und dann wusste er es. Beschwingt von seinem Entschluss deckte er seinen kleinen Küchentisch ein, zündete eine Kerze an, entnahm der Dose mit einem Löffel das frische Stück Fleisch und ließ es so ursprünglich wie es war auf den wartenden Teller gleiten. Er setzte sich, nahm Messer und Gabel zur Hand, schnitt ein mundgerechtes Stück ab, führte es langsam an seine Lippen, öffnete sie und schob es sich in den Gaumen. Köstlich!

Es war richtig, dass er die Brustwarze nicht gebraten hatte. So war sein Mahl geschmacklich nicht verfälscht und kein einziger Nährwert dieses ganz besonderen Biofleischs verloren, wie es möglicherweise durch die Brathitze der Fall gewesen wäre. Wobei natürlich die Kalorien und enthaltenen Vitamine für ihn nebensächlich waren. Er wollte die Hormone damit sie sich zu seinen eigenen gesellten, und die nahm er jetzt genüsslich Stück für Stück auf.

Hauptkommissar Benjamin Rehder saß am Besprechungstisch und starrte in den Sommerregen, der gegen das Fenster seines Büros prasselte. Dabei massierte er sich die Schläfen. Als er hörte, wie Tobias Schneider, der kurz einen Notizblock für sich geholt hatte, mit einem »Da bin ich wieder« in den Raum trat, wendete er sich vom Fenster ab und der Glaswand zu, wo Katharina wie üblich bereits mit gezücktem Stift stand. Einige Erkenntnisse zum Fall Novela, wie sie die Ermittlungen rund um den Tod von Thomas Scheller, genannt Tom, in Anlehnung an die Telenovela *Gelbe Tulpen* gerade eben getauft hatten, standen bereits an der Wand. Es waren nicht viele, aber wie so häufig bei ihnen im Fachkommissariat wogen sie schwer: ein Name, hinter dem Katharina ein Kreuz gemalt hatte, ein paar spärliche Aussagen zum vermeintlichen Täter, ein paar weitere mutmaßliche Opfer, die mehr Glück gehabt hatten als Thomas Scheller und als Namensliste festgehalten worden waren, darunter auch Vivien, einige Orte zusätzlich zum Irish Pub, die bisher nicht polizeilich aufgefallen waren, in denen wohl aber Attacken stattgefunden hatten und auf diese Weise zu Schauplätzen der unsichtbaren Gefahr geworden waren.

»Bars, Clubs, verdammt aber auch«, murmelte Ben leise vor sich hin und schüttelte den Kopf. Dann blickte er in Katharinas ernstes Gesicht und fragte laut mit zusammengezogenen Augenbrauen: »Sind das alle

Opfer, die einen ›Insektenstich‹ abbekommen haben, die sich aber ansonsten an nicht soviel erinnern können, außer, dass es ihnen am nächsten Tag mau ging?«

Anstelle von Katharina antwortete Stephan Mausner, der mit ihr nach seinem Einstiegstermin bei *Gelbe Tulpen* hierhergekommen war. Auch Staatsanwältin Sarah Klein saß mit am Tisch. Aufgrund der Lage hatte Ben sie zu der Besprechung dazu gebeten. Hierfür hatte er sie angerufen. In dem Gespräch war keiner von ihnen auf den Morgen vor Katharinas Wohnung zurückgekommen. Auch Katharina hatte nichts gesagt, als die Staatsanwältin ins Büro getreten war, und das war gut so, fand Ben. Die beiden Frauen ließen nur allzu oft durchklingen, dass sie sich nicht mochten, darauf hatte er heute so gar keine Lust. Dennoch war er neugierig, was die Juristin so früh zu Katharina getrieben hatte, aber vielleicht würde er es beizeiten erfahren.

Der Kriminalrat selbst war es gewesen, der auf diese Besprechungsrunde gepocht hatte, obgleich Vivien fehlte, die heute den ganzen Tag über am Filmset drehen musste. Jetzt hob er seine Stimme und meinte: »Das können wir nicht sagen, immerhin ermitteln wir undercover und sind darauf angewiesen, dass die Leute uns etwas von allein erzählen. Dank meiner und natürlich auch Ihrer …« – Mausner nickte kurz zu Katharina hinüber – »… geschickten Fragestellungen konnten wir bereits einiges erfahren, dennoch werden wir mehr Zeit benötigen.«

Ben konnte sich des Eindrucks nicht erwehren, dass Stephan Mausner absolut nichts dagegen hätte, wenn er für eine längere Weile auf die aktuelle Art ermitteln musste, und er konnte es seinem Vorgesetzten nicht verdenken. Für Ben gab es kaum etwas Besseres als die Ermittlungsarbeit. Schon als Kind hatte er Puzzles geliebt. Dieses Sitzen vor vielen einzelnen, kaum einen Sinn ergebenden Stücken, die am Ende nach akribischer Kleinarbeit ein großes ganzes Bild ergaben. Natürlich gehörte zu seinem Beruf als Polizist, zumal als Hauptkommissar, auch Schreibtischarbeit begleitet von den Klängen leiser und monoton summender Laptops und dem Tippen auf Computertastaturen. Doch so sehr er und sein Team häufig mit Berichten, Anträgen und Ermittlungsakten beschäftigt waren, wusste Ben doch, wie notwendig dieser Teil seiner Arbeit war, um auch den machen zu können, für den er lebte: hinaus auf die Straße zu gehen und dort zu ermitteln. Allein der Augenblick, wenn er seinen Schreibtisch und das Büro hinter sich ließ, aus der Polizeidirektion trat und manchmal trotz großartigem Sonnenschein die düstere Seite seines Jobs begann, in die er wieder Licht bringen musste und wollte, machte ihn zufrieden. Genauso wie das Verlangen nach Aufklärung, das bereits in ihm aufstieg, wenn er einen Tatort betrat. Dann spürte er jede Faser seines Körpers. Alle seine Sinne waren von einer Sekunde auf die andere auf vollen Empfang gestellt. Tatorte hatten eine seltsame Magie, eine Art von Stille, die schwer in Worte zu fassen war. Eine Stille, die eine schwarze Geschichte verbarg und die er heben musste. Und tatsächlich erzählte jeder Ort eine Geschichte, auch wenn diese häufig von Schweigen überdeckt war. Vielleicht war dies der Grund, weswegen er sich in solchen Augenblicken überaus lebendig fühlte. Katharina hatte es gerade neulich, als sie beim Essen gewesen waren, auf den Punkt gebracht: Es war das Spiel aus Verstand und Intuition, das so sehr herausforderte und zugleich fesselte. Ebenso wie Katharina liebte er das Aufspüren von Indizien, die, so klein und unscheinbar sie manchmal waren, bestenfalls zu Beweisen zusammenschmolzen, wenn er sie fand und richtig zusammenfügte. Und dann waren da noch die vielen verschiedenen Menschen, die Gespräche, die er mit ihnen führen musste. Zeugen, Opfer, Täter – jeder hatte etwas Wichtiges zu erzählen, auch wenn es oft zwischen den Zeilen versteckt war oder sein Gegenüber ihm bewusst etwas verheimlichte. Doch aufgrund seiner Erfahrung hörte er mehr, als es manchen lieb war. Manchmal waren es nur die leisen Untertöne, ein kaum merkliches Zögern, das ihm die Wahrheit oder wenigstens ein Stückchen davon offenbarte. Er konnte es mittlerweile nahezu körperlich spüren, wenn jemand log und die Tatsachen irgendwo unter der Oberfläche brodelten. Dann war es an ihm, alles hervorzukitzeln. Manches Mal kam es ihm vor, als ringe er mit diesen Personen um die Wahrheit. Selbstverständlich gab es auch Tage, an denen er sich erschöpft und ausgelaugt fühlte. So wie heute. Doch das nahm er in Kauf. Für das große Ganze. Ben war durch und durch Ermittler, und weder sein Schreibtisch noch eine Akte konnte ihm dies verleiden. Er liebte seinen Beruf.

»Neun«, sagte Tobias in die Runde und damit in Bens Gedanken hinein.

»Was: neun?«, fragte Ben verständnislos.

»Na, wenn ich es da an der Glaswand richtig zähle, sind es neun Fälle im letzten Monat. Vier Männer und fünf Frauen. Einer der Fälle ist unser Toter und ein weiterer Vivien. Die anderen sieben wurden gegenüber Katharina und Kriminalrat Mausner am Filmset erwähnt«, führte Tobi aus.

»Ihr werdet die Leute offiziell befragen müssen. Am besten die gesamte *Gelbe Tulpen*-Crew. Und ihr müsst diese Mira und ihren Freund wegen eines Phantombilds des mutmaßlichen Täters einbestellen. Und vielleicht sollten wir diesen Fabian mal besonders unter die Lupe nehmen, selbst wenn Mira meint, dass er nicht der Täter ist«, sagte Katharina, die am Anfang der Besprechungsrunde gemeinsam mit Stephan Mausner Ben und Tobi ins Bild über ihre gewonnenen Erkenntnisse gesetzt hatte.

»Dieser Fabian trägt keinen Bart. Momentan ist anderes dringender. Er wird erst einmal wie alle anderen Studioleute von Ben und Herrn Schneider befragt. Legt lieber euer Augenmerk auf die Bars und Clubs, in denen es Opfer gab. Die müsst ihr abklappern. Möglichst bereits mit der Phantombildzeichnung in Händen«, bestimmte Stephan Mausner. »Eventuell gibt es weitere Opfer, die nichts mit *Gelbe Tulpen* zu tun haben. Das weiß dann im Zweifel der Club. Kommissar Schneider: Durchforsten Sie doch bitte dahingehend zusätzlich unseren Computer, ob der Ihnen ähnliche Fälle ausspuckt, die zur Anzeige gebracht worden sind. Höchstwahrscheinlich gegen Unbekannt. Ebenso sollten wir in Erfahrung bringen, ob nach einer Attacke Taten gefolgt sind. Ist jemand bestohlen oder sexuell missbraucht worden et cetera.«

»Das heißt, ihr werdet gemeinsam weiter mit Vivien unter dem Radar bei *Gelbe Tulpen* ermitteln und Tobi und ich ganz offiziell«, fasste Ben zusammen und rieb sich ein weiteres Mal die Schläfen: »Dieser Mistkerl von Täter scheint verdammt geschickt zu sein. Er sticht die Leute und verschwindet dann spurlos. Wer weiß, vielleicht hat irgendein Club oder eine Bar Videoaufnahmen, auf denen wir ihn ausmachen können.«

»Aye, aye!«, sagte Tobi und tippte sich kurz mit zusammengelegtem Zeige- und Mittelfinger an die Stirn.

Als hätte Tobi nichts gesagt, fuhr Ben fort, seine Gedanken auszusprechen: »Unser Täter ist vorsichtig. Davon können wir ausgehen. Die Bars sind laut, in der Regel voll, und die Aufmerksamkeit der Leute ist gering, da sie mit sich selbst beschäftigt sind. Niemand bemerkt etwas, bis es zu spät ist. Zumindest war es in der Vergangenheit so.«

»Und dann?«, fragte Tobi interessiert. »Was passiert dann? Also wenn es zu spät ist?«

Dieses Mal war es Katharina, die das Wort ergriff: »Frauke hat mir das als Medizinerin erklärt. Am Beispiel von K.-o.-Tropfen, die, wie wir vermuten, gespritzt werden und somit auch schneller in die Blutbahn gelangen, als wenn ein Opfer sie mit seinem Getränk zu sich nimmt. K.-o.-Tropfen werden auch nach ihrem Bestandteil GHB genannt. Das kommt von Gamma-Hydroxybutyrat. GHB-Tropfen sind bei der oralen Einnahme nahezu geschmack- und geruchlos. Wenn sie injiziert werden, ist das natürlich egal. GHB wirkt generell recht schnell im Körper und verursacht Schwindel, Übelkeit und Bewusstlosigkeit. In größeren Mengen kann es Krämpfe und Atemstillstände auslösen. Beim Needle-Spiking bestimmt im Grunde der Täter die Dosis. Wird GHB in einem Getränk mitgetrunken und das Opfer trinkt nicht aus, ist die Dosis natürlich geringer. Aber das nur am Rande. Grundsätzlich werden die Opfer hilf- und willenlos, verlieren die Kontrolle über ihren Körper und ihr Bewusstsein. In den meisten Fällen haben sie danach keine Erinnerung an die Geschehnisse. Darum gibt es eine erhebliche Dunkelziffer an Opfern. Sie merken erst später, wenn das GHB verstoffwechselt ist, dass sie eventuell beklaut oder schlimmer noch vergewaltigt worden sind. Falls sie dann überhaupt zum Arzt gehen, kann dieser kein GHB mehr nachweisen, da es sich schnell im Körper abbaut.«

Ben lehnte sich nach vorne, starrte auf die Glaswand und sagte: »Das macht es so verflucht schwierig, den Täter zu schnappen. Die Opfer erinnern sich an nichts – kein Gesicht, keine Stimme, keine Details. Und dann ist es noch nicht einmal bewiesen, ob sie überhaupt GHB gespritzt bekommen haben.«

Die Staatsanwältin, die bisher nichts gesagt hatte, seufzte schwer und sagte daraufhin: »Ihr solltet einen anderen Ansatz finden, wenn wir diesen Kerl erwischen wollen. Falls der Täter überhaupt per Video aufgenommen worden ist, ist es nicht sicher, ob darauf zu sehen ist, wie er jemanden mit der Nadel sticht. Und wahrscheinlich sind die Videos sowieso schon überspielt. Meist passiert das ja nach 24 Stunden.«

Ben wollte ihr zustimmen, doch in diesem Moment klingelte Katharinas Handy. Sie zog es hervor und meinte: »Das ist Kommissarin Rimkus per Videotelefonie.«

Sie nahm das Gespräch an, stellte auf Lautsprecher, und alle Anwesenden hörten, wie Vivien sagte: »Hi, sitzt ihr schon in der Besprechung? Ich habe 15 Minuten Pause und dachte, ich kann per Videocall teilnehmen.«

»Fantastische Idee«, antwortete Katharina, die Vivien wohl über ihre Besprechung informiert hatte, und stellte ihr Handy gegen ein Wasserglas auf den Tisch, sodass die Runde Vivien sah und sie das Besprechungsteam. Bis auf Katharina, die sich an der Glaswand platziert hatte und nun durch den Raum rief: »Vivien, du weißt ja, wie ich aussehe. Ich bin an meinem Mitschreibplatz, höre aber alles!«

»Okay«, rief Vivien zurück und fragte: »Habe ich was verpasst?«

»Nein, nicht wirklich. Wir sind eure Ergebnisse von heute Morgen durchgegangen und haben das beschlossen, was ihr vorgeschlagen habt: Tobi und ich beginnen offiziell die Ermittlungen und ihr drei, du, Katharina und unser werter Noch-Kriminalrat, hört euch weiter inkognito unter den Filmmenschen um«, antwortete Ben.

»Oh, gut«, kam es aus Katharinas Mobiltelefon. »Ich habe über die verschiedenen Bars und Clubs nachgedacht, in denen Anschläge verübt worden sind. Bisher komme ich auf vier« – Vivien zählte die Lokale auf und sagte dann: »Es gibt ein paar Gemeinsamkeiten, die uns weiterhelfen könnten, um in möglichen weiteren Lokalitäten, die in das Schema passen, vor Ort zu sein, falls er wieder zuschlägt.«

»Zuspritzt«, meinte Tobi und fing sich einen grimmigen Blick von Stephan Mausner ein, der daraufhin bat: »Bitte fahren Sie fort, Kommissarin Rimkus.«

Das ließ sich Vivien nicht zweimal sagen: »Auf jeden Fall befinden sich alle Lokale, in denen die Vorfälle passiert sind, in der Lüneburger Altstadt. Es sind beliebte Treffpunkte für vor allem junge Leute. Gut besuchte, angesagte Bars. Der Täter sucht sich seine Opfer also gezielt in Orten aus, wo er sich sicher sein kann, dass die Atmosphäre ausgelassen ist und niemand groß aufpasst.«

»Oder umgekehrt«, warf Sarah Klein nachdenklich ein. »Vielleicht sucht er sich solche Opfer aus, die eher nicht in heruntergekommene Spelunken gehen.«

»Auch ein guter Gedanke«, brummte Ben.

»Stimmt«, gab Vivien zu. »Ich habe mit dreien der Frauen mit den vermeintlichen Insektenstichen sprechen können. Alle drei konnten sich auf Nachfrage von mir an einen kurzen, aber unangenehmen Pieks an ihren Beinen erinnern, während sie heftig am Tanzen waren. Ich scheine eine Ausnahme zu sein, denn ich stand ja an der Bar an dem Abend, als ich gestochen wurde.«

»Das ist interessant«, sagte Kriminalrat Mausner und wog dabei seinen Kopf nach rechts und links. »Das bedeutet auf jeden Fall, dass der Täter seine Opfer beobachtet und den Moment abpasst, in dem sie unaufmerksam sind. Allerdings scheint es wirklich so, als suche er sich seine Opfer vorher aus und nicht willkürlich. Immerhin hat er Sie an der Bar attackiert und nicht abgewartet, ob Sie tanzen gehen. Ein gewisses Risiko ist er mit Ihnen insofern eingegangen.«

Plötzlich wurde es ruhig im Raum. Dann räusperte Vivien sich und fragte ein wenig bange, so kam es Ben wenigstens vor: »Meinen Sie, dass er es ausdrücklich auf mich abgesehen hatte?«

»Ja, das könnte sein«, antwortete Katharina anstelle von Stephan Mausner. Ben wusste, dass sie die Kollegin nicht unnötig ängstigen wollte, aber auch nicht schonen konnte – als ihr Vorgesetzter kannte er Vivien Rimkus furchtbare Geschichte in groben Zügen. Als sie in sein Kommissariat gewechselt hatte, hatte er sich ihre Personalakte angesehen. In ihr war das Geschehen rudimentär sachlich festgehalten, da Vivien deswegen eine Therapie gemacht und beim Polizeipsychologen vorstellig hatte werden müssen. Als er jetzt darüber nachdachte, fiel ihm ein, dass er sich unlängst gefragt hatte, warum die jüngere, hübsche Frau sich so stark schminkte. Lag es daran? Waren die Wunden, die ihr damals zugefügt wurden auch im Gesicht und dermaßen vernarbt, dass sie sie mithilfe von Make-up übertünchte?

»Festzuhalten ist, dass der Täter präzise agiert«, sagte Ben, um von Vivien abzulenken. »Er erinnert mich an ein Raubtier, das auf seine Beute lauert und blitzschnell eine Gelegenheit ergreift, ihrer habhaft zu werden.«

Tobi schnaubte: »Dieser eiskalte Typ mischt sich unter die Menge, wartet, bis sein Opfer abgelenkt ist, und zack, verabreicht er die Spritze. Wie perfide!«

»Ja«, stimmte Sarah Klein zu. »Aber es bleibt die Frage: Wie entlarven wir ihn?«

Ben erhob sich von seinem Stuhl und ging nervös auf und ab. Er hasste es, so dermaßen im Dunkeln zu tappen. Es war wie in dem Vermisstenfall Greta Kemper. Auch in diesem hatten sie keinen Anhaltspunkt. Das nagte an ihm. Wenigstens hatten sie im Fall Novela einen mutmaßlichen Täter. Sie mussten nur herausfinden, wer der Mann mit dem Bart war. Ein bisschen glich das der Suche nach der Nadel im Heuhaufen, waren Bärte aktuell doch stark in Mode. Hoffentlich brachte die Phantombildzeichnung sie weiter. Er war immer wieder überrascht, wie gut die Software war. Sie konnte mit nur ein paar Klicks in Sekundenschnelle das Aussehen eines einmal geschaffenen Phantombilds verändern, das Gesicht schmaler, breiter, runder oder eckiger formen, die Augen größer, kleiner, blauer, brauner oder den Mund wulstiger und so weiter. Dies half den Zeugen in der Regel, sich besser zu erinnern. Selbst die Lichtverhältnisse oder die Perspektive konnten entsprechend der Zeugenwahrnehmung mithilfe der Software eingestellt werden.

»Klärst du das mit dem Phantombildzeichner? Wir müssten wohl jemanden in Hannover beim Landeskriminalamt Niedersachsen anfordern«, richtete sich Ben an Sarah Klein.

»Mach ich, aber setzt nicht alle eure Hoffnungen darauf. Ihr wisst, so ein Phantombild ist nur ein zusätzliches Mittel, das eure Ermittlungen vorantreiben kann«, sagte die Staatsanwältin und schrieb sich eine Notiz in ihr Smartphone. Natürlich wusste Ben das, und deswegen ärgerte es ihn umso mehr, dass die junge Staatsanwältin ihn alten Hasen lehrerhaft behandelte. Ob es mit ihrer Begegnung an dem bewussten Morgen zu tun hatte? Hatte sie den Respekt vor ihm verloren? Normalerweise war es ihm schnuppe, wie alt jemand war oder um wie viele Jahre jünger als er selbst. Ihm kam es auf die Kompetenz eines Kollegen an, der Begegnung auf Augenhöhe. So, wie es mit Vivien war. Und so, wie es bisher mit Sarah Klein gewesen war, aber eben hatte sie sich wohl vergessen. Kurz dachte er darüber nach, sie mit irgendeinem blöden Spruch zu maßregeln, ließ es aber bleiben und schlug schließlich vor: »Wir könnten dem Täter eine Falle stellen.«

»Eine Falle?«, echoten Katharina und Stephan Mausner wie aus einem Mund.

Ben blieb stehen und kreuzte die Arme vor der Brust. Dann antwortete er: »Ja, eine Falle. Wir wissen, dass er in Bars zuschlägt, in denen viele Menschen unterwegs sind. Wenn wir jemanden von euch, der bei *Gelbe Tulpen* mitmacht, als Köder einsetzen, könnte er anbeißen. Dafür müsste derjenige sich aber auffällig benehmen. Sich am Set deutlich in Szene setzen oder so. Wir sollten es zumindest probieren.«

»Es könnte tatsächlich funktionieren«, erwiderte Mausner, »aber wir müssten vorsichtig sein, und derjenige von uns sollte nicht allein durch die Bars ziehen. Es müsste immer auch jemand anderes von uns dabei sein. Allerdings nicht du, Ben, oder Sie, Kommissar Schneider, denn ihr beide werdet schließlich als offizielle Ermittler am Set auftreten, und falls der Täter unter der Crew zu finden ist, wäre das für unsere ›Falle‹ kontraproduktiv.«

»Wenn wir den Typen erwischen wollen, muss es im Moment seiner Attacke sein. Ich finde den Vorschlag gut«, ließ Sarah Klein sich vernehmen.

Ben nickte langsam und sagte: »Okay, dann setzen wir eine Köderperson ein. Abgemacht. Aber nur eine Begleitperson von euch wäre mir zu gefährlich. Wir sollten mit doppeltem Netz arbeiten, um sicherzugehen, dass unser Köder nicht gefährdet ist und doch eine Spritze abbekommt. Es reicht ja schon, wenn unser Täter in dem Moment gestellt wird, in dem er die Spritze ansetzt.«

Katharina lächelte schief und schlug vor: »Wir könnten eine verdeckte Kamera und ein Mikrofon einsetzen. Dann würden wir alles aufzeichnen, ohne dass er etwas bemerkt.«

»Das meinte ich«, sagte Ben. »Tobi, kümmerst du dich bitte um die technische Ausstattung? Und jetzt müssen wir uns die Daumen drücken, dass wir es mit einem Einzeltäter zu tun haben und nicht mit einem Täter-Team. Aber falls doch, sind die Kamera und das Mikro, um uns schnell zur Unterstützung zu rufen, an unserem Köder unabdingbar.«

»Und wer macht den Köder?«, stellte Sarah Klein die Frage in den Raum, die Ben bereits beschäftigte. Dabei fixierte die Staatsanwältin Katharina, die gerade ihren Mund zu einer Antwort öffnete, als es aus dem Handy auf dem Besprechungstisch fest und vernehmlich tönte: »Ich!«

Ben sah überrascht zum kleinen Bildschirm: »Du? Das finde ich keine gute Idee. Du hast bereits eine Attacke hinter dir und …«

»Doch, ich mach's«, wiederholte Vivien sich.

»Ich muss Ben recht geben, Vivien. Ich glaube, das ist nicht gut für dich. Ich mach den Köder«, mischte sich Katharina ein.

»Und ob das gut für mich ist. Ich muss das Schwein stellen. Und zwar direkt und ohne Umschweife. Lasst mich den Köder machen«, antwortete Vivien ruhig. »Ich bin die Richtige dafür. Immerhin hatte er mich schon einmal auf seinem Schirm. Dann wird er es auch ein zweites Mal haben. Falls es nach einer Woche nicht klappt, ziehe ich mich als Köder zurück und Katharina oder Sie, Herr Mausner, können übernehmen. Die Aktion ist wirklich wichtig für mich. Außerdem kenne ich die Crew am besten. Es wird schon nicht schiefgehen.«

Ben zögerte mit seiner Antwort und fragte deshalb eindringlich: »Bist du sicher, dass du das willst? Es kann gefährlich werden, obwohl wir natürlich unser Bestes tun werden, dich zu schützen. Aber wir wissen nicht, wie der Kerl reagiert, wenn er wider Erwarten bemerkt, dass wir ihn reinlegen wollen.«

Vivien nickte nachdrücklich und sagte in überzeugendem Ton: »Ja, ich bin mir sicher. Hundertprozentig. Wir müssen diesen Kerl stoppen, bevor es noch mehr Opfer gibt. Und für mich muss ich das auch machen. Ich will endlich die Vergangenheit hinter mir lassen!«

»Gerade deswegen habe ich Bauchschmerzen. Was ist, wenn der Mistkerl dich triggert? Du musst dich dann im

Griff haben. Du bist Polizistin«, gab Ben zu bedenken, kannte aber Viviens Antwort, die auch prompt kam: »Ja, das habe ich. Du kannst dich auf mich verlassen. Ihr alle könnt euch auf mich verlassen.«

Ben räusperte sich. »Nun gut, dann bist du unser Köder«, sagte er schließlich, woraufhin Vivien sofort meinte, als hätte sie nur auf dieses Go gewartet: »Fein. Ich muss zurück. Mein Dreh geht weiter. Aber es ist ja auch alles geklärt. Tobi, sag Bescheid, wenn du das technische Set-up organisiert hast. Ich werde ab jetzt anfangen, meine Köderrolle zu spielen. Wünscht mir Glück, dass das Arschloch anbeißt.« Dann wurde der Handybildschirm schwarz. Vivien hatte das Gespräch unterbrochen. Für einen Moment sagte niemand etwas. Katharina ging an den Tisch heran, nahm ihr Handy, steckte es in ihre Jeanstasche und kommentierte: »Hoffentlich geht das gut.« Sie sprach Ben mit dieser Hoffnung aus der Seele.

19.12 Uhr

Am Morgen war ihr raunendes Gespräch durch den Türspalt mit plötzlich verstummt. Sie hatte noch ein paar Male seinen Namen gerufen, doch er hatte nicht mehr geantwortet. Vielleicht war er eingeschlafen? Ganz am Anfang ihres Gefängnisaufenthalts war es ihr auch so ergangen. Ihre Augen waren einfach zugefallen. Ob es an den Auswirkungen des Schlafmittels oder ihrer Angst gelegen hatte, wusste sie nicht zu sagen. Inzwischen passierte ihr das nicht mehr. Außer die Tage, an denen das hohe Fieber sie so schlapp gemacht hatte.

Eben gerade hatte er sich in seinem gebrochenen Englisch wieder gemeldet. »Bist du noch da?«, war seine Stimme an ihr Ohr gedrungen und sie hatte sofort geantwortet. Er erzählte ihr von seiner Familie und woher er kam und sie erzählte von dem, was ihr angetan worden war.

Es tat gut, ihn in ihrer Nähe zu wissen. Selbst wenn er nichts gegen ihre Gefangenschaft ausrichten konnte – er hing ebenfalls an einer eisernen Fußkette –, tröstete er sie mit Worten. Dadurch fühlte sie sich wieder menschlich und nicht wie ein geschundenes Tier, für das der Abdecker die pure Erlösung bedeutete. Ja, sie schöpfte wieder Hoffnung.

Als sie das Quietschen der Tür hörte, zischte sie erschrocken durch den Spalt: »Verschwinde von der Tür. Er kommt!« Dann robbte sie selbst zurück in die gegenüberliegende Ecke ihres Kerkers. Den Ort, wo sie immer auf den Peiniger und ihren Brei wartete.

»Wo Charakter ist, da ist Hässlichkeit Schönheit;
wo kein Charakter ist, da ist Schönheit Hässlichkeit.«

Aus Afrika

KAPITEL 9
FREITAG, 6.9.2024

11.37 Uhr

Gestern, nach seinem Mittagsschmaus, war er kurzerhand zu Hause geblieben – wenn andere einen auf krank machten, konnte er das schon lange! Doch das war nicht der Grund. Er war viel zu aufgewühlt gewesen, um wieder zurückzugehen. Erst der Ärger über seinen durcheinandergeratenen Plan, dann das außergewöhnliche Mahl, das war zu viel für ihn gewesen. Er hatte erst einmal wieder mit sich klarkommen müssen. Heute Morgen nach dem Aufwachen war aber alles wieder gut. Er war bei ihr im Stall gewesen, hatte sie versorgt und dabei festgestellt, dass sie nicht mehr fieberte und auch die Wunde anfing, gut zu verheilen. Dem Antibiotikum sei Dank! Dann war er ins Studio gefahren. Ein bisschen hatte er gehofft, dass seine Abwesenheit aufgefallen war, er ihnen gefehlt hatte, wurde dann jedoch gleich bei Arbeitsbeginn eines Besseren belehrt. Niemand fragte, wo er gewesen war oder wie es ihm ging. Niemand freute sich, dass er wieder da war. Im Gegenteil klopften sie sich zur Begrüßung alle jovial auf die

Schultern oder gaben sich Küsschen rechts und links. Nur ihm nicht. Keiner kam ihm zu nahe. Und wenn er Anstalten machte, auch Küsschen zu verteilen, oder seine Hand zum Klopfen erhob, trat ausnahmslos jeder einen Schritt zurück.

In der Studiohalle war es heiß. Und das lag nicht nur am obligatorischen Scheinwerferlicht, sondern an den knapp 30 Grad Außentemperatur, die das Studiodach aufheizten, obwohl es leicht bedeckt war. Heute Nachmittag hatten sie einen Außendreh. Dann würden wieder alle nach Wasser verlangen und er musste laufen. Dennoch war er gern am Set. Er liebte es, das geschäftige Treiben der Crew, zu der auch er gehörte, mitzuverfolgen.

Seit mehreren Jahren arbeitete er in der Filmindustrie – erst in Hamburg und nun in Lüneburg, der Kreisstadt, in der er seit Kindertagen lebte. Er war der Mann hinter den Kulissen, das sogenannte Mädchen für alles, wie ihn die Studioleute nannten. Wenn sie wüssten, wie recht sie mit diesen beiden Bezeichnungen für ihn hatten! Er freute sich jetzt schon auf ihre Gesichter, wenn er sich ihnen präsentierte, doch noch war es nicht soweit. Sein Körper brauchte noch eine Weile. Bisher war er nichts weiter als ein Schatten für sie, der gefällige, unscheinbare Geist, der stets mit dem Hintergrund verschmolz und zusehen musste, wie das Rampenlicht andere in Szene setzte. Keiner hier beachtete ihn als Persönlichkeit, keiner nahm seine brennende Leidenschaft für die Schauspielerei wahr. Auch er wollte wenigstens einmal vor der Kamera stehen, das Scheinwerferlicht auf sich spüren und erst von der Crew und später, flackernd auf dem Bildschirm, von der Welt gesehen werden.

Die Dreharbeiten liefen wie jeden Tag im Akkord, und er hatte bisher kaum eine Pause machen können. Alle hatten sie ihre festen Rollen, ihre Aufgaben, ihre Positionen – die Schauspieler, die Komparsen und Statisten, die Crew. Und er. Seine Arbeit war wichtig, aber unsichtbar. Wie er selbst. Sie war es nicht. Sie glänzte, obwohl sie nur im Hintergrund agierte und das Scheinwerferlicht den Hauptdarstellern vorbehalten war. Seit Wochen, eigentlich seit sie hier aufgetaucht war, hing ihre Person wie ein dunkler Schatten in seinen Gedanken und ließ sich nicht fortjagen. Allein ihre Anwesenheit am Set trieb ihn inzwischen in den Wahnsinn. Vivien hieß sie. Als Lateiner wusste er, dass der Vorname Vivien übersetzt die Lebendige bedeutete. Und genau das hatte ihn auf seine Idee gebracht. Was eine gute Schulbildung doch so ausmachte … Bei diesem Gedanken musste er in sich hineingrinsen. Immerhin war Vivien aufgrund der Idee, die ihr Name in ihm hervorgerufen hatte, der Auslöser für seine jüngsten Aktivitäten, die ihm zumindest die anhaltende Empfindung gaben, Macht zu besitzen. Über alle.

Vivien! Wie sie alle um sie herumscharwenzelten. Widerlich! Sportlich sah sie aus, das musste er ihr lassen, und Pfunde wie er trug sie nicht mit sich herum. Aber, und genau das war es, was ihn zur Weißglut brachte, sie war entstellt! Nicht, weil sie so zerknautscht aussah wie er, ihr Gesicht war unglaublich vernarbt. Als er sie das erste Mal in der Maske abgeschminkt gesehen hatte, hatte er sofort an das Phantom der Oper denken müssen. Manchmal kam er sich selbst wie ein Phantom vor und meinte sogar, Vivien sei eine Verbündete. Allerdings eine abtrünnige, da sie ihn nicht mit hinauf auf die Bühne des Films gezogen hatte. Aber Vivien war sicherlich nicht wie er und Eric von Geburt an entstellt.

Er wüsste zu gern, wie Vivien die Narben zugefügt worden waren. War es ein Unfall gewesen? Oder ein Verbrechen? Sie war Polizistin. War es im Dienst geschehen? Er hatte versucht, es zu recherchieren, doch erfolglos. Zu Beginn hatte er befürchtet, dass ihr Beruf zu riskant war, um sie zum Opfer zu machen. Dann hatte er erfahren, dass sie bei der Polizei lediglich in der IT war, also irgendwas mit Computern und deren Innereien machte, und sie als ungefährlich für sich eingestuft. Solche Leute waren schließlich in der Regel Nerds – Sonderlinge und auch Streber, die sich zu sehr auf etwas konzentrierten und dadurch die Welt um sich herum vergaßen, sodass sie zu Außenseitern wurden. Wahrscheinlich arbeitete Vivien deswegen nebenbei für *Gelbe Tulpen*. Um unter Leute zu kommen und endlich einmal gesehen zu werden. Auch hierin waren er und sie sich ähnlich, und das schürte seinen Hass auf sie nur noch mehr. Es stimmte, für die Nebenrolle hatten sie eine Frau gebraucht. Aber im Statistenbereich war das Geschlecht relativ gleichgültig, solange es in der Gesamtanzahl der Statisten einigermaßen ausgeglichen war – und bei den Komparsen war es ähnlich. Hier hatten sie Vivien ihm vorgezogen, und jetzt war sie auch noch auf der Darstellerleiter hinaufgeklettert! Nun war ihr Weg nach oben kaum noch aufzuhalten, außer er tat es. Einmal hatte er sie schon erwischt. Zuvor hatte er die Casterin mit einem der Hauptdarsteller sprechen hören, und Viviens Name war gefallen. Er war stehen geblieben, hatte an einer Steckdose herumgefummelt und gelauscht. Deswegen hatte er noch vor ihr selbst gewusst, dass sie Vivien die Nebenrolle geben wollten. Er war so ausgeflippt, dass er sogar von seiner üblichen Vorgehensweise abgerückt war und die verdammte Natter an der Bar und nicht auf der Tanzfläche gestochen hatte. Blöderweise war er dabei durch diese Freundin von Vivien, die der Gothic-Szene durch ihren grauenhaften Style alle Ehre machte, unterbrochen worden, als sie von der Toilette zurückkam. So konnte er kaum etwas spritzen, obwohl er eigens für sie mehr als sonst in die Spritze aufgezogen hatte. Nachdem Vivien kurze Zeit später den Pub verließ und er keine Gelegenheit gefunden hatte, ein weiteres Mal zuzustechen, hatte er die noch fast volle Spritze willkürlich in Tom gerammt. Dann war er nach Hause gegangen. Erst einige Tage später hatte er gehört, dass Tom gestorben war. Es tangierte ihn nicht. Dafür hatte er vor Freude fast laut aufgekichert, als er die Beklemmung und Angst in den Blicken der anderen sah. Sie hatten zwar nicht auf ihm geruht, aber ihm gegolten. Und das machte ihn stolz. Dennoch wäre er niemals, auch nicht, wenn die anderen gewusst hätten, wer er wirklich war, so angeberisch durch die Gegend gelaufen wie Vivien heute. Und alles nur wegen dieser piefigen Nebenrolle. Sie lachte laut und ließ sich bewundern für die wenigen Minuten, die sie auf dem Bildschirm zu sehen sein würde.

»Ach, ich kann es kaum erwarten, mich auf der großen Leinwand zu sehen«, prahlte sie, betrachtete sich
im Spiegel und sagte, während sie sich mit den Fingern
durch die Kurzhaarfrisur ging: »Ihr werdet mich nicht
wiedererkennen, so großartig, wie ich in dieser einen
Szene aussehe.«

Einfach nur fürchterlich. Zum Fremdschämen. Er
biss die Zähne zusammen. Diese Frau war für ihn so
unerträglich, dass sein Körper schmerzte. Sie stand
da mit ihrem vernarbten Gesicht unter der dicken
Schminke und tönte herum, als würde sie eine Haupt-
rolle in einem Hollywood-Blockbuster spielen. Was
dachte sie, wer sie war? Es dauerte gerade einmal eine
Handvoll Sekunden, in denen die Kamera auf sie gerichtet war. Doch sie tat so, als würde der Erfolg des Films
allein von ihr abhängen. Diese blöde Kuh. Er hatte sie
schon einmal erwischt, zumindest fast, er würde es ein
zweites Mal schaffen. Dann aber so richtig!

14.08 Uhr

Katharina trat leicht verschwitzt ins Kommissariat. Sie
hatte in der Pause eingekauft, die Lebensmittel schnell
nach Hause gebracht und war hierhergeeilt. Sie musste
erst morgen wieder zu einem Komparseneinsatz bei
Gelbe Tulpen und freute sich darauf, pünktlich Feierabend zu machen und zusammen mit Tilda zu Abend

zu essen, um die Kleine anschließend ins Bett zu bringen und mit ihr zu kuscheln. Nach wie vor beschäftigte sie die Nacht, in der sie Ben so einiges gebeichtet hatte. Sie wusste nicht, wie sie mit ihm umgehen sollte, und so reduzierte sie ihre Begegnungen auf die Arbeitszeit.

Sie war allein im Großraumbüro. Vivien war am Set und Tobi saß mit Ben in dessen Büro am Besprechungstisch, wie Katharina mit einem Blick durch die Glasscheibe feststellte. Außerdem saß dort Sarah Klein, was Katharinas Laune umgehend schmälerte. Was suchte denn die Staatsanwältin schon wieder hier? Heute standen nur die Ermittlungsarbeiten im Fall Novela an, und die hatten sie schließlich gestern in großer Runde festgelegt! Genervt pfefferte Katharina ihre Tasche auf ihren Schreibtischstuhl, ging an die offen stehende Tür zu Bens Büro heran, und bevor sie fragen konnte, was los war, sagte Sarah Klein: »Schön, dass du hier bist, Katharina. Wir haben auf dich gewartet. Kommst du bitte zu uns, wir haben etwas zu besprechen.«

Widerwillig aufgrund der Spitzen, die in Sarah Kleins Worten lagen, trat die Oberkommissarin ein, stellte sich jedoch nicht wie sonst an die Glaswand und nahm den abwischbaren Faserstift zur Hand, sondern setzte sich zu den anderen an den Tisch neben Tobi, der Katharina ansah und sagte: »Von dem vermissten Flüchtling vor ein paar Tagen weißt du ja. Ben hat gesagt, er hätte dir davon berichtet.«

Katharina nickte bestätigend und Tobi fuhr fort: »Nun wird ein weiterer Flüchtling vermisst. Aus derselben Unterkunft. Noch weiß keiner, wo genau er verschwunden ist, aber die Route zur Unterkunft war ähnlich der des ersten Flüchtlings. Vielleicht haben wir da ein Muster oder können, auch im Abgleich mit Greta Kempers Route, die Bewegungen des Täters eingrenzen. Denn tatsächlich glaube ich, dass es kein Zufall ist und keiner von denen auf eigene Faust verschwunden ist.«

Ben stellte seinen Kaffeebecher hart auf den Schreibtisch ab, sodass alle Anwesenden zu ihm blickten. Katharina sah ihm an, dass es in seinem Kopf arbeitete. Genauso wie in ihrem. Zwischen dem Verschwinden von Greta Kemper und dem ersten Flüchtling war eine längere Zeit verstrichen, nicht jedoch zwischen diesem und dem des zweiten Flüchtlings.

»Wie heißen die beiden Flüchtlinge?«, fragte sie, während sie aufstand und wie selbstverständlich zur Glaswand ging, um für alle die Fakten darauf zu schreiben.

»Andriy Shevchenko hieß der erste Verschwundene«, antwortete Tobi und blätterte durch die schmale Akte, die vor ihm auf dem Tisch lag. »Shevchenko kam vor etwa sechs Monaten aus der Ukraine hierher. Die zweite Verschwundene heißt Oksana Kovalchuk. Die Heimleitung meldete sie heute Morgen vermisst, nachdem sie gestern Abend nicht zurückgekehrt ist.«

»Wieder eine Frau«, stellte Katharina fest. »Der Täter scheint nicht festgelegt zu sein, was das Geschlecht betrifft. Zumindest nicht, wenn er für alle drei Vermissten verantwortlich ist.«

»Ganz genau«, meinte Sarah Klein. »Zwei Flüchtlinge, die innerhalb weniger Tage verschwinden. Beide aus derselben Unterbringung, beide ohne jede Spur. Und dann noch der Fall, der uns seit Monaten beschäftigt …«

»Wie Tobi eben sagte, gibt es eine Verbindung, Sarah«, sagte Ben leise und deutete auf die zweite Akte, die vor Tobi lag: »Greta Kemper ist auf fast demselben Weg verschwunden, auf dem die beiden Flüchtlinge zuletzt gesehen wurden. Für mich sieht das nicht nach Zufall aus.«

Katharina zog die Augenbrauen zusammen, ging an den Tisch und griff nach der Akte von Greta Kemper. Es war etwas Beunruhigendes an diesen Fällen. Menschen lösten sich nicht einfach so in Luft auf.

»Ich habe das Gefühl, dass wir es mit etwas viel Größerem zu tun haben«, sagte die Oberkommissarin nachdenklich und schlug die Akte wie einen Fächer hin und her. »Etwas, das wir bisher übersehen haben.«

Tobi räusperte sich und sagte: »Da magst du recht haben, Katharina. Ich habe INPOL benutzt, um nach ähnlichen Fällen zu suchen. Gehört ja zu meiner Innendienstrecherche dazu. Es gibt sie. Mehrere Fälle. Und zwar im ganzen Land verteilt. Die gleichen Umstände, ähnliche Opferprofile. Junge, aber erwachsene Flüchtlinge, die allein unterwegs waren.«

Sarah Klein sah ihn erschrocken an. »Wie viele?«, fragte sie.

»Zu viele«, antwortete Ben leise anstelle von Tobi. »Tobi hat es mir vorhin gesagt. Er hat sich die Mühe gemacht, die Fälle zu vergleichen. Alle verschwanden auf isolierten Straßen, und das nachts, wenn kaum einer mehr unterwegs ist oder die Wetterbedingungen so mies, dass niemand, der es nicht muss, vor die Tür geht. So gibt es keine Zeugen, und in keinem der Fälle wurden die Opfer gefunden. Nicht eines.«

Die Staatsanwältin lehnte sich in ihrem Stuhl zurück, die Hand vor den Mund geschlagen. Dann holte sie tief Luft und fragte: »Ihr denkt, es ist immer derselbe Täter?«

Ben nickte langsam und erwiderte: »Vermutlich. Wir sehen ein Serienmuster, das sich über Jahre hinwegzieht. Die Opfer scheinen wahllos zu sein, aber wenn man genauer hinsieht, passt alles zusammen. Greta Kemper fällt zwar aus dem Gesamtbild, da sie kein Flüchtling ist, aber möglicherweise hat die Gelegenheit Diebe gemacht. Ich schätze, der Täter hat auf einen Flüchtling gewartet, und sich, als der nicht kam, Frau Kemper geschnappt.«

Katharina legte die Akte zurück auf den Tisch und setzte sich zu den anderen. Sie schloss die Augen und ließ die Informationen auf sich wirken. Der Gedanke, dass sie es mit einem Serienverbrechen zu tun hatten, welches sich über Jahre und mehrere Städte hinweg erstreckte, war beängstigend.

»Wir müssen die Bevölkerung warnen«, sagte Sarah Klein plötzlich laut und entschlossen. »Die Menschen müssen wissen, dass etwas Größeres im Gange ist. Wir können nicht warten, bis ein weiteres Opfer verschwindet. Und Tobi, du musst dich mit dem LKA in Verbindung setzen und denen von unserer Vermutung erzählen. Wahrscheinlich sind die dort schon selbst drauf gekommen, aber falls nicht …«

»Wird gemacht!«, sagte Tobi.

In Bens Augen spiegelte sich Skepsis wider, wie Katharina fand. Sie hatte sich nicht getäuscht, denn er warf ein:

»Und wie genau stellst du dir das vor? Wenn wir eine Warnung herausgeben, geraten die Leute in Panik. Es gibt schon genug Spannungen, besonders in den Gegenden, in denen Flüchtlingsheime liegen. Außerdem haben wir den Fall Novela. Was ist, wenn durchsickert, dass wir außerdem nach einem Needle Spiker suchen? Für die Presse ist das beides ein gefundenes Fressen. Unsere Lüneburger versetzt das in Angst und Schrecken. Ganz abgesehen von der Polizeischelte, die wir dann zu erwarten haben.«

»Ich weiß«, antwortete die Staatsanwältin mit einem darauffolgenden Stoßseufzer. »Aber wenn wir nicht warnen und noch jemand verschwindet, stehen wir genauso schlecht da. Wir brauchen eine offizielle Mitteilung. Es gibt nun einmal dieses Muster, das wir nicht ignorieren und auch nicht unter den Teppich kehren können.« Sie legte die Hände auf den Tisch, richtete ihren Blick fest auf Ben und sagte: »Ich will, dass wir alle verfügbaren Kräfte mobilisieren. Wir durchsuchen die letzten bekannten Aufenthaltsorte der Verschwundenen erneut. Wir setzen die besten Spürhunde ein, analysieren jede Überwachungskamera und befragen jeden, der nur ansatzweise etwas gesehen haben könnte. Ich will, dass wir keine uns zur Verfügung stehende Möglichkeit auslassen. Und ich will, dass die Menschen wissen, was in ihrer Stadt los ist und was wir dagegen tun. Zumindest, was die Vermissten angeht. Über die Information gegenüber der Öffentlichkeit im Fall Novela entscheiden wir später.«

Ben sah sie an, als wolle er widersprechen. Katharina konnte es ihm nicht verdenken, aber sie wusste, dass die Staatsanwältin recht hatte. Deswegen sagte sie schnell: »Ich werde den Einsatzplan zusammenstellen. Aber Sarah …« – sie zögerte, bevor sie weitersprach – »… wir müssen darüber nachdenken, was passiert, wenn wir recht haben. Wenn dieser Täter nicht wahllos handelt, sondern einen Plan verfolgt. Was dann?«

Sarah Klein sah auf die dünnen Akten auf dem Tisch, die wie ein stiller Vorwurf vor ihnen allen lagen. »Dann«, sagte sie leise, »müsst ihr ihn finden, bevor er das nächste Mal zuschlägt.«

Kaum hatte sie geendet, ertönte ein kurzes Pling. Die Staatsanwältin nahm ihr Handy zur Hand, las darauf eine eingegangene Nachricht, erhob sich abrupt von ihrem Stuhl und erklärte: »Tut mir leid. Ich muss sofort los. Ihr wisst ja, was zu tun ist.«

Katharina sah ihr grimmig hinterher. Der Ton dieser Frau gefiel ihr gar nicht. Bevor sie sich jedoch weiter in ihren Ärger hineinsteigern konnte, klingelte auch ihr Mobiltelefon.

14.41 Uhr

Da sie die Nummer auf ihrem Display erkannt hatte, war sie, während ihr Handy weiterklingelte, mit einem entschuldigenden Blick zu Ben und Tobi aufgestanden und aus dem Büro gegangen. Auf dem Weg zu ihrem Schreibtisch breitete sich ein stechendes Gefühl in ihrer Brust aus. Ihre Finger schwebten über der Tastatur, doch erst, nachdem sie sich gesetzt hatte, nahm sie das Gespräch an. Der Anruf kam aus dem Justizvollzugskrankenhaus Lingen. Er konnte nichts Gutes bedeuten. Seit Benes Operation verspürte sie eine innere Unruhe, obwohl die Ärzte ihr versichert hatten, dass er nach der Milzentfernung bestens versorgt sei, dass er geimpft worden war und prophylaktisch Antibiotika erhielt, um eine Infektion zu verhindern, da nach einer Entfernung der Milz das Infektionsrisiko grundsätzlich erhöht sei. Selbst harmlose Infektionen könnten ansonsten bei Fehlen der Milz innerhalb von Stunden zu einer lebensbedrohlichen Blutvergiftung führen. Aber diese Gefahr hatten sie doch durch ihre vorbeugenden Maßnahmen gebannt! Warum rief das Krankenhaus sie an?

»Hallo?«, meldete sie sich leise, und ihre Stimme zitterte dabei unwillkürlich.

»Frau von Hagemann?«, fragte eine tiefe, beruhigende Stimme am anderen Ende.

»Ja, am Apparat«, antwortete Katharina.

»Hier ist Doktor Siegert vom Justizvollzugskrankenhaus Lingen. Es tut mir leid, Ihnen mitteilen zu müssen, dass sich der Zustand Ihres Lebensgefährten verschlechtert hat. Trotz unserer Vorsichtsmaßnahmen hat er sich einen schweren bakteriellen Infekt zugezogen. Darüber wollte ich Sie informieren.«

Die Worte des Arztes trafen Katharina wie ein Schlag in den Magen. Für einen Moment schien die Welt um sie herum stillzustehen.

»Ich … ich komme sofort«, flüsterte sie.

Sie legte auf und erhob sich wie in Trance. Mehr aus einem Automatismus heraus griff sie sich ihre Tasche und rief in Bens Büro hinein: »Tut mir leid, ich muss weg.« Dann verließ sie hastig den Raum.

Ihre Gedanken rasten, während sie zu ihrem Auto eilte. Sie musste zu Bene, dem Vater ihrer Tochter, und zwar so schnell wie möglich – sein Leben hing an einem seidenen Faden.

Tilda! Mist. Noch war sie bei der Tagesmutter, doch sie würde sie nicht abholen können, wenn sie jetzt nach Lingen fuhr. Kaum im Wagen und losgefahren, wählte sie Bens Nummer. Sie hätte auch ihre Mutter anrufen können, doch Ben war ihr als Erster in den Kopf geschossen. Als dieser abnahm, sagte sie schnell ohne weitere Einleitung: »Ben, ich brauche deine Unterstützung. Ich bin auf dem Weg ins Gefängniskrankenhaus. Es ist wegen Bene. Ihm geht es nicht gut. Sein Arzt hat mich eben angerufen, deshalb bin ich so schnell raus aus dem Büro. Kannst du Matilda von der Tagesmutter abholen und danach auf sie aufpassen?«

Zum Glück zögerte Ben keinen Moment und antwortete ähnlich schnell: »Natürlich, ich kümmere mich um alles. Fahr du nur. Was ist mit meinem Bruder?«

Katharina erzählte es ihm kurz und verabschiedete sich dankbar. Was sie ohne Ben wohl tun würde? Diesem Gedanken folgten ein tiefer Atemzug und ordentlicher Tritt auf das Gaspedal, da sie inzwischen auf der A39 fuhr und wenigstens die vorgegebenen 100 Stundenkilometer voll ausnutzen wollte.

Als sie endlich das Gefängniskrankenhaus erreicht

hatte, war es kurz nach 18 Uhr. Der den ganzen Tag über sonnige Himmel hatte sich zugezogen und vermittelte eine Düsternis, die auch Katharina in sich verspürte. Nachdem sie die Einlasskontrolle hinter sich gelassen und dafür der Einfachheit halber ihren Polizeiausweis vorgezeigt hatte, hastete sie beklommen durch die langen Gänge des Gebäudes, vorbei an weiteren Sicherheitskontrollen und den strengen Gesichtern der Wachleute. Vor der verriegelten Glastür der Intensivstation blieb sie stehen. Gerade als sie die Klingel drücken wollte, damit ihr geöffnet wurde, sah sie plötzlich eine vertraute Gestalt aus einem der Patientenzimmer kommen. War das nicht der Raum, in dem Bene lag? Katharina stockte der Atem. Es war Sarah Klein, die Staatsanwältin, mit der sie vorhin noch zusammen gesessen hatte! In Katharina zog ein bitteres Gefühl auf. War die Klein wegen Bene so schnell aus der Besprechung aufgebrochen? Hatte sie vor Katharina eine Nachricht von Benes Zustand erhalten? Aber wieso? Und von wem? Sie, Katharina, war doch als Benes Partnerin die erste Kontaktperson. Plötzlich fiel es der Oberkommissarin wie Schuppen von den Augen: Sarah Klein hatte irgendeinen Informanten im Krankenhaus, der sie über Benes Zustand auf dem Laufenden hielt. Hatte die Staatsanwältin deswegen an diesem Morgen nach der Nacht mit Ben mit ihr privat sprechen wollen? Über Bene? Mit Argusaugen verfolgte Katharina, wie Sarah Klein ihr den Rücken zuwandte und den Gang hinunterging. Sie wusste, dass Sarah Klein schon lange Interesse an Bene hatte. Dieser hatte Katharina jedoch stets glaubhaft versichert, dass es andersherum nicht so war. Hatte sich das geändert? Dann müsste das vor seiner Verhaftung der Fall gewesen sein, weshalb sonst war Sarah Klein hier? Im Gefängnis vor seinem Unfall hatten die beiden ja wohl kaum Gelegenheit gehabt, sich näher zu kommen. Aber wieso hatte Bene Katharina bereits vor seiner Verhaftung gefragt, ob sie ihn heiraten wollte? War es ihm nur um das Sorgerecht von Tilda gegangen? Eigentlich hatte sie die Sache mit dem Sorgerecht gleich nach der Geburt ihrer Tochter klären wollen. Irgendwie war aber immer etwas dazwischengekommen. Sie wusste, dass es Bene gestört hatte. Dadurch, dass sie unverheiratet sein Kind bekommen hatte, musste sie aktiv seinem Sorgerecht für Matilda zustimmen. Hätten sie geheiratet, solange Tilda klein war, wäre das Sorgerecht automatisch auch ihm zur Hälfte zugesprochen worden, da Katharina gleich für die Geburtsurkunde angegeben hatte, dass Bene der Vater war. Hatte er gedacht, sie wollte ihm das Sorgerecht verweigern, und sie deshalb umgarnt, ihn zu heiraten? Katharina wusste nicht mehr, was sie glauben sollte, allerdings war Sarah Klein hier im Krankenhaus gerade eine Tatsache! Hatten die beiden ein Verhältnis? Ihr ganzer Körper war angespannt, unterdessen sie Sarah Klein weiter beobachtete, die gerade die Tür zur Besuchertoilette öffnete und darin verschwand.

Impulsiv drückte Katharina auf die Klingel. Kurz darauf kam eine Krankenschwester, sah sie durch das Glas hindurch an und lächelte mechanisch.

»Ja, bitte?«, sprach sie in ein Mikrofon, sodass Katharina sie auf ihrer Seite durch den Lautsprecher unter der Klingel deutlich hören konnte.

»Ich möchte zu Benedikt Rehder«, sagte sie, ebenfalls in ein Mikrofon. Dabei klang ihre Stimme in ihren Ohren schärfer, als beabsichtigt.

Die Schwester musterte sie kurz, dann runzelte sie die Stirn und sagte. »Entschuldigung, aber nur Angehörige dürfen den Patienten besuchen. Sind Sie eine Angehörige? Außerdem darf zur selben Zeit nur eine Person zu ihm und seine Lebensgefährtin ist gerade da.«

Katharina lief ein kalter Schauer über den Rücken. Die Schwester hielt doch tatsächlich Sarah Klein für Benes Lebensgefährtin! Wahrscheinlich hatte dieses Miststück es der Krankenschwester so gesagt. Das konnte doch nicht wahr sein! Für einen Moment war Katharina sprachlos. Sie kochte, doch sie atmete tief durch und zwang sich, nichts zu sagen. Statt den Irrtum aufzuklären, nickte sie nur stumm. Die Tränen brannten hinter ihren Augenlidern, aber sie hielt sie zurück. Ohne ein weiteres Wort drehte sie sich um und ging weg. Ihre Schritte hallten in den langen, sterilen Gängen wider. Natürlich hätte sie ihren Polizeiausweis zücken und sich auf diese Weise Zutritt zu Bene verschaffen können. Doch was hätte das genützt? Sie musste erst einmal nachdenken. Und wenn sie auf die Intensivstation gelangt wäre, hätte sie sich mit Sarah Klein höchstwahrscheinlich eine unschöne Szene geliefert, und das hätte niemandem gedient. Am allerwenigsten Bene. Ach Bene, was hast du da nur angerichtet? Musst du immer alles kaputt machen?, dachte Katharina. Und dann kamen doch die Tränen.

»Beim Menschen sollte alles schön sein:
das Gesicht, die Kleidung, die Seele und die Gedanken.«

Anton Pawlowitsch Tschechow, russischer Dramatiker

KAPITEL 10
MONTAG, 9.9.2024 –
MORGENS BIS MITTAGS

7.56 Uhr

Gleich am Sonnabend in der Früh hatte Katharina Matilda zu ihrer Mutter gebracht, da sie am Wochenende arbeiten musste. Für die Oberkommissarin bedeutete dies eine perfekte Ablenkung von ihren privaten Gedanken, zumal sie Sarah Klein nicht begegnet war, die nichts mit den operativen Ermittlungen zu tun hatte. Abends fiel sie dann erschöpft in ihr Bett. Auch mit Ben hatte sie lediglich Berufliches besprochen. Einzig am Freitagabend, als sie aus Lingen nach Hause gekommen war, redete sie mit ihm kurz über Bene. Dabei berichtete sie ihm lediglich, dass man sie nicht zu ihm gelassen hatte, und bat Ben ohne weitere Erklärung, ob er sich als Bruder ab sofort mit den Ärzten auseinandersetzen könnte, da ihr das zu schaffen machte. Zunächst hatte Ben sie eine kleine Weile wortlos gemustert, bis er sagte: »Natürlich, das mache ich gern für dich. Und für mich. Schließlich ist Bene mein Zwilling.« Dann war er zu sich in die Wohnung gegangen und Katharina ins Bett. Obwohl es sonst nicht ihre Art war, hatten ihr zum Einschlafen zwei Gläser Wein geholfen.

Das Wochenende verging in einem Wirbel aus hektischen Einsätzen, stundenlangen Befragungen von möglichen Zeugen sowohl im Fall Novela als auch der vermissten Personen. Nach diesen suchten sie außerdem mit Unterstützung durch uniformierte Einsatzkräfte in jeder Ecke der Stadt, durchkämmten verlassene Gebäude, befragten Anwohner und überprüften Überwachungskameras. Sie fanden nichts. Keine noch so kleine Spur.

Auch Vivien war dabei, da sie am Wochenende nicht zum Dreh musste. Sie hatte Philippa Hensel-Gruber befragt, ob ihr, Vivien, jemand am Abend im Pub so nahegekommen war, dass er ihr hätte eine Spritze geben können. Die Entomologin hatte verneint. Erst als Vivien ihr die Phantomzeichnung des Mannes mit der Lederjacke und dem Bärtchen gezeigt hatte, die die angeforderte Phantomzeichnerin am Freitag zusammen mit Mira und deren Freund David angefertigt hatte, war Phil umgeschwenkt. Tatsächlich meinte sie, einen Mann, der dem Phantombild ähnlich sah, im Pub in Viviens Nähe gesehen zu haben, hundertprozentig sicher war sie sich jedoch nicht. Auch andere Zeugen, die an jenem Abend im Pub gewesen waren, glaubten, den Mann gesehen zu haben, kannten ihn jedoch nicht. Genauso wie der Barkeeper, der den mutmaßlichen Täter zwar gesehen, doch ihn weder bedient hatte noch kannte. Die Ermittler beratschlagten, ob sie das Phantombild veröffentlichen sollten, entschieden sich jedoch dagegen, da die Bevölkerung ihrer Ansicht nach genug verängstigt war.

Bereits am Sonnabendmorgen hatten Ben – ohne den Kriminalrat wegen dessen Aktivitäten bei *Gelbe Tulpen* – eine Pressekonferenz gegeben und gegenüber den Journalisten und Journalistinnen über die Vermisstenfälle berichtet. Für die Presseleute war dies ein gefundenes Fressen. Die Medien stürzten sich darauf, da es aufgrund des typischen Sommerlochs kaum etwas anderes Aktuelles zu berichten gab. Tatsächlich riefen daraufhin einige Bürger bei der Polizei an, die etwas Auffälliges gesehen haben wollten. Leider führte jeder heiße Tipp in eine Sackgasse und die Resignation im Team des Fachkommissariats 1 hatte am Sonntagabend ihren Zenit erreicht.

Jetzt saß Katharina allein bei Ben im Büro und starrte auf die Deutschlandkarte, die sie vorhin an die Glaswand geheftet hatte. Da sie gestern ihre Mutter angerufen und sie gebeten hatte, sich ein paar weitere Tage um Matilda zu kümmern, war sie vor einer Stunde in die Direktion gekommen. Ben und Tobi würden sicher auch gleich auftauchen. Normalerweise gingen Ben und sie morgens, und wenn es passte auch nach Dienstschluss gemeinsam zur Arbeit. Heute hatte sie ihm, als sie aufbrach, eine Nachricht auf sein Handy geschickt, dass sie schon einmal vorgehen würde. Kaum hier angekommen, hatte sie die Landkarte aus einem der Schränke herausgesucht, sie aufgehangen und dann mit roten Markierungen versehen. Diese kennzeichneten die Orte und Stellen deutschlandweit, an denen die Opfer zuletzt gesehen worden waren. Es gab ein Muster, davon war sie überzeugt. Aber sie konnte es nicht ausmachen.

Plötzlich klopfte es an der geöffneten Tür, was Katharina aus ihren Betrachtungen riss, und Ben trat ein.

»Ach hier steckst du. Ich habe mich schon gewundert, wo du bist, als du nicht an deinem Schreibtisch warst«, sagte er freundlich beim Eintreten und richtete sich an seinem Schreibtisch ein.

»Ich sehe es einfach nicht, das ist doch zum Verrücktwerden«, meinte sie anstelle einer Begrüßung.

»Was?«, fragte Ben, kam um seinen Schreibtisch herum und setzte sich neben Katharina.

»Ein Bewegungsmuster«, antwortete Katharina. Danach trat Stille ein, während beide auf die Deutschlandkarte blickten.

»Wir haben etwas gefunden!«, unterbrach Tobi ganz aus dem Häuschen die Grübeleien der beiden Ermittler, als er mit einem Mal in Bens Büro gestürmt kam.

Ben und Katharina wendeten sich zeitgleich ihrem Kollegen zu und sahen ihn erwartungsvoll an. Doch Tobi sagte nichts. Nur seine Augen leuchteten vor Begeisterung, deswegen half Katharina nach, indem sie fragte: »Was?«

»Eine Spur«, sagte Tobi und legte ein Foto vor Katharina und Ben auf den Tisch. Dann erklärte er endlich: »Wir haben einen Überwachungskameraausschnitt von der Nacht, in der Oksana Kovalchuk verschwunden ist. Es ist nicht viel, aber es ist etwas und definitiv besser als nichts.«

Katharina nahm das Foto und betrachtete es eingehend. Es zeigte eine schmale Straße in der Altstadt. Und zwar genau die, in der sie vor dem Zusammenzug mit Bene gewohnt hatte. Schnell verscheuchte sie den Gedanken an ihren Freund und sagte: »Das ist doch die Münzstraße!«

Tobi nickte eifrig, und Katharina hielt Ben das Foto hin. Jetzt konnten sie es beide anschauen, wofür Ben jedoch ein Stück dichter an sie heranrückte, was sie sofort körperlich spürte – seine Nähe war ihr angenehm und tat gut. Auf dem Foto konnte man im Hintergrund eine Gestalt erkennen, die Richtung Große Bäckerstraße ging. Weiter vorn die Straße entlang stand eine andere Person eng an die Hauswand gedrückt allein in der Dunkelheit.

»Wer ist das?« fragte Katharina, obgleich sie bereits eine Ahnung hatte, was Tobi ihr antworten würde.

Tobi schüttelte den Kopf: »Das wissen wir noch nicht. Aber wenn wir das herausfinden, haben wir aller Wahrscheinlichkeit nach unseren ersten Anhaltspunkt. Es könnte unsere Täterin sein.«

»Hm«, machte Ben. »Eine Frau? Gut, Oksana Kovalchuk und Greta Kemper könnte sie überwältigt haben, aber Andriy Shevchenko? Der sieht auf den Vermisstenfotos nicht nur groß, sondern auch sehr muskulös aus.«

»Du weißt ja aber auch noch nicht, was das Video noch so hergibt«, meinte Tobi geheimnisvoll. »Ich habe einen Screenshot von dieser Szene für euch ausgedruckt. Kommt ihr mit an meinen Rechner? Dann zeige ich euch das komplette Video.«

Das Video war von einem Anwohner aus Spaß gefilmt worden, weil dieser nicht schlafen konnte. Bei seiner Zeugenbefragung hatte er es dem Polizeibeamten weitergeleitet. Glück musste man haben, dem Zufall und der Schlaflosigkeit sei Dank!, dachte Ben, denn Tobi hatte nicht zu viel versprochen: Auf dem Video war zu sehen, wie Oksana Kovalchuk die Münzstraße entlang ging. Als sie auf Höhe der Gestalt an der Hauswand angelangt war, trat diese aus dem Schatten hervor. Zu Bens Verwunderung handelte es sich um eine Frau. Ihr Gesicht war auf dem Video nicht eingefangen, da sie im Schatten stand und es zudem zu dunkel war. Dennoch konnte der Hauptkommissar zweifelsfrei eine Frau mit schulterlangen Haaren und sehr weiblichen Körperkonturen ausmachen. Die Frau steuerte auf Oksana Kovalchuk zu und sprach sie anscheinend an. Dann gingen die beide Frauen zusammen weiter und bogen um die Ecke in die Große Bäckerstraße ein, sodass sie aus dem Bild verschwanden.

Konnte das sein? War eine Frau die Entführerin so vieler Menschen? Möglicherweise war tatsächlich ein Team am Werk. Oder bei der Frau von der Hauswand handelte es sich bloß um eine nächtliche Passantin, eventuell sogar um eine Bekannte von Oksana Kovalchuk, die auf diese gewartet hatte, um ein Stück gemeinsam mit ihr zu gehen. Aber warum hatte sie sich dann nicht aufgrund der Medienaufrufe bei der Polizei gemeldet?

Ben sah zu seinen beiden Kollegen. Katharina hatte die Hände wie zum Beten gefaltet, als versuche sie, ihre Anspannung zu zerdrücken, während Tobi zappelig mit einem Kugelschreiber spielte und diesen immer wieder auf den Tisch klopfen ließ. Die Atmosphäre im Raum war wie ein mit Luft vollgefüllter Ballon, der darauf wartete zu platzen.

10.17 Uhr

Außer, dass er im Maststall war und sich dort wieder etwas für seine Tiefkühltruhe besorgt hatte, hatte er am Wochenende mehr oder minder nur im Bett gelegen und sich *XXY* angesehen. Den Film, den er mitsprechen konnte und der in 87 Minuten sein Leben zwischen Qualen und Selbstfindung beschrieb. Das Einzige, was ihn an *XXY* störte, war die Wahl der Darstellerin Inés Efron für die Hauptfigur, den 15-jährigen intersexuellen Alex. Mit ihr, die hübsch und schlank war, konnte er sich überhaupt nicht identifizieren. Am Ende war das aber nur eine Nebensache, denn er bewunderte Alex viel zu sehr um seinen Mut, sich am Ende allen so zu zeigen, wie er war. Er selbst arbeitete noch daran, jetzt musste er sich aber erst einmal um etwas anderes kümmern.

Er griente in sich hinein. Sein Plan war riskant, aber er war sich sicher, dass er ihn umsetzen konnte. Schließlich war er immer am Set, wenn er es wollte, und hatte

Zugang zu allem und jedem. Niemand würde etwas bemerken, wenn er sich nachher vorbereitete. Und die blöde Kuh war eine perfekte Zielscheibe. Gerade weil sie aufgrund ihrer Position bei *Gelbe Tulpen* nicht die ganze Zeit beim Drehen dabei sein musste. Und falls es heute nichts werden würde, hatte er ja noch morgen oder übermorgen. Sie lief ihm schon nicht weg.

Vom Needle Spiking hatte er gelesen, und es hatte ihn sofort erregt. In verschiedenen Großstadt-Clubs oder auf Festivals waren Menschen Opfer dieser so schön heimtückischen Angriffe geworden. Sie verloren das Bewusstsein und wachten Stunden später auf, ohne sich zu erinnern, was zwischenzeitlich geschehen war. Zudem war eine GHB-Zufuhr nur etwa sechs Stunden lang im Blut und circa zwölf im Urin nachweisbar, danach war eine Unterscheidung vom natürlichen GHB-Spiegel, den alle Menschen hatten, kaum mehr möglich. In der Regel hatten also die Opfer nach ihrem unfreiwilligen Trip das Zeug in ihrem Körper weggeschlafen, bevor sie überhaupt realisierten, was mit ihnen passiert sein könnte, und zum Arzt gingen. Das gefiel ihm. Es war subtil, unauffällig und vor allem: Keiner würde ahnen, dass es absichtlich passiert war. Zwar war die Polizei wegen Toms Tod im Studio angerückt und hatte sogar ein Phantombild herumgezeigt, doch niemand kannte den Mann darauf. Wie auch? Und wenn die Mistkuh heute oder in den nächsten Tagen am Set zusammenbrechen würde, würde man das mit zu viel Stress, denn den hatte sie wie so viele hier, abtun, und er wäre es dann, der sich um sie kümmerte. Schließlich war er der Ersthelfer im Studio und musste dafür regelmäßig Erste-Hilfe-Fortbildungen besuchen, die ihn zur Durchführung medizinischer Sofortmaßnahmen befähigten. Wie praktisch!

Als Erstes hatte er damals, nachdem er sich fürs Spiken als Waffe entschieden hatte, die Substanz heranschaffen und dann die richtige Dosis für seine Zwecke herausfinden müssen. Er hatte dieses GHB sogar an sich selber getestet, nachdem er es sich besorgt hatte, was einfacher gewesen war als angenommen. Zwar durften nur Mediziner GHB beziehungsweise seinen Bestandteil GBL als Narkosemittel einsetzen, denn GHB war in Deutschland als Betäubungsmittel eingestuft und damit der Handel, Erwerb und Besitz dieser Substanz für alle anderen verboten, dennoch war er ganz einfach an den Stoff herangekommen – das Darknet hatte es möglich gemacht. Er hatte darüber nachgedacht, es sich auf dem Schwarzmarkt in Hamburg zu besorgen, doch dann hätte er erst einen Händler finden und dafür Leute fragen müssen. Da war ihm das anonyme Darknet lieber. Seine Bestellungen führte er nicht von zu Hause durch, sondern hatte einen Weg gefunden, dies über das Netz der Ratsbücherei Lüneburg zu tun. Glücklicherweise war er zu Schulzeiten in einem Hackerclub gewesen und hatte deswegen eine gute Kenntnis über Mechanismen von IT-Sicherheit und deren Schwachstellen. Und so bestellte er gleich beim ersten Mal ein paar mehr GHB-Einheiten, während die Büchereimitarbeiter dachten, er recherchiere zu irgendwelchen Ausleihmedien. Dabei wurde er angenehm überrascht: Eine

Konsumeinheit kostete nur um die fünf Euro. Ein gutes Brot vom Bäcker war teurer, und das kaufte er sich auch regelmäßig!

Normalerweise hatte er bisher seine Aktivitäten auf die kleinen Partys beschränkt, die nach dem Dreh mit den unterschiedlichsten Crew-Mitgliedern in irgendwelchen Bars in Lüneburg stattfanden. Zwar war er noch kein einziges Mal gefragt worden, ob er auch kommen wolle, dennoch war er hingegangen. Da er seine Ohren überall hatte, wusste er um die After-Work-Pläne Bescheid, wie seine Kollegen es nannten. Auch das Nichtfragen hatte seine Wut auf alle vom Studio geschürt, und dies war ein Grund, weswegen ihm seine Opfer egal waren. Er suchte sich einfach denjenigen von der Crew aus, an den er am risikolosesten herankam. Heute würde er das erste Mal im Studio zuschlagen. Er war sich sicher, dass er im Trubel der Dreharbeiten den Moment finden würde, in dem sie abgelenkt und vor allem von den anderen unbeobachtet war. Dann würde er ihr die feine Nadel in den Körper stechen, ohne dass sie es überhaupt bemerkte. Die Wirkung würde innerhalb weniger Minuten einsetzen. Er konnte es kaum erwarten, sein Vorhaben in die Tat umzusetzen. Das Gefühl der Macht, das er schon jetzt verspürte, trieb ihn an.

Während die Dreharbeiten weitergingen, sah er von der Seite zu, wie sie sich zum Gehen abwendete. Auf ihrem Weg vom Set lachte und scherzte sie mit den anderen, als wäre sie die unangefochtene Königin des Studios. Arrogante Zicke. Bald würde sie sich wie ein Haufen Dreck fühlen! Langsam setzte er sich in Bewegung, ging ihr zunächst hinterher, bog dann jedoch ab, um sich zu präparieren. Ein Hochgefühl übermannte ihn.

10.46 Uhr

Draußen war es brütend heiß und die Luft im Studio nicht viel besser. Es war stickig, trotz der modernen Klimaanlage. Das starke Scheinwerferlicht tat sein Übriges dazu. Es hitzte nicht nur den Raum extrem auf, auch die Gemüter. Vivien hatte sich in eine Ecke verzogen, die nicht so heftig ausgeleuchtet war, und wartete auf ihren nächsten Einsatz. Stephan Mausner hatte heute frei.

Sie beäugte die Menschen um sich herum, die Kameraleute, die Maskenbildner, die Darsteller – sie alle arbeiteten Hand in Hand und keiner fiel aus seiner Rolle. Aber die Ermittlerin wusste, dass die Routine täuschte und sie in Gefahr waren. Irgendwo lauerte ein Täter, der nur darauf wartete, seine Spritze in sie zu stechen.

Inzwischen meinte sie, sein Motiv zu kennen. Frauke hatte es ihr vor ein paar Tagen in der Rechtsmedizin gesagt: Dieser kranke Typ spritzte die heimtückische Droge wegen der Willenlosigkeit, in die seine Opfer durch sie verfielen. In diesen Momenten verspürte er Macht, was für Vivien nichts anderes hieß, dass er ansonsten in seinem Leben ein armes Würstchen war. Und die Bars wählte er für seine Taten, weil in ihnen viele Menschen waren und er dort die Möglichkeit hatte, in der Menge unterzutauchen. Doch woher wusste er, wann und wo die Crew nach Drehschluss hin und wieder abfeierte? Es gab keine festen Abende für die Partys und schon gar keine festen Bars. Er musste Kontakte zu den Studioleuten haben. Zumindest zu einem. Allerdings hatte Tobi das Phantombild von Mira und Tom unter der Crew herumgezeigt. Einige hatten den Mann in Clubs abends gesehen, aber keiner kannte ihn. Oder hatte es zugegeben. Waren es, wie sie unlängst im Kommissariat vermutet haben, doch zwei oder mehr Täter? Aber was hatten die dann für ein Motiv? Auch Macht? Oder wollten sie das Studio durch ihre kriminellen Aktivitäten aus welchen Gründen auch immer torpedieren, sodass bald niemand mehr für *Gelbe Tulpen* arbeitete. Aus Angst vor Angriffen? Noch war keine Panik unter der Crew ausgebrochen, aber es würde kommen. Nach dem nächsten Opfer. Oder dem übernächsten. Vivien stützte ihre Ellenbogen auf ihre Knie und legte das Kinn auf die geöffneten Handflächen. Sie war frustriert. Wenn sie doch bloß weiterkäme. Hoffentlich fiel sie dem Täter bald durch ihr übertriebenes Getue am Set und abends in den Bars auf, damit er seine Deckung verließ und sie sich Auge in Auge gegenüberstanden. Dann würde sie die Macht übernehmen. Zusammen mit ihren Teamkollegen, die jeden ihrer Schritte seit letztem Freitag aufgrund der Verkabelung an ihrem Körper mitverfolgen konnten. Es sei denn, sie war bei sich zu Hause. Dort entledigte sie sich natürlich des Zeugs beziehungsweise schaltete es aus. So machte sie es auch, wenn sie auf Toilette ging. An solchen intimen Momenten musste sie niemanden teilhaben lassen.

Vivien schaute auf, als inmitten der Hektik, die ein Dreh mit sich brachte, auf einmal Gesa, die Casterin, in den Raum kam und über das Set wankte. Vivien kannte die schmale Frau mit den langen, blonden Haaren nur freundlich und überaus professionell. Was machte sie da? Die Ermittlerin folgte Gesa von ihrem Platz in der Ecke beunruhigt mit den Augen. War die Casterin betrunken? Jetzt, am Tage? Natürlich hatte Vivien Gesa bei den After-Work-Feiern ausgelassen gesehen, aber hier, bei der Arbeit? Hatte sie sich in der Professionalität von Gesa getäuscht? Mit ihrem schwankenden Gang wirkte sie wie eine Marionette, deren Fäden durchgeschnitten worden waren. Ihr Gesicht war bleich, als würde sie sich gleich übergeben, und ihre Schritte unsicher. Ihre Arme hatte sie leicht vor sich ausgestreckt, als würde ihr dies helfen, das Gleichgewicht zu halten. Dann brach Gesa mitten auf dem Set, direkt vor der Hauptkamera zusammen. Wie in Zeitlupe sackte ihr Körper in sich zusammen, bevor er schwer auf dem Boden aufschlug. Sofort herrschte Aufruhr. Viviens Puls beschleunigte sich, und sie war sofort auf den Beinen. Instinktiv rannte sie zu der hübschen Frau am Boden. Einige von der Crew starrten ungläubig auf die Daliegende, wieder andere liefen aufgescheucht umher, riefen nach einem Arzt oder nach dem Erste-Hilfe-Koffer. Die Ermittlerin wusste, dass dies mehr war als ein einfacher Schwächeanfall. Sie kannte die Symptome nur zu gut: Die glasigen Augen, das bleiche Gesicht, das unkontrollierte Zittern, das Gesa inzwischen ergriffen hatte – die Casterin war der neueste Needle Spiking-Fall. Nach welchen Kriterien wählte der Täter seine Opfer innerhalb der Crew bloß aus?

Bevor Vivien Gesa erreichte, war bereits der Ersthelfer des Studios bei ihr und machte sich an ihr zu schaffen. Es war dieser unscheinbare Typ, dieser Fabian, der zu allen freundlich war. Vivien kannte ihn zwar nur flüchtig, wunderte sich aber kein bisschen, dass das Studio ihn zur Erste-Hilfe-Ausbildung geschickt hatte. Jetzt kniete er über der Casterin und mühte sich sichtlich ab, ihr zu helfen. Vivien beobachtete sein Tun einen Moment, und dann erkannte sie, die aufgrund ihres Berufs Erste Hilfe leisten konnte, dass er nicht so vorging, wie er es eigentlich sollte. Scheinbar war er überfordert. Auf seiner Stirn perlte der Schweiß hinunter, mit seinen Händen ging er zu hektisch vor, drückte auf die falschen Stellen, während Gesa sich mit geöffneten Augen in Zuckungen wandte. Vivien reagierte sofort. »Weg da«, forderte sie und schubste Fabian gröber als beabsichtigt beiseite, während sie sich hinkniete. »Du machst es ja nur schlimmer!«, setzte sie mit scharfer Stimme hinzu, sodass der junge Mann von Gesa endgültig abließ. Verunsichert blickte er sie an, doch für eine Entschuldigung oder auch Erklärung hatte Vivien keine Zeit. Behände brachte sie die Casterin in die stabile Seitenlage, um deren Atemwege freizuhalten. Und dann traf Vivien die Erkenntnis wie ein Schlag: Sie kannte diese Art Zuckungen und unkontrollierten Bewegungen. Sie ließen auf einen Anfall schließen! Die Frau vor ihr auf dem Boden war Epileptikerin! Ihr

Wanken eben rührte sicherlich von der Droge her, aber das hier war ein epileptischer Anfall wie aus dem Lehrbuch! Und das GHB hatte ihn hervorgerufen! Irgendwo hatte Vivien einmal gelesen, dass Epileptiker besonders gefährdet waren, wenn sie GHB verabreicht bekamen.

Die Ermittlerin blendete alles um sich herum aus und konzentrierte sich nur auf Gesa. Sie tat alles, was sie tun konnte, wusste jedoch, dass es nicht viel war. Wo blieb denn die Rettung?

»Hat einer den Notarzt gerufen?«, rief sie ohne von Gesa aufzusehen durch den Raum. Die Antwort folgte prompt als näherkommendes Sirenengeheule. Vivien wurde ruhiger. Sie beugte sich zu Gesa hinunter und flüsterte ihr ins Ohr: »Gleich wird dir geholfen. Du schaffst das, der Notarzt ist schon da.«

Gesa öffnete ihren Mund. Bebend und kaum verständlich nuschelte sie leise: »Er ist … in mein Büro gekommen … Bart … Lederjacke …« Sie brach ab und Vivien wurde sanft an den Schultern von ihrem Platz hochgezogen. Die Sanitäter waren hier und mit ihnen der hoffentlich rettende Notarzt.

»Vermutlich ist ihr GHB gespritzt worden. Sie ist Epileptikerin«, rief Vivien dem Arzt zu und überließ ihm Gesa.

Bei deren Worten war ihr trotz der brenzligen Situation ein Gedanke in den Kopf geschossen, der sich wie eine Klammer um ihr Herz gelegt hatte: Der Täter war hier. Hier im Gebäude! Sie musste diesen Wahnsinnigen aufspüren, damit er niemanden mehr mit seinen Spritzen malträtieren konnte. Sie lief los.

Die Bilder, die sich ihnen präsentierten, kamen in Echt-zeit aus dem Studio von Vivien. Aufgrund der an ihr angebrachten Kamera und des Mikrofons sahen und hörten sie alles, was auch Vivien sah und hörte. Allen war klar, dass es sich bei ihrem Köder Vivien um eine gefährliche Mission für die junge Kommissarin han-delte, und so hatten sie die Überwachungstechnolo-gien parallel zu ihrer weiteren Arbeit im Kommissariat den ganzen Tag über laufen, es sei denn, Vivien schal-tete sie aus Gründen der Privatsphäre auf Off. Als sie den Tumult im Studio über den Lautsprecher hörten, hechteten sie alle drei an den Bildschirm, um zu sehen, was passierte und ob sie eingreifen mussten. Fassungs-los sahen sie dabei zu, wie die Casterin mitten am Set zusammenbrach. Vivien lief sofort zu ihr hin und leis-tete Erste Hilfe, bis der Notarzt übernahm. Dann ver-folgten sie, wie ihre Kollegin aufsprang und das Set im Laufschritt verließ. Sofort waren die Ermittler in Alarmbereitschaft.

»Sie wirkt angespannt«, deutete Katharina aufgeregt auf den Bildschirm und forderte: »Ihr müsst dahin und sie unterstützen.«

»Moment«, erwiderte Ben und fragte durch das Mik-rofon: »Vivien, was ist los?«

Vivien reagierte nicht. Hatte sie ihre Ohrstöpsel, über die sie mit ihr Kontakt aufnehmen konnten, verloren?

»Scheiße, sie hört uns nicht«, murmelte Ben, lehnte

sich ein Stück näher an den Monitor heran und betrachtete mit Argusaugen die Szene.

»Was hat sie vor?«, fragte Tobi, der ebenfalls wie gebannt das Video verfolgte.

»Sie sucht nach dem Täter!«, rief Katharina aufgebracht. »Oder glaubst du, die Casterin ist einfach so zusammengebrochen? Unser Mann hat wieder zugeschlagen und nicht erst auf eine Gelegenheit in einem Club gewartet. Vermutlich geht Vivien davon aus, dass er sich noch irgendwo im Gebäude aufhält. Ich weiß nicht, ob ich hoffen soll, dass er es noch tut oder dass Vivien ihn wirklich aufspürt. Der Mann scheint echt gefährlich und zu allem bereit, wenn er sich vor Ort an ein Crew-Mitglied traut. Und Vivien ist allein. Ihr müsst da jetzt hin!«

»Ja, gleich, schau mal«, bremste Ben seine Oberkommissarin.

Bis aufs Äußerste gespannt, verfolgten die drei, wie Vivien eine Tür öffnete und nicht wie zuvor bei den anderen Zimmern nur kurz hineinspähte, sondern in den Raum eintrat. Die kleine Minikamera an ihrem Kragen, die wie ein Anstecker aussah, übertrug das Bild von weißen, steril wirkenden Fliesen. Sie war in das WC gegangen – ein einfacher, schmaler Raum. Keiner von ihnen konnte etwas Auffälliges entdecken. Auch nicht, als Vivien die Kabinentüren nacheinander aufschlug. Mit jeder Tür entfuhr Katharina ein erleichtertes »Puh«. Dann geschah es. Die Ermittler sahen entsetzt dabei zu, wie etwas hinter Vivien nach vorn schnellte, kurz das Bild verdeckte und ihre Kollegin nach hinten zog. Ben nahm an, der Täter hatte ihr seine Hand auf den Mund gedrückt und sie gleichzeitig an sich gezogen. Sein Puls beschleunigte sich. »Verdammt, er hat sie erwischt. Wir fahren los. Katharina, informiere du die Einheiten. Alle verfügbaren sollen zum Studio und uns unterstützen!«

11.19 Uhr

Vivien versuchte sich zu wehren, aber sie hatte keine Chance. Adrenalin durchflutete ihren Körper und gab ihr Kraft. Noch einmal trat sie wild um sich, versuchte sich aus der Umklammerung zu befreien, doch der Griff ihres Angreifers war unerbittlich. Sie wurde grob umgedreht und gegen die gekachelte Wand gedrückt. Was sie sah, war das schwammige Gesicht einer Frau! Sie starrten sich an. Vivien hatte sie noch nie gesehen. Noch immer drückte diese ihre behandschuhte Hand auf ihren Mund. Sie wollte beißen, bekam jedoch ihre Zähne keinen Spalt auseinander. Verzweifelt begann sie wieder, um sich zu treten, doch indem die Frau sich mit ihrem massigen Körper hart gegen sie presste, konnte sie ihre Beine nicht bewegen. Panik stieg in Vivien auf.

»Hab' ich dich«, zischte die Angreiferin ihr ins Ohr und steckte danach kurz ihre Zungenspitze hinein. Sie lachte auf. Es klang kehlig und ihre Stimme war tief und böse.

»Denkst wohl, du bist was Besseres, was? Ich werde es dir zeigen!«, flüsterte sie. Dann löste sie plötzlich die Hand von Vivien, die nicht ihren Mund zuhielt, und nestelte an ihrem Rock herum, sodass sich auch ihre Präsenz an Viviens Körper lockerte. In einem letzten, verzweifelten Kraftakt gab Vivien der Frau eine Kopfnuss, sodass diese benommen zurücktaumelte, stolperte und zu Boden ging.

Viviens Gedanken überschlugen sich. Was sollte sie tun? Sich auf die kräftige Frau stürzen? Aber sie hatte nichts bei sich. Keine Waffe, Handschellen sowieso nicht. Im Bruchteil einer Sekunde entschied sie sich für eine andere Vorgehensweise. Sie lief zur Tür, um hinauszuschlüpfen und von außen zuzudrücken. Ihre Kollegen mussten mitbekommen haben, was geschehen war. Sie würden gleich kommen. Zur Sicherheit rief sie in den Raum: »Ich habe sie. Kommt schnell her! Ich brauche Hilfe!« Dann kam sie ins Straucheln und fiel ebenfalls der Länge nach auf den Fliesenboden. Die Frau hatte sie brutal am Fußgelenk gepackt. Deswegen war sie wie ein nasser Sack zu Fall gekommen. Mit verzerrtem Gesicht robbte die Frau auf sie zu. Im Mund hielt sie quer eine aufgezogene Spritze. Bevor Vivien ein weiteres Mal schreien konnte, spürte sie den Stich in ihrer Schulter.

Tobi und Ben waren gleichzeitig von ihren Stühlen aufgesprungen, hatten sich ihre Holster, in denen bereits ihre Pistolen steckten, geschnappt und waren zur Tür hinausgestürmt. Ihre schnellen Schritte hallten dabei auf dem Flur der Direktion wider, unterdessen Katharina wie gebannt auf den Monitor starrte. Was sie sah, ließ ihr das Blut in den Adern gefrieren. Am liebsten wäre sie ihren Kollegen hinterhergerannt. Sie blieb hilflos sitzen. So hatten sie es beschlossen, als sie gemeinsam mit Vivien am Freitag den Ernstfall geregelt hatten. Sie hatten diskutiert, wer von ihnen zu Viviens Unterstützung ausrückte und wer im Büro bleiben sollte, um das Geschehen zu überwachen. Naheliegend wäre Tobi als Innendienstmitarbeiter gewesen, doch war dieser zusammen mit Ben der offizielle Ermittler im Fall Novela, sodass die Oberkommissarin die Stellung im Büro halten musste.

»Oh Gott«, entfuhr es ihr, als sie dabei zuschaute, was sich in der Studio-Toilette abspielte. Und sie saß hier und konnte nicht helfen! Viviens Angreifer war kein Mann. Es war eine Frau, und wenn die Oberkommissarin sich nicht täuschte, glich diese von der Statur her derjenigen, die auf Oksana Kovalchuk in der Münzstraße gewartet hatte. Das konnte kein Zufall sein! Aber was war mit dem bärtigen Mann? Arbeitete er mit dieser Frau zusammen? Gingen sowohl die Needle Spiking-Attacken als auch die Entführungsfälle auf deren

Konto? Hatten sie es mit einem sadistischen Pärchen zu tun?

»Vivien, die anderen sind unterwegs, halt durch«, flüsterte Katharina in das Mikrofon, obwohl sie ahnte, dass die Kollegin sie wie eben schon nicht hörte. Und dann musste Katharina zuschauen, wie die Frau Vivien die Spritze in den Körper stieß.

»Neiiin!«, schrie die Oberkommissarin auf, während Viviens abwehrende Bewegungen langsamer wurden und sie gänzlich erschlaffte. Die Frau kniete sich neben Vivien, beobachtete diese für einen Moment kühl und emotionslos, und dann kam Regung in sie. Gern hätte Katharina weggesehen, doch sie konnte ihren Blick nicht abwenden, als die Frau Viviens Oberteil hochschob und ihre Schultern entblößte. Der Anblick war für Katharina schier unerträglich. Ihre Kollegin lag wehrlos vor einem Monster, und sie konnte nichts dagegen ausrichten. Ihr Atem ging inzwischen stoßweise, oder war es der der Unbekannten? Sie hielt die Luft an, um zu lauschen, und in diesem Moment geschah etwas, was Katharina völlig aus der Fassung brachte. Die Kamera flackerte! Anfänglich nur kurz, dann für mehrere Sekunden. Schließlich wurde das Bild komplett schwarz, auch der Ton brach ab. Mit ihm das stoßweise Atmen. Sofort glitten Katharinas Finger hektisch über die Tastatur. Vielleicht konnte sie das Bild wiederherstellen. Es war vergebens. Sie musste einsehen, dass die Verbindung zu Vivien abgebrochen war, und das nicht aus technischen Gründen.

»Scheiße!«, rief die Katharina durch den leeren Raum, schlug mit beiden Handflächen auf den Tisch und sprang auf. Vivien! Die Gedanken der Oberkommissarin rasten und ihre Schläfen pochten. Was sollte sie tun? Losfahren? Aber was würde es nutzen? Ben und Tobi müssten längst vor Ort sein. Hierbleiben? Wozu? Die Verbindung zu Vivien war abgebrochen. Das Ungeheuer hatte ihr die Verkabelung abgerissen und würde sie sicherlich nicht freiwillig wiederherstellen. Als ihr Handy klingelte, nahm sie den Anruf sofort entgegen. Es war Tobi, der sie keuchend informierte: »Wir sind im Studio. Aber Vivien … Wir können sie nirgends finden! Weißt du, wo sie ist? Was siehst du auf der Übertragung?«

»Nichts, ich sehe nichts«, gab Katharina verzweifelt zur Antwort. »Die Sau hat die Übertragung unterbrochen. Es ist eine Frau, Tobi, eine Frau, kein Mann. Sie sieht aus wie die Frau mit Oksana Kovalchuk. Haltet nach ihr Ausschau! Ich weiß nicht, wohin sie Vivien gebracht hat. Ist sie nicht mehr in der Toilette?«

»Nein, ist sie nicht«, rief Ben hektisch aus dem Hintergrund – Tobi musste ihn auf Lautsprecher gestellt haben. Katharina gefror das Blut in den Adern. Das konnte nicht sein. Das durfte nicht sein!

»Vielleicht hat sie sie in einen anderen Raum gebracht. In eine Putzkammer oder so. Sucht weiter. Ihr müsst Vivien finden. Sie hat ihr eine Spritze gesetzt. Wer weiß, wie hoch die Dosis war! Und lasst das Gebäude absperren. Niemand darf hinaus. Und keiner den Parkplatz verlassen!«, rief sie in Telefon. »Ich komme!«

Der Knoten in Bens Magen zog sich immer enger zu, während er auf dem Studioparkplatz von einem Fuß auf den anderen trat und auf Katharina wartete. Er wischte sich den Schweiß von der Stirn, doch gegen die innere Unruhe in ihm half das so rein gar nicht. Drinnen hielten die angerückten Einsatzkräfte die aufgeregte Crew in Schach. Neben Ben stand Tobi. Auch er konnte seine Erregung nicht verbergen. Kein Wunder, Vivien war verschwunden. Verschleppt von einer Täterin, die sie aller Wahrscheinlichkeit nach mit GHB wehrlos gemacht hatte.

»Was macht Katharina nur so lange?«, fragte Tobi, als könne seine Kollegin in dieser Situation etwas ausrichten. Eben hatten sie ein zweites Mal das Studio bis in die hinterletzte Ecke abgesucht und keine Spur von Vivien gefunden. Nicht einmal die von der Täterin abgerissene Überwachungstechnik. Sie musste sie ausgeschaltet und mitgenommen haben. Genauso wie Vivien. Nur wohin? Auch von der massigen Frau war keine Spur zu finden. Und die befragten Crew-Mitglieder kannten sie nicht. Gut, die Beschreibung war nur vage gewesen, aber sie hätten ja Glück haben können! Ebenso hatte niemand den bärtigen Mann gesehen, von dem Gesa, die Casterin, Vivien stockend berichtete, wie die Ermittler es über das Mikrofon mitbekommen hatten.

»Sie kommt schon gleich«, versuchte Ben Tobi zu beruhigen, hörte sich dabei jedoch nicht überzeugend an. Er fragte sich selbst, wo seine Oberkommissarin blieb. Grundsätzlich eilte Ben der Ruf voraus, selbst in brenzligen Situationen ruhig und bedacht zu bleiben, doch jetzt fühlte er sich nur verzagt. Warum hatte er Vivien nicht davon abgehalten, den Köder zu spielen?

»Da kommt sie«, sagte Tobi und zeigte auf Katharinas Wagen, der gerade auf den Parkplatz fuhr, gefolgt von einem zweiten.

»Und sie hat die Spusi gleich mitgebracht«, kommentierte Ben und ging mit Tobi im Schlepptau auf die bereits Einparkenden zu. Aus dem Auto der Spurensicherung kletterte zudem Sarah Klein. Katharina hatte also alle entscheidenden Kollegen informiert – wie weitsichtig von ihr. Nachdem auch sie ausgestiegen war, ging sie direkt auf ihn und Tobi zu. Ohne Umschweife fragte sie: »Und?«

»Nichts«, war seine Antwort. »Vivien ist wie vom Erdboden verschluckt. Und mit ihr die Täterin. Auch den Bartträger hat niemand gesehen.«

Katharina rieb sich frustriert über das Gesicht.

»Sie oder beide zusammen müssen mit Vivien irgendwo hier sein. Ihr habt doch alles ziemlich schnell abgesperrt, oder?«, fragte sie dann.

»Ja, haben wir«, antwortete Tobi sachlich. »Außerdem hat der Einsatzleiter der angerückten Einheit die Aufnahmen der Überwachungskameras an den Ausgängen überprüft. Im möglichen Zeitraum ist niemand weder rein- noch rausgegangen.«

»Ich könnte ein Mantrailing anfordern«, ließ sich Sarah Klein vernehmen. »Aber bis so ein Personenspürhund mit seinem Führer hier ist, kann es dauern.«

»Mach es trotzdem«, bat Ben, und Sarah Klein nahm umgehend ihr Handy zur Hand, wählte eine Nummer und entfernte sich von ihnen, während sie telefonierte.

»Hat denn niemand etwas Verdächtiges bemerkt? Gab es irgendwelche Zeugen?«, fragte Katharina.

Ben schüttelte den Kopf und Tobi antwortete: »Nein, niemand. Alle waren mit der Casterin und deren Abtransport durch die Ambulanz beschäftigt. Oder davon gefesselt, wie man es nimmt.«

»Der Personenspürhund ist in einer halben Stunde hier. Wir haben Glück. Sein Führer und der Hund sind in der Nähe«, verkündete Sarah Klein zufrieden, als sie an die Ermittlergruppe herantrat.

»Wenigstens das«, sagte Ben und wandte sich dem Spurensicherungsteam zu, um dieses zu instruieren.

»Soviel in dir Liebe wächst, soviel wächst die Schönheit in dir.
Denn die Liebe ist die Schönheit der Seele.«

Augustinus, römischer Bischof und Kirchenlehrer

KAPITEL 11
MONTAG, 9.9.2024 - MITTAGS

13.37 Uhr

Der Führer mit seinem Personenspürhund ließ auf sich warten. Sarah Klein hatte sich derweil in den Spusi-Wagen gesetzt, um in diesem die Wartezeit mit beruflichen Telefonaten zu überbrücken. Tobi war im Gebäude und sprach mit Leuten von der Crew, in der Hoffnung, einer hatte vielleicht doch etwas gesehen, was ihm im ersten Moment der Aufregung nicht eingefallen war. Katharina ging neben ihm auf und ab. Jetzt blieb sie stehen und sagte: »Ich werde Phil anrufen. Sie muss wissen, was los ist. Sie ist Viviens beste Freundin und meines Gefühls nach mehr als das oder wird es bald sein.«

»Wie meinst du das?«, fragte Ben überrascht – Vivien und Phil ein Paar? Auf den Gedanken wäre er nie gekommen, aber wenn er es sich überlegte, konnte es durchaus sein. Ihm war es seit Längerem aufgefallen, wie eng die beiden miteinander waren, holte doch die Entomologin seine Teammitarbeiterin des Öfteren auf dem Präsidium ab, wobei die beiden dann rumalberten wie kleine Mädchen.

»Genauso, wie ich es gesagt habe«, erwiderte Katharina, tippte auf ihr Handy und hielt es sich ans Ohr.

»Phil? Hier ist Katharina. Wo bist du gerade?«, hörte er Katharina fürsorglich fragen. So war sie eben. Energisch, aber überaus empathisch. Sie wusste, dass ihre Nachricht Phil treffen würde – gleichgültig, auf welche Weise diese mit Vivien verbandelt war.

»Ach, bei Frauke, grüß sie lieb von mir, ja?«, sagte Katharina, lauschte und erwiderte: »Nein, ich möchte sie nicht sprechen. Ich möchte dir etwas sagen, aber bitte reg dich nicht auf. Es geht um Vivien. Sie ist … sie ist verschwunden.«

»Verschwunden?«, rief Phil so laut und entsetzt in die Leitung, dass Ben es deutlich hören konnte und Katharina rasch ihr Handy vom Ohr nahm. Daraufhin sah sie Ben mit mitleidiger Miene an, seufzte auf, stellte ihr Mobiltelefon auf Lautsprecher um, hielt es sich vor den Mund und sagte verständnisvoll, aber ehrlich: »Ja, sie ist verschwunden. Wir suchen sie gerade, aber bisher erfolglos. Wir sind draußen beim Filmstudio, aber scheinbar wurde sie von hier fortgebracht. Wir haben in jedem Winkel nachgesehen, aber keine Spur von ihr.«

Anscheinend hatte Philippa Hensel-Gruber sich wieder einigermaßen im Griff, nur ein Zittern war in ihrer Stimme zu hören, als diese nun durch den Lautsprecher kam: »Glaubt ihr, dass es dieser Typ war, für den sie den Köder gespielt hat? Sie hat mir davon erzählt.«

»Wir wissen es nicht. Möglich, dass er da mit drin steckt, aber ihre letzte Begegnung war mit einer Frau, die sie überwältigt hat«, gestand Katharina zähneknirschend und setzte hinzu: »Sie hat ihr … sie hat ihr etwas gespritzt. Wir nehmen an GHB.«

»Mein Gott«, kam es flüsternd zurück. »Aber dann müsst ihr doch wissen, wohin sie sie gebracht hat. Wegen dieses ganzen Überwachungszeugs.«

Katharina brauchte eine Sekunde, bevor sie antwortete: »Das hat sie Vivien abgerissen und ausgestellt. Die Überwachung ist damit fehlgeschlagen.«

Für einen Moment hörte Ben die Entomologin nur schwer atmen. Dann rief sie aufgeregt: »Ich! Ich kann sie orten!«

Ben spürte, wie sich seine Nackenhaare aufstellten. Und auch Katharinas Gesichtsausdruck hatte sich verändert. Ihre Augen waren vor innerem Aufruhr geweitet, als sie schnell fragte: »Wie?«

»Wir teilen unsere Standorte übers Handy, weil wir … ach, ist ja auch egal«, antwortete Phil ebenso schnell. »Wenn Vivien ihr Handy dabei hat und es nicht ausgeschaltet ist, dann sehe ich, wo sie ist!«

»Das ist brillant, Phil. Mach das sofort und ruf mich an!«, war Katharina begeistert. Ben sah ihr an, dass sie ihm vor Erleichterung fast um den Hals gefallen wäre. Sie tat es nicht. Stattdessen strahlte sie ihn aus ihren grünen Katzenaugen an und jubelte: »Gleich finden wir sie!«

Ben widersprach ihr nicht, hoffte jedoch darauf, dass die Täterin Vivien ihr Handy nicht auch sofort abgenommen und ausgestellt hatte.

Vivien lag auf dem Bauch und hatte die Augen geschlossen. Was war mit ihr? Warum konnte sie sich nicht regen? Sie merkte, wie ihr eine Schweißperle die Schläfe hinunterlief. Sie atmete schwer, die Hitze im Raum erschien ihr unerträglich. Die stickige Luft schnürte ihre Kehle zu, während sie versuchte, einen klaren Gedanken zu fassen. Sie schaffte es nicht. Ihr Verstand war wie in Nebel gehüllt. Es war, als kämpfe er gegen unsichtbare Barrieren an. Sie versuchte, ihre Augen zu öffnen, aber auch das kostete sie Mühe. Ihre Lider flatterten, waren schwer wie Blei, doch dann schaffte sie wenigstens einen kleinen Spalt.

Was war das? Was sie durch die Schlitze erblickte, ergab keinen Sinn. Sie sah keine Kacheln, das Licht war nicht so grell, wie sie es in ihrer letzten Erinnerung vor der Schwärze abgespeichert hatte. Sie sah nur einen Ausschnitt von Unordnung – dreckige Kleidungsstücke lagen angehäuft auf einem Stuhl, der an einem ebenso unordentlichen Frisiertisch stand. Um den Stuhl herum türmten sich angegraute Postpakete, in denen Müll zu lagern schien, und ihre eigene Kleidung! Sie war ausgezogen worden! Schnell blickte sie weiter. Im Hintergrund der Müllberge machte sie eine blasse Tapete aus, die sie an ein Kinderzimmer erinnerte. Und dann sah sie die in einer Ecke aufgereihten Puppen sitzen. Gänsehaut überlief ihren schweißnassen Körper – die Puppen waren allesamt verstümmelt.

Sie versuchte, sich umzudrehen, um sich aufzusetzen. Es misslang. Ihre Körper gehorchte ihr nicht. Die Augen fielen ihr wieder zu. Dafür roch sie jetzt mehr. Wie eine Blinde. Ein Gemisch aus Schweiß, Schmutz und Verfall durchflutete ihre Nase. Widerlich. Sie verspürte den Drang zu würgen, doch auch hierfür streikte ihr Körper. Sie wollte schreien, stattdessen kam nur ein Stöhnen aus ihrem Mund. Angst bemächtigte sich ihrer. Todesangst. Was war geschehen? Wie war sie in dieses Loch gekommen? War das alles nur ein böser Traum?

Vivien sammelte alle ihre verbliebene Energie zusammen und kämpfte sich durch den Nebel in ihrem Hirn. Dann tat sich tatsächlich ein Stück Erinnerung auf. Sie hatte in einem WC ein Gefecht mit einer Frau gehabt. Diese hatte sie überwältigt. Sie sah sie vor sich, sie hielt eine Spritze in ihrem Mund – und dann? Mehr konnte sie nicht zu fassen kriegen. Und jetzt lag sie hier, wehrlos und durch ihren eigenen Körper gefangen. Die Panik, die in ihrem Inneren tobte, drohte sie zu ersticken. Dann war wieder alles schwarz.

Unvermittelt lichtete sich die Schwärze wieder. Wie lange war sie weg gewesen? Vivien wollte zurück in die wohlige Dunkelheit und nicht wieder in dieses angsteinflößende Kinderzimmer, doch das, was sie aus dem umhüllenden Dunkel herausgeholt hatte, hielt sie fest an der Oberfläche.

»Wach auf«, schrie es plötzlich. »Wach richtig auf und hau ab!« Es kam aus ihrem Innern. Sie war es, die schrie. Doch sie konnte sich nicht hören. Ihr Mund hatte sich nicht für den Schrei geöffnet. Er saß nur in ihrem Kopf! Sollte sie auf ihn hören? Unvermittelt zuckten ihre Augenlider. Und dann klappte sie sie hoch. Mehr als vorhin, wann auch immer das gewesen war, aber nach wie vor nicht vollständig. Sie hörte sich stöhnen. Der Geruch überfiel erneut ihre Nase, obgleich sie auch gucken konnte. Er musste stark sein. Die Übelkeit kam wieder, aber wenn sie jetzt erbrach, konnte sie ersticken, denn sie konnte sich noch immer nicht regen. Schlucken dafür schon, und so schluckte sie das bereits aus ihrem Magen Hochgekommene hinunter. Jetzt brannte es in ihrer Kehle. War das ein Zeichen, dass sie nicht träumte? Dass sie wirklich in diesem Zimmer lag? Sie ließ ihren Blick so gut es ging durch den Raum schweifen. Doch der Bildausschnitt, der sich ihr bot, verschwamm, war zudem abgehackt, wie kurz eingeblendete Filmsequenzen. Oder wie flackerndes Licht. Als würde sie sich in einer unendlichen Abfolge von Albtraumsequenzen befinden. Ihre Augäpfel wanderten die Kindertapete entlang und entdeckten unheimliche Schattenwürfe auf der Wand. Dann machte sie noch weiter oben ein schmales, verdrecktes Fenster aus. Durch dieses fiel das spärliche Licht in den Raum. Deswegen war es so gelblich-fahl und ließ die Schatten tanzen. Tanzen? Aber wieso? Wieso bewegte sich der größte der Schatten an der Wand? Ein Schauer der Hilflosigkeit durchfuhr sie und gleichzeitig Kampfesgeist. Sie versuchte wie vorhin, sich aufzurichten. Wenn sie zum Fenster käme, könnte sie daraus entfliehen. Dafür musste sie sich aber bewegen. Und an das Fenster gelangen. Es war so hoch. War sie in einem Keller? Warum war ein Kinderzimmer im Keller untergebracht? Sie wollte ihren Körper zum Aufrichten anspannen, aber ihre Muskeln waren wie gelähmt. Ihre Glieder fühlten sich an, als gehörten sie nicht zu ihr. Ihr Puls fing an zu rasen, weil ihr Körper sich weigerte, den Befehlen ihres Verstands zu folgen. Sie war diesem Zimmer und dem sich bewegenden Schatten auf Gedeih und Verderb ausgeliefert. Und dann fühlte Vivien die Berührung von Fingern auf ihrem Körper – kalt und gierig, wie ein Raubtier, das sein hilfloses Opfer betastet und abwägt, wo es als Erstes hineinbeißt. Die Finger glitten von ihren Füßen aufwärts langsam über ihre Haut, und sie empfand jeden einzelnen Moment als entsetzliche Machtausübung. Selbst wenn sie sich hätte bewegen können, wäre sie schockerstarrt liegen geblieben. Als die Finger an ihren Oberschenkeln angekommen waren, wurden zwei flach liegende Hände aus ihnen, die auf ihrem Po verweilten. Dann griffen die Hände fest in ihre Backen. Wieder schrie es in ihrem Kopf »Hau ab! So schnell du kannst«, doch sie konnte nicht. Sie wollte laut brüllen, nicht nur in ihrem Kopf, aber ihre Lippen blieben verschlossen, unfähig, auch nur einen Ton hervorzubringen. Selbst ihr Atem näherte sich dem Stillstand. Einzig ihr Herz schlug noch und ihr Verstand tobte. Die Hände lockerten sich, befühlten sie weiter, teilten sich auseinander und glitten je zu ihren Hüften, wobei sich die Bewegungen im Gleichklang verlangsamten, als wollte das Ungeheuer jeden Moment auskosten, und dabei einem Takt folgen. Jäh gruben sich die Hände in ihr Fleisch. Dann wurde sie herumgerissen und ihre

Augen weiteten sich, ohne dass sie es wollte. Nun lag sie stocksteif rücklings und starrte vollkommen hilflos gegen die mit dunklen Holzpaneelen verkleidete Zimmerdecke, auf der sie die Bewegungen des Schattens verfolgen konnte, der sich an ihr zu schaffen machte. Der Schatten erhob sich. Dabei entfleuchte ihm ein kieksiges Stöhnen. Er nahm seine groben Hände von ihr und beugte sich wieder hinunter. Jetzt spürte sie ein Kitzeln an ihrem Bauch, was in Lecken überging. Eine Zunge! Würde er gleich zubeißen? Seine Zähne in sie schlagen und ihr das Fleisch rausreißen? Die Zunge wanderte nach oben. Sie war rau, wie die einer Katze, aber sehr viel größer, breiter. Sie verharrte an ihren Brüsten, umrundete ihre Brustwarzen – eine nach der anderen – fordernd, bedrängend. Und dann leckte sie sich wieder höher, ihren Hals hinauf, verweilte dort. Der Schatten stöhnte erneut auf und erhob sich ein weiteres Mal, um sich auf ihrer Scham niederzulassen. Auch er war nackt. Wie sie. Sein Fleisch auf ihrem Fleisch, das sie einzusaugen schien durch seine Massigkeit. Sie fühlte, wie sie immer kleiner unter ihm wurde. Schrumpfte. Plötzlich drängte sich ein Bild zwischen Vivien und die Zimmerdecke. Zuerst sah sie nur den Bart. Er erinnerte sie an etwas. Ein Phantombild … Doch diese Erinnerung zerplatzte wie Seifenblasen, als die Realität des Hier und Jetzt sie mit voller Wucht traf. Es war in dem Augenblick, als der schmale Mund zwischen dem Bart sich öffnete und aus ihm die Worte herausquollen, wie eine Armada an Spinnentieren, die gerade aus ihren Eiern gekrochen waren: »Jetzt gehörst du mir und bald werden wir eins!« In diesem Moment kam die erlösende Dunkelheit zurück und ergriff Vivien. Sie ließ es geschehen und versank in ihr. Zurück ließ sie nur ihre Hülle, in die sie nie wieder hineinschlüpfen wollte.

Als Vivien das nächste Mal ihr Bewusstsein wiedererlangte, war der Raum still. Kein Keuchen, kein Stöhnen. War der Bärtige fort? Hatte er sie wie ein Spielzeug benutzt und im Müll zurückgelassen? Obgleich sein Schweiß, vermischt mit ihrem auf ihrer Haut, und eine andere Flüssigkeit von ihm, die bereits wie eine Placke auf ihrem Bauch klebte und deren kastanienartigen, süßlichen Geruch sie nur zu gut kannte, sie schütteln würde, wenn sie sich schütteln könnte, fühlte sie Erleichterung. Er war weg und vielleicht war es nun vorbei. Für sie in jedem Fall. Vivien wollte nicht mehr leben. Nicht so geschändet. Sie suchte den Weg zurück in die Schwärze und fand ihn. Fast.

Jemand rüttelte an ihrer Schulter.

»Nein«, wollte sie rufen, »lass mich, du hast gewonnen!«, doch wieder kam nichts aus ihrem Mund. Jetzt wurde an ihrem Arm gezogen und eine ihr vage bekannt vorkommende Stimme sagte gehetzt: »Vivien, komm, wir müssen hier weg. Schnell!«

Mit erheblicher Kraftanstrengung öffnete sie ihre Augen. Sie hatte sich nicht getäuscht. Es war Fabian, der mit verzweifelter Miene versuchte, sie zum Aufstehen zu bringen. Fabian, das Mädchen für alles bei *Gelbe Tulpen*. Er musste ihr ihre Überraschung ansehen, denn während er sie nun mühevoll hochhievte, sprudelten die Worte aus ihm heraus: »Ich hab' gesehen, wie du aus dem Studio verschleppt wurdest und bin euch gefolgt. Komm, schnell!«

Vivien konnte ihr Glück nicht fassen. Fabian! Sie hatte mit ihm bisher höchstens drei Worte gewechselt, allerdings schon länger seine Blicke auf sich gespürt. Und jetzt wurde sie von ihm gerettet.

Inzwischen saß sie von ihm gestützt auf dem Bett. Jetzt beugte er sich nach vorn, klaubte ein Hemd aus dem Kleiderhaufen und legte es ihr um. Dann nahm er sie unter den Achseln, half ihr auf diese Weise durch seine Kraft beim Aufstehen und schleifte sie aus dem Zimmer.

14.12 Uhr

Ben stand mit verschränkten Armen vor einem der Hochhäuser an der Durchgangsstraße Am Weißen Turm und wanderte mit seinen Augen die schmutzig beige Betonfassade, die sich in den wolkenlosen Himmel erstreckte, hoch. Katharina, Tobi, Sarah Klein und Philippa Hensel-Gruber, die sie vor etwa 20 Minuten benachrichtigt hatte, dass sie Vivien an dieser Adresse geortet hatte und diese sich derzeit nicht fortbewegte, taten es genauso. Lediglich Frauke sah nicht hoch. Die Rechtsmedizinerin war mit Phil hierhergekommen, »… um an Ort und Stelle zu sein, falls Vivien mich braucht. Denn auch wenn ich Rechtsmedizinerin bin, ich mag sie lebendig lieber.« So in etwa hatte sie es eben gesagt, nachdem sie sich kurz begrüßt hatten. Danach waren er und Katharina die Hochhaus-Klingelschilder durchgegangen, doch kein Name sprang ihnen ins Auge.

»Und woher wissen wir jetzt, in welcher Wohnung Vivien sich befindet?«, fragte Tobi mit einem Mal das, was auch Ben und wohl alle anderen Anwesenden dachten. Alle außer einem, wie sich jetzt herausstellte. Es handelte sich um den Hundeführer, den sie telefonisch umgeleitet und direkt hierherbestellt hatten, nachdem Phil ihnen Viviens letzten Aufenthaltsort durchgegeben hatte. Der Hundeführer hieß Marcel, den Nachnamen hatte Ben vergessen, und dessen Hund hieß Buddy. Buddy war ein schwarzer Labrador und saß stolz neben seinem Herrchen, ohne sich zu rühren. Marcel stand in einiger Entfernung und hatte den ausgebildeten Spürhund gerade mithilfe eines T-Shirts, das Phil mitgebracht hatte, auf Viviens Duftspur trainiert. Er hatte Tobis Frage gehört und sagte in tiefem Bass, während Buddy, den er fest an der Leine hielt, bereits aufgeregt in der Luft schnüffelte: »Buddy findet die Wohnung, wenn die gesuchte Person darin ist oder war.«

Ben sah ihn an, was für den Hundeführer Anlass genug schien, stolz zu erklären: »Ja, es ist ein Hochhaus, und ja, es wird nicht einfach, aber Buddy ist ein alter Hase. Hunde haben einen unglaublich feinen Geruchssinn. Und Buddy als Labrador sowieso. Er kann 10.000 Mal besser riechen als wir und ist darauf trainiert. Selbst über etliche Etagen hinweg nimmt er den menschlichen Geruch wahr, den er soll. Er wird sogar im Fahrstuhl arbeiten können, um das richtige Stockwerk und die richtige Wohnung zu identifizieren. Der Geruch verflüchtigt sich nicht in der Kabine. Die Luftströme in den Schächten verteilen die verschiedenen Gerüche, und Buddy ist in der Lage, den der Gesuchten herauszufiltern. So wie auch auf der Straße.«

»Na, dann mal los, wir sollten nicht noch mehr Zeit verlieren«, sagte Katharina und setzte sich in Gang. Bevor er mit Buddy nachkam, beugte Marcel sich zu seinem Hund hinunter, öffnete den Beutel, in dem Vivians T-Shirt war, und ließ ihn erneut daran schnuppern. »Such, Buddy«, sagte er daraufhin ruhig, aber bestimmt. Sofort kam der Hund aus dem Sitz auf seine vier Beine und zog in Richtung der Haustür, seine Nase dicht über dem Boden. Er hatte seine Fährte aufgenommen. Marcel folgte ihm, ging an Ben, seinen beiden Teamkollegen und dem Uniformierten, der bisher mit etwas Abstand zu ihrer Gruppe gestanden hatte und notfalls die Wohnungstür des Täters aufbrechen würde, vorbei. Erst dann ging der kleine Trupp ihm nach. Nur Phil, Frauke und Sarah Klein blieben stehen. Sie würden nicht mit in das Haus kommen, da sie keine Waffen zu ihrer Verteidigung hatten und Vivians Entführerin als zu gefährlich eingestuft worden war.

Der Eingang des Hochhauses mit seinen unzähligen Wohnungen stand offen. Der Hund trabte mitsamt den ihm folgenden Menschen hindurch. Vor dem Fahrstuhl stoppte er und zeigte an. Marcel zögerte nicht und drückte den Knopf. Kurz darauf hörten sie den Fahrstuhl von oben herunterkommen, dann öffneten sich seine Türen. Sie betraten ihn, und Marcel hielt Buddy dicht bei sich. Ben musterte das Bedienfeld. »Stopp in jeder Etage?«, fragte er. Marcel nickte mit konzentriertem Blick auf seinen Hund. Ben drückte und der Fahrstuhl ruckte kurz, als er in Bewegung kam und Sekunden später im ersten Stockwerk hielt. Nachdem die Tür sich geöffnet hatte, lenkte Marcel den Hund auf den Gang, doch der zog zurück in den Fahrstuhl. Das ganze Prozedere wiederholten sie weitere zwölf Male. Die Luft in der engen Kabine wurde zunehmend stickig, und Ben lief der Schweiß vom Nacken in seinen Rücken. Es war ihm gleichgültig. Vivien war seine Sorge. Im 13. Stock öffneten sich wieder die Türen – und hier sprang Buddy förmlich heraus. Er hatte Fährte aufgenommen.

Die Truppe lief hinter Buddy her, vorbei an einer Reihe sich gleichender Wohnungstüren, bis er vor einer abrupt stillstand. Wie unten vor dem Fahrstuhl zeigte er an.

»Die muss es sein«, flüsterte Marcel.

Ben las das Klingelschild. Stefanie Husfeld. Der Name sagte ihm nichts. Er tippte ihn in sein Handy und schickte ihn als Nachricht an Sarah Klein. Sie würde direkt Auskünfte über Stefanie Husfeld einholen. Dann gab er seinen Kollegen wortlos Handzeichen, woraufhin deren Hände zu ihren Waffen glitten. Ben zog ebenfalls seine Waffe, bereit, diese einzusetzen, wenn es notwendig war. Nun trat er dicht an die Tür und lauschte. Er hörte nichts. Kein Geräusch drang aus der Wohnung. Er entfernte sich und gab die Tür für den Uniformierten frei, der sich sogleich daran machte, diese zügig aufzubrechen. Nur Sekunden später flog sie mit einem lauten Knall auf. Marcel blieb mit seinem Hund draußen, das Team stürmte hinein und verteilte sich auf den wenigen Quadratmetern. Die Zwei-Zimmer-Wohnung war nicht nur klein, sondern ebenso dreckig und voller Müll. Sie befanden sich in einer Bilderbuch-Messiewohnung. Doch Ben hatte keine Zeit, darüber nachzudenken. Er musste sich auf die Sicherung der Wohnung konzentrieren. Er lugte mit angehaltenem Atem in die Küche. Niemand war darin zu sehen.

»Küche sauber«, raunte er in sein kleines Mikrofon.

»Wohnzimmer sauber«, kam von Tobi durch den Stöpsel in seinem rechten Ohr. »Bad sauber«, hörte er Katharina sagen. Und dann, nur einen Bruchteil später drang wieder ihre Stimme direkt in seinen Gehörgang: »Oh Gott, kommt schnell. Ganz nach hinten. Zum Schlaf… nein, Kinderzimmer!«

15.16 Uhr

Er hatte sich schon als Kind hierher geflüchtet. Wenn ihm zu Hause alles zu viel wurde, wenn er seine Eltern im Wohnzimmer, das zugleich ihr Schlafzimmer war, mal wieder das Wort Monster raunen hörte. Hier wurde er so aufgenommen, wie er war. Nicht als Monster bezeichnet, sondern im Gegenteil als Wunder der Natur, jemand ganz Besonderes unter all den Menschen dieser Welt, die entweder nur das eine oder nur das andere waren. Er war beides.

»Du hast jeden Tag die Wahl, wer du sein möchtest – freu dich darüber und nutze es für dich«, wurde ihm in diesem Haus gesagt und das tat er. So war er seinen Eltern zwar dankbar, dass sie ihn nicht gleich bei seiner Geburt operieren ließen, dennoch konnte er ihre Blicke und das Raunen spätestens seit der Pubertät, als er die Medikamente eigenständig absetzte und sich entwickelte, nicht mehr ertragen. Es waren doch seine Eltern! Sie, und nur sie, hatten ihm doch dieses Leben geschenkt! Als er seinen Führerschein hatte, wurden sie kurze Zeit später totgefahren und er von ihnen erlöst. Unfall mit Fahrerflucht. Nur er wusste, wer der Fahrer war … Die Wohnung hatte er behalten und das Klingelschild nie ausgetauscht. Der Mädchenname seiner Mutter stand darauf. Sie hatte bereits in der Wohnung gelebt, als sie seinen Vater kennenlernte, bei der Heirat ihren Familiennamen angenommen hatte. Er war immer ein Weichei gewesen!

Die schwere Tür quietschte beim Öffnen. Sie tat es seit Jahren, doch er hatte keine Veranlassung, das zu ändern. Es würde niemanden herbeirufen. Dafür war das Haus zu uninteressant. Und selbst wenn sich doch einmal einer hierhin verirrte, würde er es mitbekommen und konnte warten, bis er wieder für sich war. Und die Tiere, zu denen nur er die Schlüssel hatte, störte das Quietschen nicht. Selbst wenn, wäre es ihm egal. Es waren Nutztiere. Zurzeit hatte er drei. Das neue Weibchen hatte ihn allerdings wütend gemacht und das hatte er ihr gezeigt, weil sie für seine Zwecke unbrauchbar war. Er hatte sich in ihr geirrt, weil er sie zuvor nur in ihrem Tschador gesehen und nicht richtig begutachten konnte. Dabei war sie Ukrainerin. Was trug sie auch so ein Ding! Vielleicht war sie schon tot. Das andere Weibchen war kurz davor zu verenden. Nach den Brustwarzen, wonach sie fast bereits gestorben war, hatte er ihr die vollen Lippen genommen. Nach mehr von ihr verlangte es ihm nicht. Er hatte sie ausgeschlachtet. Selbstverständlich würde er für Ersatz sorgen und diesen so aussuchen, wie es in seine persönliche Entwicklung passte.

Wie jeden Abend hatte er Plastikeimer mit der Nahrung dabei, die er gleich auf die Näpfe verteilen würde. Und für das, das die letzten Tage nicht freiwillig fraß, hatte er eine Sonde mit, die er ihm in das aufgedrückte Maul steckte und bis zum Magen schob. Zwangsernährung nannte man das. Er musste grinsen – was gingen ihn die Qualen der Tiere an?

Nachdem er die Tiere gefüttert hatte, ging er nach oben ins Schlafzimmer, zog sich nackt aus und betrachtete sich in dem an den Seiten bereits blinden, mannshohen Spiegel, der an der mittleren Tür des alten Kleiderschrankes seit eh und je angebracht war. Normalerweise machte er das zu Hause, bevor er hierher zu den Tieren fuhr, doch heute hatte die Zeit gedrängt. Er drehte und wendete sich, so, wie er es als Kind bei seiner Patentante durch das Schlüsselloch beobachtet hatte. Mit jedem Tag mehr gefiel er sich besser. Er wandte sich ab, trat an die Kommode, zog die oberste Schublade auf und holte die darin liegenden zwei Püppchen heraus – Barbie und Ken. Auch sie waren nackt. Wie er. Er drehte sich mit Barbie in der rechten und Ken in der linken Hand zurück zum Spiegel, streckte seine Arme seitlich von sich und betrachtete sich erneut. Er wollte so aussehen wie die beiden Figuren in seinen Händen. Er wollte Mann und Frau zugleich sein. Ken und Barbie zu gleichen Teilen. Unten richtiger Mann. Oben richtige Frau. Nicht so verkümmert wie jetzt noch. Er hatte Geduld mit sich. Immerhin hatte er schon einiges erreicht. Seine Eltern hatten ein Mädchen gewollt und ihn so gekleidet und behandelt. Er ordnete sich dem entgegen als männlich ein, zumal er sich körperlich zu Frauen hingezogen fühlte. Wenn es soweit war, würde er eine Partnerin finden, die seiner würdig war und sein Diverssein wollte. Wie seine alleinstehende Patentante, als sie noch lebte.

Sein Blick huschte zu der alten Biedermeier-Tischuhr, die auf der Kommode stand, und lächelte zufrieden: Die Tiere dürften jetzt schlafen und er konnte sich wieder das von ihnen nehmen, was er für seine Verwandlung brauchte. Außerdem hatte er Lust auf ein Festmahl. Er wollte es heute zu zweit genießen. Nackt, wie die Natur ihn erschaffen hatte, verließ er das Schlafzimmer und ging in gemächlicher Vorfreude zu den Tierboxen zurück.

Es dauerte eine Weile, bis er seine Schönheitsergänzungsmittel und auch die rohe Mahlzeit für nachher beisammen hatte. Danach machte er sich zurück im Schlafzimmer für den Höhepunkt seines Tages zurecht, warf sich den alten Kimono über, trat aus der Hintertür und holte Vivien aus dem Kastenwagen, den er auf dem rückwärtigen, verwucherten Gelände, geschützt vor den Blicken der Insassen vorbeifahrender Autos, wie immer abgestellt hatte. Den Kastenwagen nutzte er bereits, als er Vivien vom Studio in seine Wohnung brachte, um ihr sein Kinderzimmer zu zeigen. Direkt, nachdem er sie in der Toilette wehrlos gespritzt und diese elendige Überwachungstechnik von ihr abgerissen, zerstört und in seinen Rucksack gesteckt hatte, in dem auch sein Outfit lag, war er mit Vivien aus dem Notausgang des Studiogebäudes geschlichen, in den stets, um für alle Eventualitäten gewappnet zu sein, dort bereitstehenden Wagen mit ihr gestiegen und unbehelligt weggefahren. Die Überwachungskamera hatte er mit seiner Fernbedienung für diese kurze Zeit ausgestellt. Als Mädchen für alles war das ein leichtes Spiel für ihn gewesen.

Vivien war leicht wie eine Feder, obwohl sie noch immer benommen war und sich mit ihrem gesamten Gewicht auf ihn stützte, als sie hineingingen. Sie fragte, warum sie hier sei und er sie nicht zur Polizei brachte. Er nuschelte irgendeine Erklärung, doch da war sie schon wieder halb weggetreten und insistierte nicht weiter. Sie sollte seine Muse sein. Das hatte er vorhin beschlossen, als er sie in seinem Kinderzimmer erkundet hatte. In diesem Moment hatte er die Symbiose zwischen ihnen gespürt, und dies hatte ihn zu seiner eigenen Überraschung bis hin in die Ekstase geführt. In diesem Moment war sie für ihn eine Heilige geworden. Trotz oder gerade wegen ihrer äußeren Unvollkommenheit, die ihr narbenüberzogenes Gesicht und der ebenso geschundene Körper ihr beschert hatte. Wenn er sich Vivien einverleibte, war sein Idealbild von sich gesichert.

»*Ich schreite dahin.*
Vor mir ist Schönheit.
Hinter mir ist Schönheit.
Über mir ist Schönheit.
Ringsum ist Schönheit
Meine Worte werden voll Schönheit sein.
Ich werde ewig leben in Schönheit.
Der Schönheit des Alls.«

Indianische Weisheit

EPILOG
MONTAG, 9.9.2024 -
NACHMITTAGS

16.17 Uhr

Katharina rutschte unruhig auf dem Beifahrersitz des Wagens hin und her. Neben ihr im Fahrersitz saß Marcel und auf dem Rücksitz mit aufmerksamem Blick Buddy. Der Kopf des Labradors war nach vorn geneigt, seine Nase ständig in Bewegung, als ob er den Wind und die vorbeiziehenden Luftströme durch das offene Fenster analysierte. Für Katharina das Zeichen, dass Buddy noch immer auf Viviens Spur war. Im Wagen hinter ihnen folgten Ben, Tobi, Phil, Frauke und Sarah Klein. Die Staatsanwältin hatte unbedingt mitfahren wollen, obwohl sie wie auch beim Am Weißen Turm im Hintergrund bleiben würde, wenn ihre Suche erfolgreich war. Gleiches galt für Frauke und Phil.

Sie fuhren langsam und waren deshalb seit über einer Dreiviertelstunde unterwegs. Noch in der Wohnung des Täters hatte Buddy Viviens Spur erneut aufgenommen und sie zurück an die Straße geführt, wo er am Parkstreifen angezeigt hatte. Marcel hatte sofort daraus geschlossen, dass Vivien in einem Auto weggebracht worden war, und so waren auch sie in ihre Wagen gesprungen, um die Verfolgung aufzunehmen. Nur der Uniformierte hatte in der Wohnung gewartet, um das sofort herbeigerufene Spurensicherungsteam zu empfangen. Dieses hatte sich bereits nach einer ersten Sichtung der Wohnung mit einem Zwischenbericht gemeldet. Im Tiefkühlfach der Wohnung befanden sich eine menschliche Ober- und eine Unterlippe und im Kühlschrank mehrere Reagenzgläser, die Samenflüssigkeit enthielten. Auf dem Laptop, der auf dem Küchentresen stand, hatte der Techniker im Browserverlauf eine Seite mit Rezepten zum Verarbeiten von Sperma entdeckt. Katharina war bei dem Gedanken daran schlecht geworden. Was für ein abartiger Mensch war diese Stefanie Husfeld? Das erfuhr die Oberkommissarin jetzt durch einen Anruf von Sarah Klein. Inzwischen befanden sie sich auf der K14 zwischen Neetze und Thomasburg.

»Ich habe Stefanie Husfeld überprüft. Sie ist vor zehn Jahren bei einem Autounfall zusammen mit ihrem Mann ums Leben gekommen«, sagte Sarah Klein, machte eine Pause und fuhr fort: »Die jetzige Wohnungsmieterin heißt Fabienne Husfeld. Sie ist die Tochter der Verstorbenen.

»Fabienne?«, wiederholte Katharina – an irgendjemanden erinnerte sie der Name. Dann fiel es ihr ein.

»Waren die Eltern geschieden?«, wollte sie von der Staatsanwältin wissen.

»Nein«, antwortete Sarah Klein umgehend, schien aber zu ahnen, worauf Katharina hinaus wollte, denn

sie setzte hinzu: »Aber der Vater hieß mit Geburts-
namen Krämer. Er hatte den Nachnamen seiner Frau
angenommen.«

»Fabian! Fabian Krämer!«, rief Katharina aufgeregt.
Er arbeitet für *Gelbe Tulpen*! Ich glaube nicht an Zufälle.
Hat diese Fabienne einen Bruder?«

Wieder verneinte die Staatsanwältin. »Nein, die Hus-
felds hatten nur ein Kind. Fabienne. Und Krämer ist kein
seltener Name«, ergänzte sie. Dann legten sie auf und
Katharinas Gedanken kreisten. Sie musste an das Zimmer
denken, in dem sie Vivien zwar nicht gefunden hatten,
in dem diese jedoch zweifelsfrei gewesen war. Um dies
zu wissen, hatte sie Buddy nicht gebraucht. Das Schlafzimmer schien ein ehemaliges Kinderzimmer zu sein.
Abgesehen von der zerschlissenen Tapete, auf der Sze-
nen aus Disneys »Die Schöne und das Biest« eingedruckt
waren, häuften sich in dem Raum Kisten mit altem Spielzeug, erkennbar aus den 2000er-Jahren. Auffällig waren
die sorgsam aufgereihten und verstümmelten Puppen
in einer Ecke neben dem Frisiertisch, auf dem ein Bart
achtlos hingeschmissen worden war – der Hipsterbart,
den der Mann auf dem Phantombild trug. Fabian Krämer! Darum hatte er Mira an den Mann, der nahe Tom
Scheller tanzte, erinnert. Aber wie passte Fabienne Husfeld in das Bild? Hatte sie Vivien im Studio überfallen?
Oder war es Fabian gewesen, nur diesmal als Frau ver-
kleidet? Oder waren die beiden ein sadistisches Horror-
paar, wie das aus Höxter? Und außerdem Kannibalen?

Wieder musste Katharina würgen. In der Mitte des
Kinderzimmers stand ein 0,9 mal zwei Meter großes Bett.

Eine dreckige Bettdecke und ein ebenso fleckiges Kissen lagen auf dem Boden. Das verschmutzte Bettlaken war verwühlt. Hatte Fabian Krämer Vivien dort vergewaltigt? Der Oberkommissarin schauderte. Vivien war auf jeden Fall ausgezogen worden, denn auf einem Haufen neben dem Bett lag ihre Kleidung und obendrauf thronte ihr eingeschaltetes Handy. Doch das alles war es nicht, was die Ermittler so sicher machte, dass Vivien in diesem Bett gelegen hatte. Es war ein kleiner Blutfleck in Höhe des Kopfbereichs, und ein darin liegender Ohrring. Es war Viviens. Ein kleiner, schmaler Silberring, den sie sich unlängst hatte in die Ohrmuschel stechen ließ und der aus einem Grund, den Katharina sich nicht vorstellen mochte, aus dieser herausgerissen worden war.

»Wie funktioniert das eigentlich genau? Wie macht Buddy das?«, fragte Katharina, um sich abzulenken. Ohne seinen Blick von der Straße abzuwenden, antwortete Marcel: »Buddy erschnüffelt die spezifischen Partikel, die die Gesuchte in der Luft hinterlassen hat. Das geht, denn jeder Mensch hat einen individuellen Geruch, der sich aus biologischen Stoffen wie Hautzellen und Schweiß zusammensetzt. Wir Menschen riechen diese nur in direkter Nähe, aber ausgebildete Hunde wie Buddy können sie über weite Entfernungen wahrnehmen und verfolgen. Manche Gerüche hängen tagelang in der Luft, andere nur ein paar Stunden. Je nachdem, wie stark eine Person seine Partikel hinterlässt und wo sie auf ihrem Weg haften bleiben. Die Oberflächen in dieser Gegend sind dafür ganz gut. Überall stehen Bäume, an denen sich die Geruchspartikel absetzen können.«

Katharinas Neugier war geweckt. »Was passiert, wenn Wind weht oder es regnet?«, fragte sie deshalb.

Marcel zögerte, dann gab er zu: »Solange es keine extremen Bedingungen sind, können Personenspürhunde Geruch gut verfolgen. Unwetter kann jedoch die Spur beeinflussen oder unterbrechen.«

Katharina ließ die Information auf sich wirken, indem sie sich auf ihrem Sitz zurücklehnte und aus dem Fenster auf die vorüberziehende Landschaft schaute. Plötzlich kam Bewegung in Buddy. Katharina drehte sich zu dem Hund um, dessen Muskeln angespannt waren und der seine Schnauze höher reckte, um tiefe Atemzüge zu nehmen, sodass seine Nasenflügel flatterten. Sein Kopf bewegte sich dabei leicht von einer Seite auf die andere. Dann jaulte er leise auf.

»Er hat etwas!«, sagte Marcel begeistert, verlangsamte das Auto und fuhr Schritttempo.

»Da! Da steht ein Haus an der Landstraße«, sagte Katharina und zeigte auf ein Gebäude, dessen Fenster im Erdgeschoss eingeschlagen und im Obergeschoss mit Spanplatten versehen waren.

Marcel stoppte sofort den Wagen. Ben hinter ihnen tat es ihm gleich. Dann stieg er mit Tobi aus und kam mit fragendem Blick zu Marcel und Katharina. Auch sie hatten inzwischen den Wagen verlassen. Nur Buddy war noch auf dem Rücksitz und hatte sich dort bereits abgelegt, als wisse er, dass seine Arbeit erst einmal getan war.

»Das Haus?«, fragte Ben ohne Umschweife.

»Buddy hat angezeigt, also höchstwahrscheinlich ja«, antwortete Marcel ebenso knapp.

»Wir holen dich und Buddy, wenn wir euch brauchen, weil niemand drin ist«, sagte Ben und schritt im Geleit von Katharina und Tobi zum Haus. Sie alle trugen wie schon beim Filmstudio und dem Hochhaus schwarze Schutzhelme und kugelsichere Westen, auf denen in klaren weißen Buchstaben POLIZEI stand, schwarze Handschuhe, die dick genug waren, um vor Verletzungen zu schützen, und ausreichend dünn, um ihnen Beweglichkeit zu ermöglichen, sowie schwere Stiefel mit Stahlkappe. So ausgerüstet positionierten sie sich als eingespieltes Team vor der nur noch in einer Angel hängenden Haustür – Ben in der Mitte, gesichert von ihr und Tobi.

»Bereit?«, fragte Ben leise, ohne seinen Blick von der Tür abzuwenden.

»Bereit«, kam es synchron von Tobi und Katharina, die mit allem rechnete, wie sicherlich auch ihre beiden Kollegen.

»Gut«, sagte Ben mit leiser Stimme, »ich gehe jetzt durch die Tür von euch flankiert. Dann sichern wir erst das Erdgeschoss und arbeiten uns von dort nach oben.«

Kaum ausgesprochen, drückte Ben die Tür auf, die überraschend schnell nachgab und ihnen knarrend Einlass bot. Sofort strömte ihnen Fäkaliengeruch entgegen. Ben nickte ihnen zu und stürmte als Erster in die schmale Diele, die Waffe fest vor sich gerichtet. Tobi folgte ihm dicht auf, Katharina sicherte das Rückfeld. Sie standen in der engen Diele, von der drei Türen abgingen. Nacheinander öffnete Ben sie vorsichtig. Zunächst blickte er in eine verlassene Küche, dann in das Wohnzimmer bestückt mit alten, zum Teil aufgeschlitzten Möbeln. Auch hierin war niemand. Als Ben die dritte Tür aufmachte, die aus massiverem Holz als die anderen beiden war und beim Öffnen laut und lang gezogen gequietscht hatte, verstärkte sich der Fäkaliengeruch. Hier ging es hinunter in den Keller.

»Du bleibst hier oben, Tobi, Katharina und ich gehen runter«, bestimmte Ben.

Dieses Mal ging Katharina voran. Die Luft wurde mit jeder unter ihren Schritten bedrohlich knarrenden Stufe stickiger und war durchzogen von einem beißenden Geruch nach Schimmel, Feuchtigkeit und den bereits oben im Haus gerochenen Fäkaliendünsten. Ihre Stirnlampen waren neben dem Funzellicht an der Decke, das scheinbar über eine an der Wand angebrachte Zeitschaltuhr funktionierte und bereits gebrannt hatte, als sie eintraten, die einzige Lichtquelle. Katharina hatte die Hände fest um den Griff ihrer Waffe geschlossen, die Anspannung drückte bis hinauf in ihre Schultern. Unten angekommen erstreckte sich vor ihr ein langer, niedriger Gang, dessen Wände unverputzt und feucht waren. Genauso wie der Boden, auf dem sie sich bewegte. Links und rechts waren Verschläge aus dickem Holz, mit massiven Türen, in denen am unteren Ende je ein kleiner Spalt eingelassen war und oben ein Spion. Wie in Kerkern.

Die Oberkommissarin näherte sich dem ersten Verschlag, schob die Abdeckung des Spions zur Seite, linste hindurch und erstarrte.

»Oh Gott«, entfuhr es ihr. In dem Verschlag lag ein zusammengekrümmter Mensch. Eine Frau. Nur mit einer Windel bekleidet, bis auf die Knochen abgemagert und mit kahl rasiertem Kopf. War sie tot?

»Wir müssen da rein!«, forderte Katharina keuchend und gab den Spion frei, sodass Ben hineinsehen konnte. Währenddessen lief sie die übrigen Verschläge ab und spähte hinein. In zweien lagen ebenfalls Menschen, völlig ausgemergelt und in ähnlichen Posen. Die übrigen drei waren leer, in einem davon steckte ein Schlüssel. Fast hätte Katharina vor Freude gejubelt. Sie rannte zurück zu Ben, den Schlüssel in ihrer Faust.

Er stand noch immer fassungslos am Verschlag mit der Frau und rüttelte an der Tür, die sich kein Stück bewegte.

»Versuch es hiermit«, sagte Katharina und hielt Ben den Schlüssel hin. Er nahm ihn, steckte ihn ins Schloss – und tatsächlich sprang die Tür auf.

»Ich geh rein, öffne du die beiden nächsten. In den anderen ist niemand, das habe ich überprüft«, sagte sie gehetzt und stürzte zu der Daliegenden, deren Brustwarzen mit einem OP-Pflaster beklebt waren, genauso wie ihr Mund. Auf ihrem rechten Oberschenkel hatte sie unendlich viele, kleine und blutige Ritzwunden und um ihre linke Fußfessel spannte sich ein eiserner Ring, der wiederum an einer eisernen Kette hing, die in einem Betonklotz einbetoniert war. Noch in ihrem Entsetzen gefangen, hockte Katharina sich nieder, ihre Waffe hatte sie noch immer in der anderen Hand, legte diese nun aber beiseite, um der Frau den Puls zu fühlen. Sie fand ihn sofort. Die Frau lebte! Erleichtert strich die Oberkommissarin ihr über den Kopf und versprach mit belegter Stimme: »Alles wird gut.« Dann sah sie in das Gesicht der Frau. Katharinas Augen weiteten sich. Wenn sie sich nicht täuschte, lag hier Greta Kemper, die seit Monaten vermisste Studentin.

In diesem Moment hörte sie Ben hinter sich sagen: »Ich habe die beiden Flüchtlinge in den Verschlägen gefunden. Oksana Kovalchuk ist tot. Sie ist verstümmelt, wie die Puppen in dem Kinderzimmer. Andriy Shevchenko lebt. Aber ich weiß nicht, wie lange noch. Ihm wurde der Penis abgeschnitten. Es kann noch nicht lange her sein. Neben Shevchenko steht eine Schale mit Sperma. Ich weiß nicht, ob ihm das vorher noch abgezapft wurde. Wir müssen sofort Verstärkung rufen und mehrere Krankenwagen. Und die müssen einen Schneidbrenner mitbringen. Beide sind angekettet. Mehr können wir jetzt nicht tun, aber er hat noch …«

»…Vivien!«, rief Katharina entsetzt und sprang auf.

Die beiden Ermittler nahmen drei Stufen auf einmal, informierten hastig den an der Kellertür wartenden Tobi, der sofort aus dem Haus zum Wagen lief, um von dort über Funk die Zentrale zu kontaktieren. Während sie Tobi nachsah, kamen Katharina fast die Tränen. Vivien! Was, wenn Krämer, Husfeld oder beide gerade dabei waren, ihre Barbareien an ihr durchzuführen?

»Wir gehen nach oben. Ich zuerst«, sagte Ben in die Schwere ihrer Gedanken hinein.

»Nein, ich«, sagte Katharina entschlossen. Ben ließ sie gewähren und folgte ihr vorsichtig die Treppe hinauf. Hier gab es nur zwei Zimmer. Die Tür zum braun gekachelten Bad stand auf und Katharina konnte sehen, dass darin niemand war. So steuerte sie auf die nächste Tür zu. Sie war zugezogen. Wahrscheinlich führte sie ins Schlafzimmer. Kein Geräusch drang heraus, dennoch hatte Katharina das Gefühl, dass sie am Ziel waren. Sie vergewisserte sich, dass Ben mit gezückter Waffe dicht hinter ihr stand, nickte ihm zu und zählte: »Drei, zwei, eins – jetzt!« – in einem Ruck drückte sie die Klinke hinunter und die Tür auf, während sie schrie: »Polizei! Keine Bewegung! Sonst schießen wir!«

Sie wollte ins Zimmer stürmen, blieb jedoch wie angewurzelt stehen. Ben entfuhr ein »Oh je«. Kein Wunder, ihm bot sich das gleiche Bild wie ihr.

Für ein paar Sekunden standen Ben und Katharina nur schweigend nebeneinander, überwältigt von Erleichterung und gleichzeitig der Erkenntnis, wie knapp es gewesen war.

»Wir haben sie«, sagte Katharina fast ungläubig. »Wir haben sie wirklich gefunden.«

Vivien saß in einem Sessel. Wie die Gefangenen im Keller war auch sie nackt. Gänzlich, ohne Windel. Obwohl sie in ihre Richtung guckte, schien sie Ben und Katharina nicht zu erkennen. Ihre Augen waren leer. Und unendlich erschöpft. Apathisch, schoss es Katharina durch den Kopf. Sie hatte einen ebenfalls nackten Mann quer auf ihrem Schoß sitzen. Aber war es überhaupt ein Mann? Seine Genitalien waren seltsam verkümmert, und bei seinen Brüsten war sie sich nicht sicher, ob das angefressene Fett sie so groß und rund machte, oder er vielleicht doch eine Frau war. Dann traf Katharina die Erkenntnis mit voller Wucht: Vor ihr auf Viviens

Schoß war ein Zwitter, ein intersexueller Mensch. Er hatte seinen Kopf so zurückgelegt, als wolle er gleich aus Viviens Brust trinken. Die ganze Szene erinnerte Katharina an die Bildnisse von der Mutter Maria mit ihrem Kind. Nur, dass das Kind auf Viviens Schoß keines war, sondern ein Erwachsener. Ein dicker, bereits weißwächserner Erwachsener, das Mädchen für alles aus dem Filmstudio. Fabienne Husfeld oder auch Fabian Krämer. Katharina schluckte. Sie wunderte sich selbst, dass sie Fabian erkannte, denn sein blutüberströmtes Gesicht war entstellt. Dort, wo einst seine Augen gesessen hatten, hatten Figuren deren Platz eingenommen. Sie standen in den schmierigen Augenhöhlen auf einem Bein – das andere weit von sich gestreckt –, als wären sie Galionsfiguren. In der einen Barbie und in der anderen Ken. Katharina schluckte ein weiteres Mal und ließ ihre Augen zum Hals des Toten wandern, in dem eine heruntergedrückte Spritze steckte. Vivien begann etwas zu murmeln. Katharina konnte es nicht verstehen und trat näher an die Freundin heran, die unverwandt in die Leere des Zimmers starrte, aber ihren Mund geschlossen hatte. Als Katharina neben ihr stand, öffnete sie ihn wieder und sagte dieses Mal laut und deutlich: »Er hat gesagt ›Bald werden wir eins!‹, aber er hat mich nicht gefragt, ob ich das will. Er hätte doch fragen müssen! Darum habe ich ihn tot gemacht.« Dann verstummte Vivien. In der Ferne heulte eine Sirene.

Eine kurze Weile später sahen Ben, Tobi und Katharina dabei zu, wie die Sanitäter die Toten für die Rechtsmedizin und die Lebenden für die Klinik in ihre Ambulanzen verfrachteten. Tobi hatte sie gerade darüber informiert, dass das LKA ihm eine Nachricht wegen der Flüchtlingsentführungen gesendet hatte. Darin hieß es, dass die Entführergruppe gefasst worden sei. Sie hätten Flüchtlinge als Organspender genutzt. Deswegen Flüchtlinge, weil diese weniger als vermisst gemeldet werden.

»Dann hat Krämer also nichts mit den anderen Entführungen außerhalb Lüneburgs zu tun und war ein Einzeltäter. Und zuvor hat er Greta Kemper entführt. Wahrscheinlich sind ihm die vielen Berichterstattungen über sie zu heiß geworden und er hat sich deswegen in der Folge auf Flüchtlinge konzentriert«, folgerte Ben daraus, als die Sanitäter gerade Vivien auf einer Trage aus dem Haus rollten. In diesem Moment klingelte Bens Mobiltelefon. Er nahm das Gespräch an, hörte schweigend zu und beschloss das Telefonat, indem er versicherte: »Ich komme sofort, danke für die Nachricht.«

Katharina sah ihn fragend an. Doch bevor er etwas sagen konnte stand Sarah Klein vor ihm und erklärte hastig: »Ich muss dringend weg. Ein Notfall. Marcel fährt mich nach Lüneburg zurück und dann fahre ich mit meinem Auto weiter. Ihr regelt das hier, ja?«

Ohne eine Antwort abzuwarten, lief sie eilig zum Wagen des Hundeführers, der bereits den Motor gestartet hatte. Ben sah ihr hinterher, dann blickte er Katharina an und sagte: »Bene hat eine Krise. Wir sollten nach Lingen fahren.«

Katharina blickte erst zu den Sanitätern mit Vivien, dann zu ihm. Es dauerte, bis sie erwiderte: »Fahr du allein, aber halt mich auf dem Laufenden. Drei sind dort einer zu viel. Ich fahre bei Vivien mit, sie braucht mich jetzt.«

Im ENDE wohnt stets ein ANFANG

NACHWORT

Warum habe ich dieses Buch geschrieben? Um ehrlich zu sein, hat mich eine meiner Töchter darauf gebracht, denn sie hat mich über Needle Spiking informiert. Das Thema sorgt seit einiger Zeit bei Club- und Festivalbesuchern für Verunsicherung, also in der Regel eher bei jüngeren Menschen, zu denen ich nicht mehr gehöre, meine Kinder aber durchaus. So hatte ich auch von Needle Spiking bis zu dem Gespräch mit meiner Tochter nichts gehört. Nicht einmal die Bezeichnung. Dann habe ich recherchiert ...

Mir selbst wurde in meiner aktiven Partyzeit stets von meinen Eltern mitgegeben, dass ich bloß nicht mein Glas irgendwo unbeaufsichtigt stehen lassen solle, da mir in dem Fall jederzeit jemand K.-o-Tropfen hineinträufeln könnte. Sicherlich kennen einige von Ihnen diese elterliche Warnung. Ich für meinen Teil habe mich bis heute daran gehalten, und mir ist zum Glück nie etwas Derartiges geschehen. Glaubt man nun den Berichten (wie ich) zu Needle Spiking, dann löst die Gefahr, gestochen zu werden, gerade K.-o-Tropfen in Getränken ab oder läuft zumindest parallel. Mit diesem Buch möchte ich darauf aufmerksam machen, denn vielleicht sind auch einige meiner Leserinnen und Leser dahingehend noch unwissend.

Diversität ist ein weiteres Thema zwischen den Buchdeckeln von *Heide-Novela*. Im Gegensatz zu Needle Spiking ist es aktuell in aller Munde und das ist auch gut so. Immerhin schützt vor allem Artikel 2 unseres Grundgesetzes das Recht auf Selbstbestimmung, in dem es heißt: »Jedem wird das Recht auf freie Entfaltung seiner Persönlichkeit garantiert.« Meiner Meinung nach hat unsere Gesellschaft dies jedoch noch nicht vollständig verinnerlicht. Umso mehr freue ich mich über den bereits beschlossenen Gesetzentwurf des *Gesetz über die Selbstbestimmung in Bezug auf den Geschlechtseintrag (SBGG)*, das im November 2024 in Kraft treten soll (*Heide-Novela* ist bis Mitte 2024 entstanden). Es bedeutet nach meinem Dafürhalten einen Schritt in die richtige Richtung. Der ein oder die andere mag sich jetzt fragen, warum ich dann jedoch einen solch barbarischen Täter erschrieben habe. Nun, zum einen ist *Heide-Novela* wie alle meine Heidekrimis fiktiv, zum anderen ist es im wahren Leben manches Mal die bereits oben erwähnte Gesellschaft, die Täter schafft. Um auch hier schreibend den Finger in die Wunde zu legen, habe ich mich für Grausamkeit entschieden. Oft kommt Grausamkeit durch Grausamkeit. So heißt es unter anderem in der 2. Ausgabe 2022 des *Berliner Monitoring, Trans- und homophobe Gewalt* von Albrecht Lüter, Dana Breidscheid, Philippe Greif, Willi Imhof, Moritz Konradi und Sarah Riese auf Seite 239: »Das Muster einer besonders hohen Betroffenheit von trans* und inter* Personen sowie von lesbischen Personen zeigt sich auch im Blick auf die Gewalterfahrungen in einem sehr eng und traditionell gefassten Sinn in Form massiver körperlicher oder sexueller Angriffe. Ein Drittel der befragten trans* Personen (35,2 %) berichtet, dass sie innerhalb der zurückliegenden fünf Jahre solche Gewalterfahrungen gemacht haben – gegenüber einem guten Fünftel (26,6 %) der LSBTIQ*-Personen insgesamt. Jede fünfte trans* Person (19,5 %) berichtet dabei von Erfahrungen mit Gewalt, die sich spezifisch gegen sie als trans* Mensch gerichtet hat, gegenüber 13,0 % der LSBTIQ*-Personen insgesamt. Nur befragte inter* Personen berichten zu nochmals höheren Anteilen von allgemeinen Gewalterfahrungen (46,9 %) und genuin interfeindlichen Gewalterfahrungen (23,1 %). (...)«.

Abgesehen von der häufigen Gewalterfahrung wurden und werden bei intergeschlechtlichen Kindern geschlechtsangleichende Operationen oder Hormonbehandlungen durchgeführt. Entsprechend seines Alters hat dies nicht das Kind, sondern dessen Sorgeberechtigte entschieden. Die angleichenden Behandlungen führten und führen bei den Betroffenen nicht selten zu psychischen Problemen. Natürlich nicht in der Form, wie in diesem Buch geschildert. Doch braucht es nicht manchmal Übertreibung, um Augen zu öffnen?

Kathrin Hanke